Die Braut des blauen Raben

Mariella Heyd

Besuchen Sie uns im Internet:
www.zeilengold-verlag.de

ZEILENGOLD

Nadine Skonetzki
Konstanzer Str. 68
78315 Radolfzell am Bodensee
info@zeilengold-verlag.de

1. Aufl age

Buchcoverdesign: Coverandbooks / Rica Aitzetmueller
Illustrationen: Maja Köllinger
Lektorat: Christine Hochberger, www.buchreif.de
Korrektorat: Viktoria Weit
Satz: Stefan Stern, www.wortdienstleister.de
Druck: BOOKPRESS, 10-408 Olsztyn (Polen)

ISBN Print: 978-3-946955-03-0
ISBN Ebook: 978-3-946955-94-8

Ein Titeldatensatz für diese Publikation ist bei der
Deutschen Nationalbibliothek erhältlich.

Über die Autorin

Mariella Heyd, 1989 geboren, studiert und lebt ganz in der Nähe von Frankreich. Ihre Freizeit widmet sie ihren drei Katzen und der Belletristik. Seit ihrer Kindheit reißen sie Romane aller Art in ihren Bann. Besonders R. L. Stines „Fear Street"-Reihe hat in ihr schon früh das Interesse an dem Sonder- und Wunderbaren geweckt. Bereits im Alter von zwölf Jahren schrieb Mariella Heyd eigene Kurzgeschichten, später entdeckte sie das Bloggen für sich, und verwirklichte 2016 mit ihrem Debütroman „Elfenfehde" ihren Traum vom eigenen Buch. Ihre Arbeit als Gesundheits- und Krankenpflegerin half ihr stets dabei, über den Tellerrand der Realität hinaus zu blicken und neue Welten zu erschaffen.

Die Braut des blauen Raben

Mariella Heyd

Für meine Eltern,
die meiner Fantasie Flügel schenkten.

1. Kapitel – Czarny Kruku, 1840

Der geflochtene Weidenkorb ächzte, als Lobna ihn auf den Küchentisch in Manteias bescheidenem Häuschen stellte. In den beiden karg eingerichteten Zimmern gab es nicht mehr als ein Strohbett, einen Waschzuber, einen Kamin, zwei Schränkchen und einen verbogenen Tisch mit Stühlen. Die einzige Besonderheit bildeten Manteias sonderbare Gegenstände, wie etwa die verbrannten Knochen von Tieren, die sie als Orakel für Weissagungen nutzte. Oder die Flaschen in denen Käfer, Schlangen und anderes Getier in trüben Flüssigkeiten schwammen. Lobna ekelte sich vor diesen Tinkturen und Zaubertränken. Außerdem war Hexenwerk nicht gern gesehen. Manteia war die Einzige im Dorf, die ihr Hexenbänkchen über der Haustür nicht abgesägt hatte. Einst diente der Balken dazu, Hexen bei Nacht mit ihren Besen einen Platz zur Rast zu bieten. Inzwischen wollte man solche Wesen fern vom Dorf halten.

»Eine Kanne Milch, ein Laib Brot, ein Krug Wein und etwas Käse«, zählte Lobna auf, was sie für die alte Frau gekauft hatte.

Manteia saß währenddessen neben dem rostigen Ofen, schürte das Feuer bis Funken aufstoben und nickte. Sie war mindestens hundert Jahre alt, und für jedes Lebensjahr trug sie eine runzlige Falte im Gesicht. Sie machte sich längst nichts mehr aus einem gepflegten Äußeren. Ein Bad alle zwei Wochen und ein Kopftuch, um die kahlen Stellen auf dem Haupt zu verdecken, genügten ihr. Nur auf ihre großen, schweren Goldohrringe, die ihr einst ihr

Mann geschenkt hatte, wollte sie nicht verzichten. Sie waren das einzige Andenken, das sie noch an ihn besaß.

»Gut gemacht, Kind. Ich hoffe, das Brot ist weich genug für meine Hauer.« Sie steckte einen knorrigen Finger in den Mund und wackelte an einem der wenigen Zähne, die sie noch besaß. Die Übrigen waren ihr längst ausgefallen oder wiesen schwarze Stellen auf.

»Ganz frisch mit dünner Kruste«, entgegnete Lobna. »Kolja hat es extra früher aus dem Ofen genommen. Inzwischen weiß er ja, wie du es am liebsten isst.« Sie nahm einen gefalteten Zettel aus dem Korb und legte ihn mit dem Restgeld in eine zerbeulte Blechdose.

Manteia hob den Kopf, dann drehte sie sich zu Lobna um. Sie zog an ihrem ohnehin schon langen Ohrläppchen, das ihr durch die schweren Creolen fast bis auf die Schultern reichte. »Täuschen mich meine Lauscher oder höre ich tatsächlich nur ein paar Groszy klimpern? Lass mich noch mal horchen.«

Lobna nahm die Münzen wieder aus der Dose und ließ erneut eine nach der anderen hineinfallen. Mit jedem Geldstück schepperte es blechern.

»Da staunt man nicht schlecht«, sagte Manteia. »Hat der alte Knauser Aleksander etwa wieder auf den Wein aufgeschlagen?«

»Ja. Er sagt, die Trauben sind erfroren und es gibt dieses Jahr kaum welchen. Irgendwie muss auch er sich über Wasser halten.«

»Sieh an …« Die alte Frau erhob sich stöhnend und tastete sich zum Tisch vor. Sie war inzwischen völlig blind. Dort, wo einst ihre Pupillen und ein stechendes Grün gewesen waren, zitterten heute nebelgraue Kreise. Sie wurde aber nicht müde zu erwähnen, dass sich dadurch ihre Sinne als Hellseherin geschärft hatten. Auch hörte und roch sie besser als je zuvor. Manchmal bildete sich Lobna ein, ihre Nase sei seitdem sogar gewachsen, denn ihre Nasenspitze hing bis zur Oberlippe hinab. Einzig über ihren buckligen Rücken schimpfte Manteia hin und wieder, während sie sich über die krummen Wirbel strich.

Manteia griff nach dem Weinkrug und steckte einen Finger in die

Flüssigkeit. »Knauser … nicht mal randvoll hat er ihn gefüllt.« Sie schob den Finger mit dem abgebrochenen, verhornten Nagel in ihren Mund und kostete laut schmatzend das purpurrote Getränk. »Aber gelogen hat er nicht. Der ist für die Säue. Hätte ich das geahnt, hätte ich mir das Geld sparen können. Der ist …« Ihre Augen weiteten sich jäh. »Roter Wein … Rot … «, murmelte sie mit bebender Stimme und wirkte abwesend. »Wie rotes Blut … bringt nur Unglück.« Sie setzte sich auf einen Stuhl. Ihre dünnen Beine wollten sie offenbar nicht länger tragen.

»Manteia, was siehst du?«

Ihre Eingebungen waren keine Seltenheit. Lobna kniete sich neben sie und hielt ihre Hand, die wie Espenlaub im Wind zitterte, bis sie wieder zur Ruhe kam.

»Nichts, mein Kind. Es war nur ein undeutliches Bild.«

»Was für ein Bild?«

»Nicht der Rede wert. Wenn es klarer und bedeutender wird, werde ich es dir erzählen.« Sie legte ihre Hand über Lobnas und tätschelte sie. »Erzähl mir lieber, was du für den Wein gezahlt hast.«

Lobna stöhnte auf. Wenn die Greisin nichts preisgeben wollte, war aus ihr kein Ton herauszukriegen. »Zu viel, Manteia, zu viel. Einen Zloty und einen dieser Rubel.«

»Donnerwetter! Ist dieses Russengeld nun auch bei uns angekommen. Die nehmen uns tatsächlich unser Polen weg. Ach … Ich wusste es. Schon vor zehn Jahren habe ich gesehen, dass im Jahr 1840 etwas geschehen wird. Veränderungen stehen an, mein Kind.« Die alte Frau tastete nach der Blechdose und nahm den Zettel heraus.

»Manteia, du kannst doch nichts mehr sehen. Soll ich dir vorlesen, was darauf steht? Es sind nur die Preise für die Lebensmittel. Für die Milch habe ich …«

»Pscht! Ich sehe mit meinen Händen.« Mit den Fingerkuppen strich sie übers Papier und fuhr die einzelnen Buchstaben nach. »Es ist deine Schrift, nicht wahr?«

»Ja. Sie ist nicht sonderlich schön. Hier braucht es keinen Schreiberling und ich habe es fast schon wieder verlernt.«

Manteia befühlte das dünne Papier, bis sie an der unteren Kante anlangte. »Kind, du bist wie deine Handschrift. Einfach und gleichmäßig. Ohne Höhen oder Tiefen.«

»Oh …« Lobna neigte betrübt den Kopf. Das hörte sich nicht nach einem Kompliment an.

»Das ist gut. Du bist bodenständig und verlässlich. Was auch passieren mag, du weißt, wo dein Platz ist. In der heutigen Zeit ist das viel wert.«

Lobna hob den Kopf. Manteia hatte den Zettel wieder in die Dose gelegt und verschloss sie. Der magische Moment war vorüber. Lobna stand auf, strich sich die Schürze glatt und begann, die Lebensmittel an ihren Platz zu räumen. »Du sprichst in Rätseln, aber ich kenne dich inzwischen gut genug, um zu wissen, dass du mir eine Erklärung schuldig bleibst.«

Als Antwort erntete sie ein Kichern. Lobna packte das Brot unter ein Handtuch, um es frisch zu halten, und sah sich um.

Auf der Arbeitsfläche und unter dem Küchenschrank lagen Krümel und in der Waschschüssel zwei benutzte Teller. »Lass mich noch die Küche sauber machen, bevor wir gehen. Sonst ziehen hier bald die Ratten ein. Unten an der Mühle hängt schon eine im Rad.«

»Vielen Dank, mein Kind. Du bist mir eine große Stütze.«

Lobna kommentierte die Dankbarkeit nicht weiter, da es für sie eine Selbstverständlichkeit war, der alten Frau zu helfen. Manteia lebte schon seit einigen Jahren allein im Dorf, und mit zunehmendem Alter und damit einhergehenden Gebrechen wurde es für sie nicht leichter. Mit hinkendem Bein und blinden Augen lief es sich nicht leicht über den Markt; und mit dem Buckel einen Korb voller Lebensmittel zu tragen, war nicht möglich. Alles hatte begonnen, als Lobna ihr nach einem Fest nach Hause geholfen hatte, als sie schon nicht mehr gut zu Fuß war. Nach und nach kamen Einkäufe und Hilfe im Haushalt hinzu. Inzwischen war aus der Unterstützung eine innige Freundschaft geworden und die Greisin für sie fast so etwas wie eine herzliche Großmutter mit einem Funken Starrsinn und Magie. Ansonsten hegte Lobna keinen engeren Kontakt zu den Dorfbewohnern. Man hatte sie zwar zu Höflichkeit und Anstand erzogen, wodurch sie immer ein freundliches Wort für jeden auf den Lippen hatte, aber ihre Eltern hatten sie auch dazu angehalten, sich nicht allzu sehr mit den Anwohnern einzulassen. Früher war ihr Vater als Schatzmeister des Königs tätig gewesen und hatte reichlich verdient. Ihre Eltern wollten vermeiden, dass Gesindel und Bettler um Almosen schnorrten. Inzwischen mussten sie und ihre Familie zwar sparsam haushalten, aber die Vorsicht war geblieben.

»Nächstes Mal bringe ich dir ein paar neue Putzlumpen mit. Diese hier sind nicht einmal mehr fürs Feuer gut.« Sie blickte durch einen löchrigen Lappen zu Manteia hinüber. »Für heute muss er aber noch herhalten.« Sie machte sich damit an einem kleinen Fenster zu schaffen. Auf dem Holzbrett darunter hatten sich unzählige Blüten gesammelt, die sich im Laufe der letzten Tage von den getrockneten Kräutersträußen gelöst hatten, die die alte Frau zum Schutz vor bösen Geistern über Fenster und Türen hängte. Aber nicht nur Blüten lagen überall verstreut. Vor Kälte hatten sich Eisblumen an den Rändern der Glasscheibe gebildet. Während im Sommer die Sonne Weizen und Korn verbrannte und die Bauern ihre Tiere immer weiter auf saftige Wiesen treiben mussten, schneite es im Winter immerzu und es gab kaum einen Tag, an dem sich die Sonne blicken ließ. Sie warf einen Blick nach draußen. Auf dem Marktplatz herrschte reges Treiben. Zwei Frauen trugen geschäftig einen Korb mit Fackeln über das gefrorene Kopfsteinpflaster zur Platzmitte. Drei Mädchen spielten Ringelreihen und ein paar Jungen rannten über den Markt und schlugen dabei mit den Armen, als wären es Flügel. Ein anderer hastete ihnen mit einem Stock hinterher, um sie im Spiel zu vertreiben. Wie jeden Monat stand das Rabenfest vor der Tür. Zwischen all den

Leuten erkannte Lobna auch ihren Vater mit seinem unverkennbaren Bärenfell über den Schultern. In Czarny Kruku trugen alle wärmende Felle, aber große Pelze, wie die eines Bären, konnten sich nur die wenigsten leisten. Es war ein Überbleibsel aus besseren Tagen. Ihr Vater, Mikolaj, schlenderte mit dem ehemaligen Geheimrat Olaf Pawlak und dessen Ziehsohn Ksawery über den Platz. Der Anblick versetzte ihr einen Stich, und sie hielt einen Moment inne, während sie die drei beobachtete.

»Was ist los? Wieso höre ich dich nicht mehr putzen?« Manteia entging nicht einmal das Nagen einer Maus am Käse.

»Ach, nichts.« Sofort bewegte sie den Lappen wieder in kreisenden Bewegungen über die Arbeitsfläche und starrte dabei zu den Männern hinüber.

»Kind, ich brauche kein Augenlicht, um deinen Schmerz zu sehen. Siehst du deinen Vater? Wieder mit diesem Pawlak und dem Königssohn?«

»Ja.« Sie gab sich geschlagen und drehte sich mit dem Rücken zum Fenster. Ihre Fingernägel grub sie in die vor Kälte und Feuchtigkeit aufgedunsene Holzplatte, um die Sehnsucht zu unterdrücken, die ihr bei dem Anblick durch das Herz fuhr. »Manteia, hier drin ist es eisig«, versuchte sie vom Thema abzulenken. »Du musst das Feuer besser schüren.« Sie lief an der alten Frau vorbei, die wissend lächelte, und warf ein paar Holzstücke in die rote Glut.

»Maleńka, nicht so feurig.« Manteia lachte. »Du bist nach außen so beherrscht wie ein alter Kutschgaul, aber im Innern glühst du.«

Lobna stöhnte auf. Sie konnte der Alten nichts vormachen. »Ich verstehe nicht, wieso mein Vater mich nicht im Wald ausgesetzt hat, wenn ich doch so eine Plage für ihn bin. Er sieht mich nicht einmal an. Immer weicht er meinen Blicken aus. Aber mit diesem Ksawery verbringt er Zeit. Dabei ist er der Sohn des ehemaligen Königs Kamil und nicht einmal sein eigen Fleisch und Blut. Wenn er mich deshalb nicht liebt, dürfte er ihn doch auch nicht lieben.«

Manteia zuckte mit den Achseln. »Die Liebe ist eine seltsame Sache. Aber ich bin mir sicher, er hätte deine Mutter und dich dem Händler nicht abgekauft, wenn er nicht vorgehabt hatte, dich zu lieben.«

»Ich glaube, er wollte nur meine Mutter und war gezwungen, mich mitzukaufen, weil ich noch in ihrem Bauch war. Sonst hätte er wohl keinen Groszy für mich verschwendet. Man hat mir erzählt, dass man versucht hat, meine Geburt zu vertuschen. Er wollte mich als seine Tochter ausgeben, damit er sich wenigstens vor den Leuten nicht für seinen Bastard schämen muss. Tja, leider kam ich dafür zu früh auf die Welt.« Wütend warf sie den Metallhaken neben Kohle und Holz.

Manteia schüttelte den Kopf und schmatzte. »Ich glaube, du siehst Abgründe, wo gute Gründe waren. Es mag ähnlich klingen, doch ist es bei Weitem nicht dasselbe.«

»Ich glaube nur das, was ich sehe.«

»Dann sieh genauer hin. Lerne, nicht bloß mit deinen Augen zu sehen. Sieh mit deinem Herzen und deinem Verstand.«

»Wenn du etwas siehst, was ich nicht sehe, warum sagst du es mir dann nicht einfach?«

»Oh!« Sie winkte ab und schüttelte lachend den Kopf. »Wenn man, wie ich, die Zukunft sehen kann, dann hält man sich aus dem Schicksal raus. Mit einem falschen Wort kann man nicht nur vieles gut machen, sondern auch vieles schlecht, mein Kind. Man muss die Zeit walten lassen.«

»Wie dem auch sei … Ich glaube ohnehin nicht an die Liebe. Weder an die Liebe zwischen Eltern und Kind noch an die Liebe zwischen Mann und Frau. Von daher kann mir ein jeder gestohlen bleiben.«

»Mach dir ruhig etwas vor. Dein Mund spricht, aber dein Herz schlägt dagegen. Wenn dem wirklich so wäre, wäre es dir egal, dass dein Vater ständig mit dem Königssohn unterwegs ist.«

Lobna warf noch einen trockenen Reisigzweig ins Feuer, der augenblicklich aufloderte, und ging zurück an die Arbeit.

Obwohl Manteia blind war, folgte sie ihr mit ihrem trüben Blick.

»Was schaust du mich so an aus deinen blinden Augen?« Sie mochte es nicht, wenn Manteia in ihr las, wie in einem offenen Buch.

»Kind, du bist vergrämt, wie es sich nicht mal eine Greisin wie ich ausdenken könnte. Vertrau doch etwas mehr in die Liebe. Oder willst du etwa deinen neuen Gemahl ins Unglück stürzen?« Sie schürzte spöttisch die Lippen.

»Ach, erinner mich bloß nicht daran!« Seit Wochen versuchte sie, diesen Tag zu verdrängen. Sie wusch die Teller und räumte sie in einen Schrank.

»Erinnern? Du wirst doch wohl hoffentlich nicht vergessen haben, dass morgen dein großer Tag ist. Würfel dir ja einen guten Junggesellen. Einen tüchtigen, der ein nützliches Handwerk beherrscht und das Herz am rechten Fleck hat.«

Lobna verdrehte die Augen. »Meine gute, weise Manteia. Morgen mag ein großer Tag für meine Schwestern sein. Die beiden werden zum ersten und hoffentlich letzten Mal in den Bund der Ehe treten. Ich weiß, was mich erwartet. Ich habe die Ehe mit Mirek erlebt. Da hält mein neuer Bräutigam wohl keine Überraschungen mehr für mich bereit.«

Manteia grinste. »Die Ehe hast du kennengelernt, aber nicht die Liebe.«

Lobna warf den Lumpen auf den Tisch und stemmte die Hände in die Hüften. »Genug von der Liebe, babcia. Ich kann es nicht mehr hören. Die Liebe ist nichts für mich! Es soll einfach nicht sein. Und weißt du was? Ich komme auch ohne sie aus. Lass uns lieber auf das Rabenfest gehen, statt hier noch länger darüber zu streiten, ob mich die Liebe sucht. Wir wollen doch nicht, dass die Kinder des Dorfes Albträume bekommen, nur weil du mir lieber von der Liebe vorschwärmst, statt die bösen Rabengeister zu vertreiben.«

»Nie um eine Ausrede verlegen, das Kind. Los, gib mir mein drittes Bein.« Sie stemmte sich auf und ließ sich von Lobna ihren Gehstock reichen. »Aber die Liebe wird auch dich finden, ob dir das passt oder nicht.«

»Das glaube ich kaum. Eher findet sie dich ein zweites Mal.« Lobna warf noch zwei Stück Kohle in den Ofen, damit das Feuer nicht ausging. »Und wenn du nicht endlich richtig heizt, wird es vermutlich Väterchen Frost oder schlimmer noch, Gevatter Tod.«

»Oh!« Theatralisch warf Manteia den freien Arm in die Luft und stützte sich mit dem anderen auf den Stock. »Frech wirst du, maleńka. Mir ist warm ums Herz, da mach dir mal keine Sorgen.« Sie klopfte Lobna mit dem Gehstock auf den Hintern. »Auch wenn mein Mann schon Jahre dem Gras von unten beim Wachsen zusieht, hält unsere Liebe mein Herz dennoch am Schlagen.«

2. Kapitel

Sie gingen auf den Marktplatz zu. Winzige Schneeflocken fielen vom Himmel und legten sich wie ein zarter Film über das Dorf. Die Reetdächer glitzerten vom Raureif. Die sonst matschigen Spurrillen von den Kutschen und Karren waren gefroren, was Manteia das Gehen noch schwerer machte. Vorsichtig setzte sie einen Fuß vor den anderen und klammerte sich dabei an ihrem Gehstock und an Lobnas Pelz fest.

Die Dorfbewohner erwarteten sie bereits. Jung und Alt standen in der Mitte des Dorfes mit lodernden Fackeln versammelt. Geduldig warteten sie, bis Manteia bei ihnen ankam. Auch Lobnas Schwestern Zocha und Bozena waren darunter und standen in der ersten Reihe. Wie die anderen hatten sie sich Ruß ins Gesicht geschmiert und hielten ihre Fackeln kampflustig in die Luft. Der Wind trug ein paar Funken und Rauchschwaden in die Nacht hinaus.

»Du bist noch gar nicht rabenschwarz«, stellte Zocha fest. Sofort zückte sie ein Stück Kohle und beschmutzte Lobnas Gesicht. »Jetzt siehst du aus wie ein echter Rabe.«

Manteia ließ sich in einen schweren Umhang mit schwarzen Federn hüllen. Für die kleine Frau war er eigentlich viel zu schwer. Dennoch trug sie ihn mit Stolz und ließ sich von einem Mann auf die kleine Bühne heben, die eigens für das Fest errichtet worden war. Es war nicht viel mehr als eine große Holzkiste, damit jeder Manteia sehen konnte.

Die Menge wurde ruhiger, und erst, als auch das leiseste Gemurmel verstummt war, begann sie zu sprechen.

»Wir haben uns heute hier versammelt, um die Räbin Waleska und ihre gefiederten Heerscharen zu vertreiben. Mit Federn geschmückt und mit Ruß einem Raben gleich wollen wir alle gemeinsam krähen, um sie auf ewig von unserem Dorf fernzuhalten. Mit der Räbin Fluch kamen die Albträume, aber seit wir Monat für Monat zusammenkommen und unsere Stärke zeigen, schlafen die Kinder und Bürger dieses Dorfes wieder ihren gerechten Schlaf. Lasst uns gemeinsam den schwarzen Vogeltieren Angst einjagen!«

Ihre Aufforderung wurde mit Jubelrufen, Grölen und Pfiffen gefeiert.

»Reicht mir einen Raben!«

Der Bauer, der ihr auf die Bühne geholfen hatte, stellte einen Holzkäfig auf den Bretterboden. Darin flatterte aufgebracht ein schwarzer Vogel. Als der Mann den Käfig öffnete, wollte der Rabe fliehen, aber ein Strick um seinen Fuß hielt ihn zurück.

Manteia packte den Raben und klemmte ihn sich unter den Arm. Aus ihrer Kittelschürze zog sie ein gekrümmtes Messer. »Den Göttern opfern wir einen dieser Vögel. Auf dass sie uns wohlgesonnen sind!« Mit einem Ratsch! schnitt sie dem Vogel die Kehle durch.

Federn stoben durch die Luft und warmes Blut spritzte in regelmäßigen Abständen aus der klaffenden Wunde.

Manteia begann leise zu summen, während ihr Blut über die Finger rann. Obwohl sie aufgrund ihres Alters eine raue, brüchige Stimme hatte, zog sie mit der Melodie jeden in ihren Bann.

Die Dorfbewohner, schlossen ihre Augen, wippten von links nach rechts und fielen wie in Trance in den monotonen Gesang ein. In einer einzigen großen Welle schwappten sie immer wieder zur einen, dann zur anderen Seite. Der Chor wurde immer lauter, bis ein jeder zu krähen begann.

»Lasst uns den Albträumen den Kampf ansagen!«, rief Manteia.

Gemeinsam zogen sie mit erhobenen Fackeln los und schritten durch alle Straßen und Gassen des kleinen Ortes.

Manteia führte den Fackelzug an und umfasste mit beiden Händen einen Spieß, an dessen Ende der tote Rabe mit baumelndem Kopf festgebunden war. Noch immer triefte Blut aus dem Schnitt, das in den Schnee tropfte. Laut krächzend verscheuchten die Bewohner alle Raben und Krähen, die sich für die Nacht auf Ästen und Dächern niedergelassen hatten.

Eine Stunde später war kein Flügelschlag mehr im Dorf zu hören. Auch auf den Tannen und Fichten rund um den Ort herrschte Stille. Die Kinder durften zum krönenden Abschluss der Zeremonie Himmelslaternen in die Nacht fliegen lassen, die ihre Wünsche nach geruhsamem Schlaf ohne Albträume bis zum Mann im Mond tragen sollten. Währenddessen entzündeten die Männer auf dem Dorfplatz mit ihren Fackeln ein großes Lagerfeuer und schleppten schwere Baumstämme heran, damit die Leute sich um das Feuer setzen und wärmen konnten. Für Manteia brachte man extra einen Schaukelstuhl und ein Lammfell.

Lobna reichte ihr eine Tasse mit heißem Wein. In der heutigen Nacht versammelten sich alle besonders dicht ums Feuer, da die Kälte jedem durch die Sohlen bis in die Zehen kroch. Trotzdem wollte niemand früher als nötig nach Hause gehen.

Das Rabenfest war eine kleine Besonderheit. Außer Lobna sahen die Dorfbewohner die Hellseherin nur noch selten. Wenn man sie zum Rabenfest antraf, wollten die Bewohner sie so lange wie möglich daran hindern, wieder in ihrem kleinen, windschiefen Haus zu verschwinden. Manteia hatte mit ihren Vorhersagen immer recht behalten. Ihre Worte wurden von allen hoch geschätzt. Die Leute suchten sie seit ihrer Jugend auf, um zu erfahren, ob die Ernte reich ausfallen würde oder die Frau einen Jungen gebären würde. Seit dem Angriff durch die Russen hoffte jeder, sie würde eines Tages eine wohlwollende Zukunft prophezeien. Außerdem konnte Manteia die schönsten Märchen erzählen und war eine der wenigen Alten, die

die Geschichte über die Entstehung von Czarny Kruku noch selbst miterlebt hatte.

»Erzählst du uns, wie das Dorf erbaut wurde?«, bettelte ein Junge und setzte sich im Schneidersitz neben sie. Auch die anderen Kinder versammelten sich um Manteia und flehten sie an, die Geschichte zu erzählen, obwohl sie sie bereits auswendig kannten.

»Bitte, bitte. Du erzählst immer so schön«, bat ein Mädchen.

»Aber nur noch dieses eine Mal«, mahnte Manteia spielerisch mit erhobenem Zeigefinger und lehnte sich zurück. Sie atmete tief durch, stieß eine Atemwolke in die Luft, und schloss die Augen. »Vor vielen, vielen Jahren lebte weit weg von hier ein Mann namens Ignacy Woźniak. Ihr müsst wissen, unser Dorf liegt weit hinter Gdansk-Krakow und der Mann kam vom anderen Ende Polens, um dieses friedliche Fleckchen Erde zu finden. Ignacy war ein wohlhabender Mann, aber auch er musste feststellen, dass die Stadt, in der er lebte, von Armut und Krankheit heimgesucht wurde. Bevor er sein Vermögen verlor, beschloss er, sich eine neue Bleibe zu suchen. Natürlich sprach es sich herum, dass er die Stadt verlassen wollte. Es bleibt schließlich nicht unbemerkt, wenn jemand große Teile seines Hab und Gutes verkauft.« Manteia nickte in die Runde, um sich der Aufmerksamkeit zu vergewissern, die ihr nicht nur von den Kindern zuteilwurde. Auch die Erwachsenen lauschten gebannt, weil sie die Kunst beherrschte, eine Geschichte immer wieder neu zu erfinden. Außerdem war es die Erzählung längst vergangener Tage voller glücklicher Stunden.

»Einige Dorfbewohner, die Ignacy als tüchtig und klug kennengelernt hatten, beschlossen, ihm zu folgen. Er zog also mit seiner kleinen Gefolgschaft los, auf der Suche nach einer besseren Heimat. Viele Tage und Nächste später fand er dann diesen wundervollen Ort. Czarny Kruku war damals nicht mehr als ein Tal mit einem eisblauen See und einem sprudelnden Bach. Aber Ignacy spürte, dass dieser Ort alles bot, was es zum Leben brauchte. Also begann er mit der Unterstützung aller Männer und Frauen dieses Dorf zu erbauen.

Mit seinen eigenen Händen.« Manteia ballte ihre Hände zu Fäusten, und die Kinderaugen leuchteten auf. Ignacy war für sie ein Held.

»Ignacy steckte neben seiner Kraft auch große Teile seines Vermögens in das Dorf und wurde dafür belohnt. Der Ort wuchs zu einer kleinen Stadt heran. Die Menschen züchteten Vieh, förderten wertvolles Metall und Gestein aus den umliegenden Bergen. Sie verkauften das zarte Fleisch und die wundervollen Kleinode auf den Märkten von Krakow.« Manteia seufzte. »Czarny Kruku war ein aufblühendes Städtchen. Ignacy nannte man fortan den König mit der Silberkrone. Natürlich war er kein echter König, aber für die Bewohner war er viel mehr als das. Er wurde von den umliegenden Höfen und Königen respektiert und erntete von jedem ein anerkennendes Nicken für seinen Mut, seine Heimat zu verlassen und einen neuen Ort entstehen zu lassen. Auch nach dessen Tod führten alle Einwohner ein glückliches Leben unter der Herrschaft seines Sohnes Kamil.« Sie schwieg und schwelgte unübersehbar in den Erinnerungen an das, was der Ort einmal gewesen war.

»Und dann? Was ist dann passiert, babcia?«, fragte ein kleiner Junge.

»Und dann … dann kam Zar Nikolaus aus Russland.« Manteia hielt einen Moment inne.

Die Dorfbewohner, die ihr so gebannt zuhörten, als wäre es das erste Mal, dass sie die Geschichte hörten, regten sich kaum. Nur einer wurde unruhig. Ksawery nestelte an seinem Umhang und starrte unter einem Schleier blonder Locken ins Feuer.

Lobna sah, wie er die Zähne zusammenbiss und sich seine Wangen anspannten. Sie legte Manteia eine Hand auf das Bein und nickte in Ksawerys Richtung. »Ksawery«, flüsterte sie.

Manteia verstand. »Kinder, ich bin müde. Ich gehe schlafen«, brach sie abrupt ab.

»Aber die Geschichte!«, rief der kleine Junge empört und hielt sich an ihrem Rockzipfel fest, während die anderen enttäuscht aufstöhnten.

Manteia strich ihm liebevoll über den Schopf. »Du kennst die Geschichte. Lass sie uns heute hier beenden und ihr ein glückliches Ende schenken.« Sie nahm ihren Stock und gab Lobna ein Zeichen, sie zurück in ihr Haus zu begleiten.

»Was ist los?«, grölte ein Betrunkener, der abseits neben einem Baumstamm hockte und einen leeren Weinkrug zwischen seinen Beinen hin und her rollte. Der Rest der Flüssigkeit hatte sich auf der dünnen Schneeschicht verteilt. Er sah Lobna und Manteia von unten herauf mit geröteten Wangen und glasigen Augen an. »Die Geschichte ist doch noch nicht zu Ende! Der Zar hat Ignacys Sohn Kamil getötet, als sie unser Land einnehmen wollten! Und die Götter wissen, das haben sie getan!«

Manteia brummte etwas Unverständliches vor sich hin und schlug dem Trunkenbold mit ihrem Stock gegen den Kopf, sodass er verstummte.

»Alte Hexe«, nörgelte der und rieb sich die Stelle.

»Stell dich nicht so an. In deinem Schädel ist ohnehin nichts, was kaputtgehen könnte.« Sie wollte nicht, dass jemand in Ksawerys tiefer Wunde bohrte. König Kamil war der letzte Überlebende seiner Familie gewesen und durch seinen Tod vor Ksawerys Geburt musste sein Sohn bei dem ehemaligen Geheimrat Olaf Pawlak und dessen Familie leben. Er hatte mit dem Tod seines Vaters nicht nur ihn verloren, sondern alles. Seine Mutter war im Kindbett gestorben und sein Großvater Ignacy Jahre zuvor als alter Mann. Seine Großmutter hatte er ebenfalls nie kennengelernt. Er hatte niemanden seines eigenen Fleisches und Blutes je kennengelernt und war schon einsam geboren worden. Manche behaupteten, dass selbst seine Mutter ihr Leben schon eingebüßt hatte, bevor er seinen ersten Schrei tat. Zuletzt hatte Ksawery mit dem Einzug bei den Pawlaks auch sein Anrecht auf die Krone und das Vermögen seines Vaters aufgegeben. Keiner glaubte daran, dass er ohne vorbildlichen Vater je nach Größerem streben würde.

Manteia stapfte mit Lobna davon. »Ich hätte die Geschichte nicht erzählen sollen«, schalt sie sich.

»Es ist die Geschichte des Dorfes«, widersprach Lobna.

»Aber es ist auch Ksawerys Geschichte und noch dazu seine Zukunft. Niemand will mehr einen König. Alle fürchten, dass das Dorf dann plötzlich wieder in den Mittelpunkt des Geschehens rückt und die Russen erneut angreifen, um uns auch noch dieses kleine Stück Land zu rauben.«

»War es wirklich so schlimm?« Lobna hielt Manteia die Tür auf und ließ sie eintreten. Sie schüttelte sich den Schnee von Pelz und Schuhen. Lobna schloss rasch die Tür, da sie spürte, dass ihnen die Anwohner noch immer ratlos hinterhergafften.

»Schlimm? Es war grauenvoll. Czarny Kruku war ein richtiges Städtchen. Der Handel ging Tag und Nacht. Manche Arbeiter gruben selbst nachts in den Minen, um den Bedarf auf den Märkten zu decken. Man konnte das Schlagen von Hammer und Pickel auf Stein rund um die Uhr hören. Und nun … Sieh dir an, was daraus geworden ist.« Sie wies mit dem Stock Richtung Fenster. »Nur noch ein Schatten seiner selbst. Über die Hälfte der Häuser sind niedergebrannt und wurden nie mehr errichtet. Sei froh, dass du von all dem nichts mitgekriegt hast. Achtzehn Jahre ist es nun schon her. Trotzdem sind die Erinnerungen so frisch, als wäre es erst gestern gewesen.«

»Ja. Mein Vater wird noch heute von Albträumen geplagt. Er erzählt, dass er sich noch genau an die Hektik erinnern kann. Frauen und Kinder weinten. Männer versuchten, ihre Häuser und Familien zu schützen. Er sagt oft, dass ihm der Geruch von verbranntem Heu und Haaren noch immer in der Nase steckt.« Sie half Manteia, auf ihrem provisorischen Bett neben dem Feuer Platz zu nehmen. Während der Wintermonate weigerte sie sich, in ihrem Schlafzimmer zu ruhen. Neben dem wärmenden Feuer nahm sie es gerne auf sich, auf der schmalen Bank mit gekrümmtem Rücken zu schlafen. Lobna zog ihr die Schuhe aus.

Manteias Zehennägel waren dick und gelb und überall hatte sie Schwielen.

»Du brauchst dringend neue Strümpfe und warme Schuhe. Du hast Füße wie ein alter Bergtroll.« Sie warf einen abschätzigen Blick auf die löchrigen Stiefel, die vor dem Feuer abtauten und kleine Pfützen hinterließen.

»Das muss warten. Der Schuster liegt seit Tagen krank im Bett. Wer weiß, ob der je wieder aufsteht.« Manteia seufzte. »Da wünscht man sich den Handel und die Märkte in Krakow zurück. Vor Kamils Tod war alles so einfach. Man ging auf einen Markt und deckte sich mit schönen und zum Teil außergewöhnlichen Stoffen ein. Orientalische Muster gab es dort in prächtigen Farben. So was hast du noch nie gesehen. Kein Vergleich zu den muffigen Pelzen, die wir tragen. An manchen Ständen roch es nach Räucherwerk oder nach außergewöhnlichen Gewürzen.« Sie stöhnte. »Heute scheint mir Krakow weiter zu sein, als das Tor zu den Göttern.«

»Sag das nicht. Dafür leben wir hier sicher. Niemand weiß, dass es uns gibt. Und der Schuster ist in ein paar Tagen bestimmt wieder gesund. Du wirst sehen, dann bring ich ihm deine Stiefel, damit er sie flicken kann.«

»Kind, du wirst morgen heiraten. Du wirst in ein paar Tagen einen neuen Haushalt führen müssen und keine Zeit mehr für ein altes Mütterchen wie mich haben. Wenn du erst Kinder hast, wirst du nicht einmal mehr wissen, wo dir der Kopf steht.«

»Nein. Das wird sicher nicht passieren. Ich werde immer für dich da sein.«

Manteia hörte ihr kaum noch zu. Sie hatte sich unter einem Berg Decken vergraben und sich wie ein Fötus zusammengekauert.

»Schläfst du schon?«

»Hm … «

»Dobranoc, Manteia. Süße Träume.« Lobna küsste die alte Frau auf die Stirn. Sie schlüpfte in ihren Pelz, der außen nass und zottelig war von den geschmolzenen Schneeflocken, und machte sich auf den Heimweg.

Das Lagerfeuer auf dem Dorfplatz brannte allmählich aus. Nur noch wenige saßen dort beisammen und tranken. Einer torkelte ums Feuer, plumpste rückwärts in den Schnee und furzte, was mit lautem Grölen kommentiert wurde. Aus dem Wirtshaus zu ihrer Linken drangen laute Stimmen. Sonst wurde bis zu zwölf Stunden am Tag hart gearbeitet. Kaum einer konnte es sich leisten, die Nächte in der Schenke zuzubringen. Aber heute und morgen herrschte Ausnahmezustand. Diesen Monat fielen zwei Feste auf zwei aufeinanderfolgende Tage: Das Rabenfest, das immer bei Neumond stattfand, weil dann die Magie laut Manteia nicht vom Mond geschluckt werden konnte, und die Hochzeitszeremonie, an der das ganze Dorf teilnahm. Lobna stöhnte bei dem Gedanken an den morgigen Tag auf. Sie wusste, dass es klug war, wieder zu heiraten und sich dadurch ein anständiges Leben zu sichern; aber ihre Ehe mit Mirek war eine Katastrophe gewesen, an die sie nur ungern zurückdachte.

Als Lobna sich der Bar näherte, entdeckte sie einen Schatten unter dem Fenster, der sich bewegte. *Was ist das?*

Er war viel zu groß für eine Katze oder einen Hund. Langsam steuerte sie darauf zu.

3. Kapitel

»Hallo? Ist da jemand?«

Die Gestalt bewegte sich.

»Wer sind Sie? Brauchen Sie Hilfe?«

Aus dem Schatten wurden zwei und sie tuschelten und kicherten, bis sie Lobna entdeckten.

»Ihr beide seid unmöglich!« Lobna ging in die Hocke, nahm eine Handvoll Schnee und bewarf ihre Schwestern damit, die spitz aufschrien.

»Pst!«, mahnte Lobna, eilte zu ihnen und hockte sich schnell zu den beiden unter die Fensterbank. »Wollt ihr euch etwa erwischen lassen?«

Über ihnen öffnete sich quietschend ein Fenster. Gerüche nach Hopfen und Schweiß drangen heraus.

Die drei hielten den Atem an und drückten sich die Hände vor Mund und Nase, um keine verräterischen Atemwölkchen aufsteigen zu lassen.

»Hm …«, brummte jemand. »Ich dachte, ich hätte was gehört.«

»Wiatscheslaw, hast du etwa Angst vor den Raben?«, scherzte jemand.

»Mach endlich wieder zu!«, rief ein anderer. »Man friert sich ja die Klöten ab!«

Das Fenster schloss sich wieder und Lobna und ihre Schwestern atmeten auf.

»Was habt ihr hier zu suchen? Ihr solltet längst in euren Betten liegen.«

Bozena vergrub beschämt ihr Gesicht im Pelz.

»Das hätte ich mir ja denken können, dass es deine Idee war, Zocha.« Lobna kannte ihre beiden Schwestern in- und auswendig. Die Zwillinge, die zwei Jahre nach ihr zur Welt gekommen waren, hielten wie Pech und Schwefel zusammen und waren gleichzeitig wie Tag und Nacht. Zocha war wild und ungestüm. Sie ritt heimlich auf den Pferden der Bauern, wenn sie im Sommer auf der Weide standen, und sie war sich nicht zu schade, Holz zu hacken und den Landwirten beim Ausmisten der Ställe zu helfen. Bier und Wein nach getaner Arbeit verschmähte sie ebenfalls nicht. Bozena war hingegen still. Sie saß am liebsten drinnen und beschäftigte sich mit Handarbeit und Haushalt. Nichts brachte sie aus der Ruhe. Sie ruhte so sehr in sich selbst, dass sie kaum ein Wort über die Lippen brachte. Und wenn doch, dann war ihre Stimme hell und weich, als spräche sie zum ersten Mal.

»Wieso muss immer alles meine Idee gewesen sein?«, protestierte Zocha.

»Zocha ...« Lobna hob eine Augenbraue und warf ihrer Schwester einen wissenden Blick zu.

»Schon gut. Es war meine Idee.«

»Wusste ich's doch. Und was wolltet ihr hier?«

Bozena versteckte das Gesicht noch tiefer in ihrem Mantel. Ihre Ohren glühten rot und Lobna war sich nicht sicher, ob wirklich die Kälte daran schuld war.

»Lauschen«, gab Zocha zu. »Die Männer erzählen drinnen von ihren Frauen. Und sie erzählen Geschichten davon, wie es früher war. In Krakow gab es Frauen, die haben ihre Körper verkauft. Kannst du dir das vorstellen?«

»Sei still«, flüsterte Bozena verschämt.

Lobna schnaubte verständnislos. »Und deshalb sitzt ihr hier im Schnee, beschmutzt eure Kleider und holt euch den Tod? Weil ihr den Liebesabenteuern der Männer lauschen wollt?«

Bozena zuckte mit den Achseln.

»Ja!«, erwiderte Zocha.

»Morgen werdet ihr heiraten. Dann erlebt ihr eure eigene Ehe und werdet euch schämen, die Männer belauscht zu haben. Ihr seid sechzehn Jahre alt und keine kleinen Mädchen mehr. Und jetzt kusch! Wir gehen nach Hause.«

Kichernd sprangen die beiden auf und stürmten Hand in Hand davon. Gerade als Lobna aufstehen wollte, hörte sie drinnen jemanden von der Liebe erzählen. Sie verharrte noch etwas unter dem Fenster und lauschte der Erzählung.

»Meine Frau ist heute noch so schön wie eh und je. Ich würde sie gegen keine junge Magd eintauschen. Auch dann nicht, wenn deren Haut noch so zart und ihre Finger noch so feingliedrig wären. Meine dralle Daria ist mir das Liebste auf der Welt.«

Lobna musste lächeln. Das musste Liebe sein – und sie fragte sich, wie es sich wohl anfühlte, geliebt zu werden. Lebte man dann anders? Ging einem die Arbeit leichter von der Hand? War man fröhlicher? Insgeheim beneidete sie Manteia um ihre Erinnerungen und ihre Einstellung zur Liebe. Sie hatte wahre Liebe erfahren dürfen, und ein wenig hoffte Lobna, dass die Ehe mit ihrem zweiten Mann vielleicht unter einem besseren Stern stand und sie auch nur den Hauch einer Ahnung davon bekam, wie sich Liebe wohl anfühlte.

Die Gespräche in der Schenke rissen sie wieder in die Realität.

»Und die besten Schweinshaxen macht deine Frau«, ergänzte ein anderer lachend.

»Auf Daria und ihre Schweinshaxen!«, riefen die Männer und stießen ihre Krüge klirrend aneinander.

Lobna stand auf und wollte nach Hause gehen, als sich plötzlich die Tür der Schenke öffnete. Sie erstarrte. *Hoffentlich erwischt man mich nicht!*

Bei dem Gedanken lief es ihr heiß und kalt den Rücken hinunter. Sie konnte sich nicht davonstehlen, da der gefrorene Schnee verräterisch unter ihren Füßen knirschen würde. Also stand sie da und versuchte sich so still wie möglich zu verhalten.

Von drinnen schien warmes Licht nach draußen und zwei Männer zogen lange Schatten über den Schnee.

»Morgen wirst du gleich drei deiner Töchter verheiraten«, hörte sie den Geheimrat Olaf Pawlak sagen.

Lobna zuckte zusammen. Es ging um sie und ihre Geschwister. Ihr Interesse war geweckt. Er konnte sich nur mit ihrem Vater unterhalten, denn Lobna, Zocha und Bozena waren dieses Jahr die einzigen Frauen, die zur Wahl standen. Alle anderen waren entweder bereits verheiratet oder noch zu jung.

»Ja, dann wird das Haus leer«, scherzte ihr Vater und leiser Schmerz schwang in seiner Stimme mit. »Ich habe mich an das Lachen der Mädchen gewöhnt.« Er warf die Tür hinter sich ins Schloss.

Lobna presste sich an die Wand des Gebäudes und hoffte, im Schatten nicht entdeckt zu werden.

»Deine älteste Tochter tut gut daran, noch einmal zu heiraten. Sie ist zu jung, um ewig allein zu bleiben. Außerdem braucht das Dorf Nachwuchs. Wenn das so weitergeht, müssen wir künftig Bruder und Schwester verheiraten.«

»Ja, ich bin froh, wenn sie wieder aus dem Haus ist. Ich dachte eigentlich, dass sie nach Mireks Tod in seinem Haus leben würde, aber der alte Schwiegerdrache hat sie zu uns zurückgetrieben.«

»Nun tu doch nicht so, als wäre es eine Katastrophe gewesen, das Mädchen einen Winter länger durchzubringen. Sie musste wenigstens ein Jahr Trauer tragen, bevor sie wieder heiratet. Du weißt doch, der Anstand verbietet es, direkt wieder zu heiraten. Der Schein muss schließlich gewahrt werden. Außerdem hätte sie bei dem alten Scheusal keinen Mann gefunden, der mit ihr in das Haus gezogen wäre. Wahrscheinlich hätte dann die alte Hexe alle beide aus dem Haus getrieben.«

Ihr Vater lachte auf. »Du magst recht haben. Trotzdem kann ich ihr kaum in die Augen sehen. Ich bin froh, wenn sie wieder auszieht und ein neues Leben beginnt.«

»Ach …«, Olaf klopfte ihm auf den Rücken. »Mach dir keine Sorgen. Solange du dich an unsere Vereinbarung hältst, wird nichts geschehen.«

Die beiden setzten sich schwankend in Bewegung. Als ihre Schritte nicht mehr zu hören waren, atmete Lobna erleichtert auf. Trotzdem fiel die Anspannung nicht von ihr ab. Im Gegenteil, ihr Herz krampfte sich zusammen. Er hatte soeben das laut ausgesprochen, was sie all die Jahre schon befürchtet hatte. Ihr Vater liebte sie nicht und war froh, sie los zu sein. Heiße Tränen rannen ihr über die Wangen, sammelten sich an ihrem Kinn zu einem großen Tropfen und fielen in den Schnee.

Egal, wie sehr und wie oft sie behauptete, keine Liebe in ihrem Leben zu brauchen und nicht nach ihr zu suchen, musste sie sich doch eingestehen, dass sie sich danach sehnte.

Sie stand noch einige Minuten still da, bis sie sich beruhigt hatte. Dann machte auch sie sich auf den Heimweg.

Im Haus waren alle Kerzen längst erloschen. Sie hörte nur das gleichmäßige Schnauben ihres Vaters, der betrunken vor dem Feuer zusammengesackt war und seine Füße vor der Glut wärmte. Barfuß kletterte sie die Holzleiter zur Dachstube hinauf. Sie teilte sich unter dem Gebälk ein Zimmer mit ihren Schwestern. Nur ein Teppich, den Lobna aus alten, bunten Lumpen gewebt hatte und den sie zwischen den Betten an einem Holzbalken festgenagelt hatte, trennte sie voneinander.

Als sie unter die Bettdecke kroch und die Augen schloss, hörte sie Zocha und Bozena flüstern. Sie versuchte, nicht hinzuhören.

»Ich hoffe, ich würfele Ksawery«, wisperte Bozena verträumt.

Zocha quiekte leise. »Den Königssohn? Träumst du etwa davon, Prinzessin zu werden? Du Närrin.«

»Ach, hör auf. Jeder weiß doch, dass es keinen König mehr geben wird. Ksawery ist jetzt ein ganz gewöhnlicher Junge.«

Lobna lauschte nun doch neugierig. *Er ist kein normaler Junge. Er ist hochnäsig und arrogant. Er wird nie einer von uns sein.*

»Ich will jedenfalls Wiatscheslaw!«, bestimmte Zocha. »Er ist fröhlich und genießt das Leben.«

Nicht Wiatscheslaw! Nun wurde es Lobna zu bunt. Sie riss den Teppich beiseite und warf ihren Schwestern böse Blicke zu. »Ksawery? Wiatscheslaw? Einer schlimmer als der andere! Das kann doch nicht euer ernst sein!«

Bozena biss sich auf die Lippe und neigte den Kopf.

Zocha hob hingegen stolz das Kinn an und stützte sich auf die Unterarme. »Natürlich ist das unser ernst. Oder wolltest du etwa Wiatscheslaw?« Zocha funkelte sie eifersüchtig an.

Lobna schnaubte. »Ich weiß, dass die Auswahl an Junggesellen dieses Jahr nicht groß ist. Vier Männer ... Da muss man sich ja mit dem zufrieden geben, was man würfelt. Aber das ist noch lange kein Grund, sich so darüber zu freuen. Ihr steigert euch in etwas hinein. Ksawery ist hochnäsig. Er wird nie ein tüchtiger Arbeiter werden. Und Wiatscheslaw? Zocha, er ist ein Trunkenbold.« Sie appellierte an ihren Verstand.

»Ein Trunkenbold, der weiß, wie man arbeitet! Er ist der beste Schmied im Dorf«, konterte ihre Schwester.

»Denkt ihr denn gar nicht an Kolja? Er backt die besten Brötchen. Er arbeitet auf dem Feld und in der Bäckerei. Bozena, gerade auf dich hat er doch ein Auge geworfen. Wenn du zu ihm gehst, bekommst du immer das frischeste Brot. Meistens ist es noch warm. Und sag bloß nicht, dir ist nicht aufgefallen, dass immer ein Brötchen zu viel in deinem Korb landet, wenn wir dich zu ihm schicken. Mir oder Zocha hat er jedenfalls noch nie ein Geschenk gemacht. Er hat ein sicheres Einkommen und würde gut für dich sorgen. Oder Janusz. Seit Mirek nicht mehr lebt, kümmert er sich alleine mit seinem alten Herrn um den Fischfang. Seitdem nimmt er das Doppelte ein.«

»Und stinkt nach Fisch, bäh!«, giftete Zocha.

»Ihr tut gerade so, als ginge es bei der Ehe nur darum, den schönsten Mann zu finden.«

»Schön muss er gar nicht sein, wenn ich ihn nur liebe«, flüsterte Bozena kleinlaut.

Schon wieder die Liebe … »Liebst du Ksawery denn?«, fragte Lobna behutsam. Sie hatte Bozena nicht verletzen wollen.

Bozena nickte.

Im Zimmer wurde es still. Draußen hörte man nur den Wind durch die Tannen fegen.

»Und du? Liebst du Wiatscheslaw?«

»Nein. Noch nicht. Aber ich kann ihn sicherlich lieben. Und er mich.« Zocha nickte zuversichtlich.

»Dann überleg dir noch mal gut, ob du deinen Glücksstein nicht lieber in Koljas Richtung wirfst«, riet Lobna ihr. »Der stinkt auch nicht nach Fisch und Bozena will ihn scheinbar nicht.«

»Wen willst du überhaupt heiraten?«, mischte sich Bozena ein und neigte sich interessiert vor.

»Genau! Wen willst du heiraten, wenn dir die Liebe nicht wichtig ist?« Zocha grinste überlegen.

»Bei der Ehe geht es nicht um die Liebe. Deshalb würfeln wir ja auch unsere Männer und warten nicht darauf, dass einer vor uns auf die Knie fällt. Es geht darum, dass wir eine sichere Verbindung eingehen. Wir sollen unseren Lebensabend sichern. Vater besitzt nicht mehr so viel wie früher. Er will es nicht zugeben, aber wir haben nicht viel mehr als die Bauern hier. Ich habe gesehen, wie er den Groschenbeutel auf dem Tisch gelehrt hat. Wir bekommen vielleicht noch ein Schwein und ein Kalb dafür. Ohne Handel und Geschäfte mit anderen Städten wird Czarny Kruku bald bettelarm sein. Dann ist es wichtig, dass wir alle einen Mann haben, der uns ernähren kann.«

»Ich möchte meinen Lebensabend aber mit jemandem verbringen, den ich liebe«, konterte Zocha. »Wo bleibt denn sonst der Spaß?«

Auch Bozena nickte nachdrücklich.

»Lobna, wen willst du? Du hast unsere Frage noch nicht beantwortet«, hakte Bozena nach.

»Dann versuche eben ich, Kolja zu kriegen, wenn ihn niemand will. Ich habe genug von der Fischerei. Es reicht, dass mein erster Mann ertrunken ist. Kolja wird ja wohl hoffentlich nicht in den Ofen fallen.«

In Wahrheit wollte sie versuchen, Wiatscheslaw zu würfeln. Beide Schwestern würde sie vor ihrem Unglück nicht bewahren können, aber sie wollte wenigstens versuchen, Zocha vor diesem folgenschweren Schritt abzuhalten. Wiatscheslaw mochte ein guter Schmied sein, aber es war nur eine Frage der Zeit, bis er immer mehr und mehr trinken und seine Arbeit vernachlässigen würde. Schon jetzt hing er täglich am Bierkrug. Der Gedanke, Zocha könnte eines Tages ohne finanzielle Sicherheiten auf der Straße stehen, machte sie nervös. Ihre Schwester mochte ein Wildfang sein, aber als Frau kam auch sie alleine nicht über die Runden. Ein Grund mehr für Lobna, ihren Glücksstein in Wiatscheslaws Richtung zu werfen. Ksawery war für die zarte Bozena zwar auch kein Zugewinn, aber ihr Vater scharwenzelte immerzu um ihn und Pawlak herum, weshalb Lobna hoffte, dass er Ksawery die Leviten las, wenn er nicht als Ehemann taugte. An ihrem eigenen Glück hielt sie nicht fest. Seit Mirek wusste sie, wie eine Ehe funktionierte. Da war keine Liebe. Man lebte und arbeitete zusammen und versuchte, sich ein gutes Leben zu machen. Mit Wiatscheslaw würde das bedeutend schwerer werden, wenn er nicht dem Alkohol abschwor. Zur Not würde Lobna das Schmiedehandwerk erlernen und den Betrieb führen. Sie war zwar nicht stark, aber ausdauernd und beharrlich.

Bozena legte sich die Decke um die Schultern, kletterte zu Lobna ins Bett, schmiegte sich an sie und legte einen Arm um sie. »Lobi?«

»Hm?«

»Wie war das mit dir und Mirek?«

»Eigentlich möchte ich mich gar nicht mehr daran erinnern.«

»Bitte, tu's für mich.«

»Na schön. Mama hat gesagt, ich soll versuchen, ihn oder Finn, den Jäger, zu würfeln. An die anderen Junggesellen erinnere ich mich schon nicht mehr. Meine Chancen standen gut, denn die beiden lagen nah beieinander und letztlich traf es Mirek.«

»Warst du glücklich mit deiner Wahl?«

»Was ist schon Glück?«

»Bozena will wissen, ob du Mirek geliebt hast«, warf Zocha ein und legte sich ebenfalls zu ihnen.

Lobna schüttelte den Kopf. Sie dachte an die wenigen Male, als sie das Bett geteilt hatten. Es war nie innig gewesen oder warm. Sie hatten dabei nie miteinander gelacht und Lobna hatte nie mit geröteten Wangen das Bett verlassen. Im Gegenteil: Sie hatte die meiste Zeit gefroren und gehofft, dass es schnell gehen würde, damit sie sich wieder anziehen konnte. Außerdem hatte sie ständig das Gefühl gehabt, von ihrer Schwiegermutter heimlich beobachtet zu werden. »Nein. Geliebt habe ich ihn nicht. Ich glaube, er mich auch nicht. Trotzdem wären wir miteinander glücklich geworden, wenn seine garstige Mutter nicht gewesen wäre.«

»War sie wirklich so schlimm, wie alle sagen?«, fragte Zocha. »Die Leute haben erzählt, dass sie sich nachts in ein Wildschwein verwandelt.«

Lobna musste lachen. »Nein. In ein Wildschwein hat sie sich nicht verwandelt. Das war nicht nötig. Sie hat auf einer Bank in der Küche geschlafen und gegrunzt wie ein Schwein, wenn sie nach einem Krug Wein in die Federn gefallen ist. Ständig hat sie nach mir gerufen. Lobna tu dies, Lobna mach jenes, Lobna drück mir die Furunkel auf dem Rücken aus.«

»Iiiiih!« Zocha und Bozena schüttelten sich.

»Ihr müsst wissen, ihre eiternden Geschwüre waren noch das Netteste an ihr. Sie war wirklich fürchterlich. Nie zufrieden und wollte immerzu bedient werden.«

Bozena hob den Kopf und sah Lobna fragend an. »Wenn sie aber so schrecklich war und du Mirek nicht geliebt hast, wie hättet ihr dann glücklich werden sollen?«

Lobna zuckte mit den Achseln. »Mirek fing Fische, ich entschuppte sie und nahm sie aus, und die alte Hexe fand Abnehmer dafür im Dorf. Wenn sich die Fische einmal nicht verkaufen ließen, hatten wir trotzdem etwas zu essen auf dem Tisch. Wie hätte ich da nicht glücklich werden sollen?«

Sie wartete auf eine Antwort, aber keine sagte etwas. Zocha war inzwischen eingeschlafen. Bozena war noch wach, wenn auch nur halb. »Und was passiert, wenn du dich doch verliebst?«

»Dann wäre es ein Wunder.« Lobna drückte ihr einen Kuss auf die Stirn und Bozena schloss die Augen.

»Schlaf. Morgen ist dein großer Tag. Du willst doch hübsch aussehen für deinen Mann.«

4. Kapitel

Am nächsten Morgen wachte Lobna ausnahmsweise nicht als Erste auf. Sonst war sie es, die das Feuer schürte, die Stiefel anzog, um Holz zu holen, und sich danach auf den Weg zu Manteia machte, um nach dem Rechten zu sehen. Heute waren ihre Schwestern schon vor ihr auf den Beinen. Sie hörte Stimmen unten in der Stube. Die beiden lachten und tobten über den Fußboden. Lobna zog die Decke über den Kopf. Am liebsten wollte sie gar nicht aufstehen. Die heutige Hochzeitszeremonie war ihr ein Graus.

Die Sprossen der Leiter ächzten.

»Aufstehen!«, rief Zocha. »Sonst bist du doch schon längst wach. Komm, du musst dein Kleid anprobieren.«

»Mein Kleid?« Sie schlug die Decke zurück und setzte sich auf.

»Du willst ja wohl nicht in deinem Nachthemd heiraten. Komm!« Mit einem gewagten Sprung war Zocha wieder in die Küche verschwunden.

Lobna blieb keine Wahl. Sie stand auf und folgte ihrer Schwester.

Auf dem Tisch hatte die Schneiderin verschiedene Kleider ausgebreitet. Auch das von Lobnas erster Trauung war darunter. Hier im Dorf konnte es sich niemand leisten, ein Kleid zu kaufen, das man nur ein einziges Mal trug. Deshalb verlieh die Schneiderin Anzüge und Kleider für ein paar Zlotys. Der Saum der meisten Kleider war durch Schmutz und Matsch längst ergraut, aber sie sollten ja nur ihren Zweck erfüllen.

Ihre Mutter musterte eingehend jedes Kleid, befühlte den Stoff und hielt sie ihren Töchtern vor die Brust, um zu sehen, wem es besserstehen würde. Sie war in ihrem Element. Ihre Mutter hatte schon immer viel auf ihr Äußeres gegeben. Das braune, lockige Haar trug sie am liebsten offen und verlieh ihm mit Öl zusätzlichen Glanz. Ihre Lippen tünchte sie mit roten Beeren. Im Gegensatz zu den anderen Frauen im Dorf, trug sie bunte Stoffe mit klimpernden Münzen. Um die Taille hatte sie ein ledernes Korsett geschnürt. Als Zigeunerin wusste sie, wie sie ihre Reize einsetzte. Sie scheute sich auch nicht davor. Oft hatte sie ihren Töchtern von den fröhlichen und ausgelassenen Festen in der Karawane erzählt, bevor man sie an einen Händler verkauft hatte. Solche Feiern gab es hier nicht. Hochzeiten waren für ihre Mutter die einzige Möglichkeit, wieder Farbe in ihr Leben zu bringen.

Als Lobna die letzte ächzende Stufe der Leiter erreichte, drehten sich alle nach ihr um.

»Lobi!« Bozena schnappte sich ein schlichtes Kleid, lief zu ihrer Schwester und drehte sich damit im Kreis. Es hatte lange Arme, war schmal geschnitten und besaß einen herzförmigen Ausschnitt. Außer zwei Lagen Stoff und der Korsettschnürung am Rücken besaß es keine Details. »Könnte das Ksawery gefallen?« Sie wurde rot.

»Das Kleid ist viel zu einfach«, mischte sich Zocha ein. »Es sieht aus wie ein ausgebeulter Mehlsack. Du brauchst Perlen und Rüschen.«

»Nein, braucht sie nicht.« Lobna wollte nicht, dass jemand Bozena die gute Laune verdarb. »Das Kleid steht dir wunderbar. Du bist so schön, du brauchst keine Perlen. Du kannst jeden Junggesellen bezaubern.«

Mit diesem Kompliment entlockte sie ihrer Schwester ein Lächeln. Bozena presste das Kleid noch etwas fester an ihre Brust und drehte sich damit im Kreis.

Zocha hatte sich derweil einem cremefarbenen Kleid gewidmet, das ihr nur bis knapp über die Knöchel reichte.

»Das ist zu kurz«, sagte ihre Mutter und schüttelte den Kopf.

»Es ist praktisch. So falle ich wenigstens nicht über meine eigenen Füße«, entgegnete Zocha.

Lobna atmete tief ein.

Der Tag würde anstrengend werden. Sie machte einen großen Bogen um ihr altes Kleid und warf einen Blick über den Stoffhaufen. Wenn man niemandem gefallen wollte, gab es keinen Anreiz, sich um das schönste Kleid zu streiten.

»Es soll aber schön sein, nicht praktisch«, versuchte ihre Mutter, Zocha von einem längeren Rockteil zu überzeugen.

»Praktisch und schön«, konterte Zocha. »Ich will darin tanzen, trinken und essen können.«

Lobna verdrehte die Augen und widmete sich wieder dem Kleiderberg. Ab und an strich sie über einen Stoff, befühlte einen Spitzensaum.

Die Schneiderin beäugte sie mitleidig, was ihr nicht entging. Lobna drehte ihr den Rücken zu und befühlte halbherzig das Gewebe eines Kleides. Seit Mireks Tod glaubten alle, man müsse sie bemitleiden.

Die Schneiderin trat hinter sie. Sie spürte ihren warmen Atem im Nacken. *Hoffentlich muss ich nun nicht wieder über Mirek sprechen.* Sie hatte ihn wirklich gemocht, und sie bedauerte es sehr, dass er so früh hatte sterben müssen, aber es erfüllte sie nicht mit Schmerz. Deshalb fühlte sie sich schlecht, wenn man sie auf ihn und ihre Trauer ansprach.

Lobna spürte plötzlich nicht nur den Atem der Schneiderin auf ihrer Haut, sondern auch deren Händen, die sich um ihren Hals legten. Die Finger der Frau zogen sich immer enger darum. Erschrocken wirbelte Lobna herum.

Sofort hob die Schneiderin entschuldigend die Hände. »Keine Angst. Ich wollte nur deinen Kragen abschätzen. Ich glaube, ich habe da ein schönes Kleid für dich.« Sie ging an den Tisch und wühlte sich durch die Kostüme. Wenig später zog sie ein schneeweißes Kleid hervor.

»Oh …« Lobna trat einen Schritt zurück. »Ich weiß nicht, ob ich Weiß tragen sollte. Ich meine …, ich war schon einmal verheiratet.«

Die Schneiderin schüttelte den Kopf. »Unfug! Du hast eine Haut wie frisch gefallener Schnee. Du kannst unmöglich cremefarbenen Stoff tragen. An dir wirkt alles, was nicht mindestens so strahlend wie Alabaster ist, schmutzig.« Sie drückte ihr das Kleid in die Hand. »Hier, zieh es an.«

Im Hintergrund nickten Zocha, Bozena und ihre Mutter, die endlich sehen wollten, dass Lobna sich auf die Zeremonie freute.

Lobna gab sich geschlagen und verschwand mit dem Kleid unter dem Dach. Sie zog sich aus und stülpte sich das Kleid über den Kopf. Als es sich an ihren Körper schmiegte, fand sie tatsächlich Gefallen daran. Der Saum war nicht annähernd so schmutzig wie bei den anderen Kleidern. Es war nahezu makellos. Das Kleid hatte lange Ärmel und einen hochgeschlossenen Kragen. Über den Stoff des Oberteils und an den Rand des Kragens hatte die Näherin zarte Spitze mit Blumenornamenten befestigt. Hinten wurde es mit einer doppelten Knopfleiste geschlossen. Lobna schaffte es lediglich, die untersten Knöpfe und die im Nacken zu schließen, aber dennoch war unverkennbar, wie sehr das Kleid ihr schmeichelte. Die Korsage schmälerte ihre Taille noch ein wenig mehr und die Stickereien schimmerten sogar im schwachen Tageslicht.

»Lobi? Kommst du?« Bozena streckte neugierig den Kopf durch die Luke. »Wir wollen es auch sehen.«

Lobna raffte den Rock und kletterte vorsichtig wieder die Leiter hinab.

Sofort eilte die Schneiderin herbei und schloss die noch offenen Knöpfe. Lobna hatte sich noch nicht ganz zu ihrer Familie umgedreht, da hörte sie schon ein Seufzen.

»Du siehst bezaubernd aus«, sagte Bozena.

Auch Zocha nickte anerkennend.

Ihre Mutter lächelte und fasste sich ergriffen an die Brust. »Wie eine Prinzessin. Damit findest du auch einen zweiten Mann.«

Die Schneiderin verschränkte die Arme vor ihrer üppigen Oberweite und runzelte die Stirn.

»Da fehlt noch was. Ich sehe keinerlei Farbe, außer dem pechschwarzen Haar. Lass mich dir später noch ein paar Kleinigkeiten bringen, wenn ich euch die Kleider liefere.«

Lobna nickte. Jetzt konnte sie sich auch den anderen Vorbereitungen hingeben. Der Tag und die Zeremonie würden ihr schließlich nicht erspart bleiben, nur weil sie sich quer stellte und trödelte.

Kurz darauf verließ die Schneiderin das Haus mit dem Versprechen, am Abend die faltenfreien Kleider vorbeizubringen.

In der Zwischenzeit wollte Lobna noch schnell nach Manteia sehen.

»Sei aber bis zwei Uhr zurück. Wir müssen dir noch die Haare richten.«

»Ja, Mutter.« Lobna warf sich den Pelz über und verschwand.

Draußen schlug ihr eisige Luft entgegen. Die Temperaturen waren über Nacht merklich abgekühlt. Die Dorfbewohner, die an ihr vorbeiliefen, hatten rote Nasen und weiße Augenbrauen. Lobna hoffte, dass Manteia das Feuer nicht vernachlässigt hatte. Mit schnellen Schritten lief sie über den knirschenden Schnee auf das kleine Haus am Rand des Dorfes zu. Aus dem Schornstein kringelten sich Rauchschwaden.

Den Göttern sei Dank! Sie verlangsamte ihre Schritte. Vor der Hütte stand ein Baumstamm, in dem eine Axt steckte. Ringsum lagen Holzscheite. Lobna klopfte kurz, dann öffnete sie die Tür. »Babcia?«

»Hier drüben!«

Manteia saß vor dem Feuer und schälte Kartoffeln. Um sie herum lagen die Schalen auf dem Boden und eine Maus huschte schnell zurück in ihr Loch, als sie Lobna herannahen sah.

»Ich sollte dir eine Katze schenken. Ich glaube, die fette Maus ist bei dir eingezogen.«

»Und wenn schon.« Sie winkte ab. »Dass du hier bist, überrascht mich mehr. Dein großer Tag, und du besuchst mich trotzdem. Du bist zu gut, mein Kind.«

»Wie könnte ich nicht, babcia?« Sie setzte sich zu ihr, nahm ebenfalls eine Kartoffel aus der Holzkiste und rieb die Erde mit ihrer Schütze ab.

»Gefällt dir dein Hochzeitskleid?«, fragte Manteia. »Die doppelte Knopfleiste ist außergewöhnlich und jede Stickerei ein Unikat.«

»Ja, es ist … Warte. Woher weißt du …?« Lobna starrte sie entgeistert an. »Hattest du eine Vorsehung?«

Manteia lachte, antwortete aber nicht.

»Hast du etwas gesehen? Weißt du, was mich erwartet? Was meine Schwestern erwartet? Sag schon!« Ihre Stimme hatte einen flehenden Ton angenommen. »Manteia, wenn du etwas weißt, sag es mir bitte. Nur dieses eine Mal.«

»Kind, beruhige dich und pass auf, dass du dir nicht in den Finger schneidest. Wie soll dir dein Bräutigam denn einen Ring an den Finger stecken, wenn du ihn dir abschneidest?«

»Aber …«

»Hast du dir das Kleid selbst ausgesucht?«

»Nein, nicht so richtig. Eigentlich wollte ich mir gar keines aussuchen. Die Schneiderin hat es mir gegeben.«

»Hast du das Kleid je an einer Braut im Dorf gesehen?«

Sie überlegte. »Nein … Nicht, dass ich mich erinnern kann.«

»Ahnst du, warum?«

Sie schüttelte den Kopf. »Neu kann es nicht sein. Wer hat heutzutage noch das Geld für ein neues Kleid?«

»Es ist mein Kleid. Ich habe es der Schneiderin zukommen lassen. Es hat mir Glück gebracht. Es hat mir einen wundervollen Mann und eine glückliche Ehe geschenkt und nun soll es dir das gleiche Glück bescheren.«

»Ach, babcia.« Lobna fiel ihr um den Hals. »Du bist unverbesserlich. Du weißt doch, ich suche nicht nach der Liebe.«

»Aber die Liebe sucht nach dir, und mit dem Kleid wird sie dich auch finden. Vertrau mir.«

»Solange sie nur meine Schwestern findet!« Lobna nahm ein Messer und kehrte mit dem Fuß die Schalen ein wenig zusammen. »Die beiden träumen. Bozena ist in Ksawery verliebt und Zocha ... Sie will Wiatscheslaw. Kannst du dir das vorstellen? Aber das werde ich nicht zulassen. Ich setze heute Abend alles daran, ihn zu würfeln. Sie wird es mir noch danken.«

Manteia gluckste. »Die Glückssteine sind tückisch. Dein Stein will dich zum Glück führen und nicht deine Schwestern. Die beiden würfeln selbst.«

»Aber was ist, wenn mein Glück aus dem Glück meiner Schwestern besteht?«

»Wir werden sehen, mein Kind. Und nun mach dich auf den Heimweg. Ich möchte eine wunderschöne Braut sehen.« Sie nahm ihr die Kartoffel und das Messer ab. »Geh schon! Husch! Die paar Knollen schäle ich selbst.«

»Ausnahmsweise.« Lobna drückte Manteia einen Kuss auf die Stirn und ging.

Zuhause herrschte reges Treiben. Bozena ließ sich von ihrer Mutter die Haare zu einer imposanten Flechtfrisur stecken. Kleine Zöpfe verbanden sich zu einem größeren Geflecht, das ihre Mutter ihr um den Kopf herum mit Blumen und pastellfarbenen Bändern feststeckte.

Zocha saß in einem Holzzuber und badete. Über den ganzen Boden erstreckten sich Pfützen.

Ihr Vater war nicht da, da es die Aufgabe der Frauen war, die Hochzeit vorzubereiten. Wahrscheinlich trank er in der Schenke auf das Wohl oder den Auszug seiner Töchter.

»Steig schnell zu deiner Schwester in die Wanne. Das Wasser ist noch warm. Ich habe extra zwei große Kessel aufgesetzt«, sagte ihre Mutter und nickte in Zochas Richtung.

»Ja, beeil dich.« Zocha zog die Beine an.

Lobna legte ihre Kleidung ab und stieg zu ihr in das dampfende Wasser.

»Beeilt euch aber. Ich möchte, dass ihr alle hübsch frisiert seid«, sagte ihre Mutter und hob den Zeigefinger.

Zocha stöhnte auf. »Ich glaube, Wiatscheslaw ist es egal, ob meine Haare schön geflochten sind oder nicht.«

»Fang bitte nicht wieder mit ihm an«, flehte Lobna und spritzte ihr Wasser ins Gesicht. »Ich muss dir vor dem Würfeln wohl noch den Kopf waschen, damit du die Flausen loswirst.«

»Wieso?« Lobnas Mutter ließ von Bozenas Haaren ab und schaute fragend zu ihr.

»Mutter, er säuft.«

»Fast alle Männer trinken. Das ist doch keine Schande.«

»Aber er säuft wie ein Schwein aus dem Trog.«

»Und er arbeitet wie ein Stier auf dem Feld!«

»Aber wenn er weiter so viel Bier und Wein in sich hineinschüttet, wird er das nicht mehr lange tun. Dann wird er bald so gelb und fahl um die Nase wie der alte Igor.«

»Und wenn er tot umfällt, hat Zocha noch immer die Schmiede. Es wird sich leicht ein Mann finden, der bereit ist, das Handwerk zu lernen. Ein jeder setzt sich doch gerne ins gemachte Nest. Wiatscheslaw hat mehr zu bieten, als es Mirek je hatte und über ihn hast du dich zu seinen Lebzeiten nie beschwert.«

»Er hat auch nicht gesoffen!«

»Mir reicht's!« Zocha sprang auf und hüllte sich in ein Tuch. »Ich muss mir das nicht länger anhören! Dann trinkt er nun mal. Mir ist's egal. Gerade du, Lobna, sagst doch, dass es bei der Ehe nicht um solche Kleinigkeiten wie die Liebe geht. Dann kann dir die Sauferei doch auch egal sein!« Zwei Sprossen auf einmal nehmend, kletterte sie auf den Dachboden.

»Siehst du, was du angerichtet hast?«, rief ihre Mutter.

»Sie wird sich schon wieder beruhigen. Sie ist doch immer so aufbrausend.«

»Und du zu sorgenvoll.«

»Eigentlich wäre es an dir, dich um deine Töchter zu sorgen, Mutter.«

»Ach was!« Ihre Mutter riss erstaunt die Augen auf. »Tue ich das etwa nicht? Habe ich euch nicht schon von Kindesbeinen an beigebracht, wie ihr einen Haushalt zu führen und euch zu benehmen habt, wenn ihr einen guten Mann bekommen wollt, der euch gerne umsorgt? Habe ich euch nicht gelehrt, wie wichtig es ist, einen Mann ins Auge zu fassen, der hart arbeiten kann und sich um euer Wohl sorgt? Habe ich das etwa getan, weil ich mich nicht um euch sorge? Glaubst du etwa …« Sie biss die Zähne aufeinander und Tränen sammelten sich in ihren Augen. »Glaubst du etwa, ich will, dass ihr wie ich als Sklavin endet? Ich hatte unsagbares Glück mit Mikolaj! Und euch soll es nicht schlechter ergehen!«

»Doch. Natürlich. Es tut mir leid, Mutter.« Lobna biss sich auf die Lippe. Natürlich meinte es ihre Mutter nur gut. Lobna wünschte sich nur manchmal, sie wäre ein wenig herzlicher und wärmer. Was brachte Zocha ein Schmied, wenn er am Abend sturzbetrunken ins Haus fiel und sich nicht benehmen konnte. Wenn er all das erwirtschaftete Geld in der Schenke auf den Kopf haute? Als lediger Mann mochte das funktionieren. Aber als Ehemann und zukünftiger Vater mehrerer Kinder war ein solches Verhalten undenkbar. Wiatscheslaw würde Zocha das Leben leicht zur Hölle machen können. *Es muss ja keine Liebe sein, aber doch wenigstens ein bisschen Anstand.* Sie erwiderte nichts mehr, hatte jedoch ihren Plan gefasst. Sie würde versuchen, Wiatscheslaw zu würfeln, auch wenn ihre Schwester sie dafür hassen würde und man hinter ihrem Rücken über sie tratschte, dass sie ihr den Mann geklaut hätte. Letzten Endes entschied das Glück, wen man traf, und das wusste jeder.

»Ist schon in Ordnung. Du bist meine älteste Tochter und hast dich immer rührend um die beiden gekümmert. Ich kann es dir nachsehen, dass du dir Sorgen machst. Aber nicht alle Männer sind so schüchtern und zurückhaltend mit ihren Gefühlen wie Mirek. Und nicht alle Schwiegermütter so wie deine.«

»Nicht alle. Das ist wohl wahr.« Sie wollte ihrer Mutter nicht mehr widersprechen, die längst wieder Strähnen auf Bozenas Kopf festgesteckt hatte. Nun betrachtete sie voller Freude ihr Kunstwerk. »Fertig! Jetzt bist du an der Reihe, Zocha«, rief sie die Sprossen hinauf.

Lobna nahm eine Stunde später als Letzte auf dem kleinen Hocker vor ihrer Mutter Platz. Ihre Schwestern saßen bereits hübsch frisiert am Tisch und warteten auf die Kutsche des Priesters. Zocha half Bozena die letzten Knöpfe ihres Kleides zu schließen. Beiden knurrte lautstark der Magen. Ihre Mutter hatte ihnen verboten, vor der Trauung zu essen oder zu trinken, um nicht versehentlich eines der Kleider zu ruinieren.

»Du hast wunderschönes Haar. Es glänzt so seidig wie das Gefieder eines Raben«, schwärmte Bozena und sah zu, wie ihre Mutter Lobna das Haar zu kleinen Zöpfen flocht und am Kopf feststeckte.

»Sag doch so was nicht. Raben bringen nur Unglück.« Lobna sah ihre Schwester mahnend an.

»Ach was!« Zocha trat zu ihnen und begann ebenfalls eine Strähne zu flechten. »Wir haben sie mitsamt ihrem Fluch vertrieben. Da gibt es nichts mehr zu fürchten.«

»Mädchen, hört doch auf, von den Raben zu sprechen. Die Raben und die damit verbundenen Albträume waren gestern«, sagte ihre Mutter, zog eine Nadel zwischen ihren Lippen heraus und steckte eine weitere Strähne an Lobnas Kopf fest. »Heute feiern wir eure Hochzeit. Zocha, reich mir doch bitte noch ein paar Perlen. Sie passen perfekt zu ihrem Haar.«

»Perlen? Muss das sein?«, fragte Lobna.

»Ja, es muss sein.«

Im gleichen Moment stieg draußen der Geräuschpegel an. Hufgetrampel war zu hören und das »Hü!« des Kutschers, der den Wagen durch die Gassen preschen ließ.

»Herrje, da ist der Priester ja schon! Lobna, geh und zieh dir schnell dein Kleid an. Es liegt auf deinem Bett. Auf die Perlen werden wir wohl doch verzichten müssen.« Ihre Mutter eilte zur Tür, um den Priester zu empfangen, der gemäß der Tradition die Mädchen in den Festsaal brachte.

Lobna eilte nach oben und zog zum zweiten Mal für diesen Tag ihr Brautkleid an. Mit dem Wissen, dass es einmal Manteia gehört hatte, die heute gut einen halben Meter kleiner war als noch zu ihrer Trauung, fühlte es sich gleich viel bedeutender an. Die Schneiderin hatte nicht zu viel versprochen und dem Kleid noch ein rotes Seidentuch mit floralen Stickereien beigelegt. Dazu legte sie drei lange Perlenketten an, die ihr bis zum Bauchnabel reichten.

»Lobna, komm endlich!« Ihre Mutter klopfte unten gegen die Leiter.

»Ja, nur einen Moment. Die Knöpfe …« Sie fuchtelte am Rücken herum. Sie schaffte es nicht, alleine die Knopfreihe zu schließen. Allerdings konnte sie unmöglich mit bloßem Rücken vor den Geistlichen treten.

»Lobna! Wir dürfen den Priester nicht warten lassen.«

»Ja, ich weiß.« Sie wurde hektisch. Nun fand sich nicht einmal mehr das Knopfloch. »Mutter? Ich brauche Hilfe.«

Die Haustür öffnete sich, Schritte waren zu hören, und dann wurde es still im Haus. Draußen fuhr die Kutsche an.

»Verflucht!«

Sie fummelte mit zitternden Fingern an den Knöpfen herum. Minuten später hatte sie es geschafft, fast alle zu schließen. Nur ein paar Knöpfe auf Höhe ihrer Taille wollten nicht durch das Knopfloch rutschen. Bevor die Zeremonie ohne sie begann, nahm Lobna das rote Tuch, faltete es zu einem schmalen Streifen und band es sich eng um die Körpermitte, um den Fauxpas zu kaschieren und band es hinten zu einer großen Schleife. Zu ihrer Überraschung musste sie feststellen, dass es gar nicht mal schlecht aussah. Mit dem Farbtupfer fühlte sie sich sogar wohl, da es nun nicht mehr ganz so den Anschein machte, als würde sie sich als unbefleckte Jungfrau verkaufen wollen. Sie nahm den Glücksstein aus ihrer Schmuckschatulle und steckte ihn in eine Falte des roten Tuchs. Ihr Stein war ein blauer Lapislazuli. Manteia hatte ihn ihr vor Jahren geschenkt mit dem Wunsch, er möge ihr helfen, Wahrheit ans Licht zu bringen, wo Angst und Lüge lange Schatten werfen.

Dann schlüpfte sie in ihre Schuhe, warf sich ihren Fuchspelz über, an dem noch Kopf, Pfoten und der buschige Schwanz hingen, und stapfte durch den Schnee zum Festsaal. *Hoffentlich komme ich nicht zu spät.*

Als ein krächzender Rabe über ihren Kopf hinwegflatterte, beschlich sie ein ungutes Gefühl.

5. Kapitel

Langsam öffnete sie die Tür und trat ein. Sofort schwoll ihr Stimmengewirr entgegen. Die Leute tuschelten, welche Braut wohl welchen Junggesellen würfeln würde. Die Dorfbewohner hatten sich bereits um die große, runde Holztafel versammelt. Der Priester, der gerade mit seinen Gehilfen das große Leintuch auf dem Tisch ausbreitete, strafte sie mit einem strengen Blick. Auch alle anderen drehten sich nach ihr um und musterten sie von Kopf bis Fuß. Manche Frauen rümpften die Nase. Es zeugte nicht gerade von guten Umgangsformen nicht in Begleitung des Geistlichen zur Zeremonie zu erscheinen. Obwohl es nur eine kurze Kutschfahrt war, die sie verpasst hatte, zerstörte sie damit doch einen Brauch. Schließlich symbolisierte die Ankunft mit dem Priester, dass die Unschuld der Braut von einem Diener der Götter bewacht worden war. *So gesehen, gibt es bei mir ja ohnehin nichts mehr zu wahren.*

Bozena winkte sie zu sich. Unter den Blicken der Bewohner schlich sie zu ihren Schwestern. Sie ignorierte das Kratzen in ihrem Hals, das nach einem Räuspern verlangte, um bloß keinen Ton von sich zu geben. Jede Bewegung und jedes Geräusch wurde nun auf die Goldwaage gepackt. Zocha und Bozena suchten das Leintuch nach den Namen von Ksawery und Wiatscheslaw ab. Das alte Tuch war inzwischen fast an allen Stellen beschrieben, und bald würde man ein Neues benötigen. Jeder männliche Säugling wurde am Tag seiner Geburt auf dem Leinen mit Namen und Geburtsdatum vermerkt.

Später folgten der Beruf und nach der Hochzeit das Datum der Trauung. Unter Mireks Hochzeitsdatum prangte sein Todestag.

Lobna wandte den Blick ab und suchte ebenfalls die Namen der Junggesellen. Koljas Name stand zum Glück in Wiatscheslaws Nähe. So würde es nicht einmal auffallen, wenn sie versehentlich den Falschen würfelte. Letzten Endes entschied schließlich der Zufall.

Der Priester räusperte sich und trat auf eine kleine Holzempore. Er trug ein purpurrotes Gewand und einen achteckigen Filzhut, von dem goldene Kordeln herabhingen. »Wir haben uns heute hier versammelt, um die Maiden zu verheiraten, die ihr sechzehntes Lebensjahr erreicht haben und bereit sind, ihre eigenen Familien zu gründen.«

Er erwähnte nicht extra, dass Lobna zwei Jahre älter war und wegen Mireks Unglück ein weiteres Mal zur Wahl stand. Jeder wusste es. Lobna vermutete, dass der Priester es verschwieg, um dem Junggesellen die Schmach zu ersparen, der sie heiraten musste. Niemand wollte eine Witwe, die bis zum gestrigen Tag Trauer getragen hatte und kaum mehr ein Kleidungsstück besaß, das nicht schwarz war.

»Auf der anderen Seite haben wir die Jünglinge, die mit achtzehn Lenzen stark und kraftvoll genug sind, um Frau und Kind durchzubringen.« Er wies auf die gegenüberliegende Seite der Tafel.

Dort standen Ksawery, ein wankender Wiatscheslaw, Kolja und Janusz. Einer würde heute leer ausgehen und im kommenden Jahr erneut antreten müssen.

Lobna hatte sich gewünscht, dass es Wiatscheslaw treffen würde, aber nach Zochas Geständnis, hatte sie ihren Wunsch ändern müssen. Sie zog unter dem roten Schal den Stein hervor, ballte die schweißnasse Hand mit dem Glücksstein zur Faust und flehte innerlich, dass sie den Schmied würfeln würde. Als Kind hatte man ihr immer erzählt, dass der Glücksstein die Wünsche seiner Besitzerin erhört und Lobnas tiefster Wunsch war es, ihre Schwestern vor Unglück zu bewahren.

Der Priester nahm einen Kelch entgegen, trank einen Schluck von dem geweihten Quellwasser aus den Bergen, und spritze anschließend ein wenig davon über das Leinen. »Lasst nun die Wahl beginnen.« Er sah Lobna und ihre beiden Schwestern der Reihe nach an. »Bozena … Tritt bitte zu mir nach vorn.«

Lobna spürte, wie sie an ihrer Seite zusammenzuckte. Auch ihr Körper spannte sich an und ihr Atem wurde schneller. Um ihrer Schwester Mut zu machen, drückte sie kurz Bozenas Hand, ehe diese vortrat und sich ihrem Schicksal stellte. Sie war die Aufmerksamkeit nicht gewohnt und bekam überall im Gesicht hektische Flecken. Lobna hätte ihr gerne zur Seite gestanden, aber da musste sie alleine durch. *Nicht Wiatscheslaw, nicht Wiatscheslaw, nicht Wiatscheslaw …*, versuchte sie, das Schicksal zu beschwören.

Ihre Eltern standen in der ersten Reihe und drückten symbolisch die Daumen.

Bozena warf ihren Glückstein in die Luft und er landete auf … Ksawery!

Bozena strahlte glücklich in dessen Richtung und Ksawery, ganz Kavalier, lief um den Tisch herum und bot ihr seinen Arm an. Beide wurden mit tosendem Applaus bejubelt und viele junge Mädchen seufzten auf. Auch wenn es nie mehr einen König geben würde, war Ksawery doch der Traumprinz. In seinem roten Seidenmantel mit den floralen Stickereien wirkte er von allen am edelsten. Es regnete getrocknete Blüten und Weizenkörner, die die Anwesenden als Glücksbringer über die Köpfe des Brautpaares warfen.

Lobna hing noch ihren Gedanken nach, als sie aufgerufen wurde.

Alle Blicke waren auf sie gerichtet.

Sie stand auf, trat an den Tisch und versuchte sich zu orientieren. Wiatscheslaws Name stand am anderen Ende der Tafel. Sie warf einen Blick über die Schulter. Zocha stand entspannt hinter ihr und lächelte. Sie war so tough wie immer. Lobna hoffte, dass ihre Beziehung nicht ewig darunter leiden würde, dass sie ihr gleich den Mann wegschnappte. Seit feststand, dass sie wieder heiraten würde und wer die zur Wahl stehenden Junggesellen waren, hatte Lobna heimlich Werfen geübt. Am See, im Schuppen … Selbst wenn sie ein Stück Kohle in den Ofen geworfen hatte. Immer wieder hatte sie ein Ziel anvisiert und fast immer auch getroffen.

Zocha nickte auffordernd und formte stumm Koljas Namen.

Lobnas rang sich zu einem Lächeln durch und nickte. Sie hasste es, zu lügen.

»Nun wirf endlich den Stein«, forderte der Priester sie auf und klatschte in die Hände.

Lobna nahm das Kleinod in beide Hände und ließ es darin rotieren. *Wiatscheslaw … Wiatscheslaw … Wiatscheslaw!*

Sie warf Lapislazuli in die Luft.

Die Menge feuerte sie an.

Polternd landete er auf dem Leinen, hüpfte dreimal auf und ab und fiel über die Tischkante auf den Boden.

»Oh«, raunte die Menge mitleidig.

Nicht noch mal! Was für ein Albtraum! Doch niemand reichte ihr den Stein für einen zweiten Anlauf. Neugierig und murmelnd scharten sich die Leute um den Stein.

Der Priester bahnte sich einen Weg durch die Menge. »Platz da!« Er beugte sich vor und brummte vor sich hin.

Manteia drängte sich an den Schaulustigen vorbei und blieb neben dem Priester stehen.

»So was hat es noch nie gegeben«, sagte der und kratze sich den Bart.

»Was ist los?«, fragte Lobna und stellte sich auf die Zehenspitzen. Sie konnte nichts erkennen und lief um den Tisch herum. Ihr Glücksstein war auf einem Stück des Leintuchs zum Liegen gekommen.

Vorsichtig hob der Priester den Stein an. Seine Hände zitterten und sofort tauschte er eiglnen sorgenvollen Blick mit Manteia.

»Was ist denn?«, hakte Lobna nach. Sie beugte sich nach vorn und warf einen Blick auf das Leinen. *Dariusz?* »Wer ist Dariusz?« Ihre Stimme war viel lauter als sonst.

»Der vergessene Junggeselle«, raunte der Priester ihr zu.

Die Menge hatte ihn allerdings verstanden und ein Flüstern ging durch die Reihen.

Manteia schubste den Priester mit ihrem Stock zur Seite und legte verschwörerisch einen Arm um Lobna. »Kind, der vergessene Junggeselle ist vor vielen Jahren im Tannendickicht verschwunden und wurde seitdem nie wieder gesehen.«

Lobna erinnerte sich daran, dass man vor vielen Jahren einen Jungen vermisst hatte, der in ihrem Alter war. Er war einfach verschwunden und auch nach wochenlanger Suche weder tot noch lebendig aufgetaucht.

Wiatscheslaw schlug seinen Bierkrug auf den Tisch. »Der Junge ist doch längst tot!«

»Woher willst du das wissen?«, mischte sich Ksawery ein.

»Kein Kind überlebt jahrelang im Wald«, lallte Wiatscheslaw. »Er muss verschwunden sein, als er vielleicht acht oder zehn Jahre alt war. Aber keinen Tag älter.«

»Aber wir wissen es nicht sicher.« Ksawery wollte offenbar nicht klein beigeben.

»Ich bin für eine Neuwahl«, forderte Kolja. »Dariusz ist unauffindbar. Es wäre die reinste Verschwendung, die schöne Lobna in den Wald zu schicken.«

»Ja, genau!«, riefen viele der Frauen und ihre Männer nickten zustimmend.

Aus den hinteren Reihen hörte man Beschwerden. Ein paar Leute traten zur Seite und ließen Pawel vorbei.

»Schwägerin.« Er zog seinen Hut und verneigte sich knapp vor Lobna. Auch sie knickste kurz, wie es der Anstand gebot. Sie konnte den Mann ihrer ältesten Schwester Iga nicht leiden. Er war besserwisserisch und überheblich. Aber er packte auf dem Feld kräftig mit an, brachte Geld und Essen nach Hause, und kümmerte sich um Iga und seine kleine Tochter, wie es sich für einen Mann gehörte.

»Priester.« Er verneigte sich auch knapp vor dem Geistlichen. »Ich spreche mich gegen eine Neuwahl aus.«

Die Menge grölte empört, aber Pawel ließ sich davon nicht beeindrucken. »Es hat noch nie zuvor eine Neuwahl gegeben, nur weil die Partie nicht die gewünschte war.«

»Ja, aber hier«, mischte sich Manteia ein, »hat es nichts mit einer guten oder schlechten Partie zu tun. Der Junge ist wahrscheinlich tot und unauffindbar. Du kannst das Mädchen doch schlecht in die Wälder schicken wollen. Wonach soll sie suchen? Nach seinen Überresten?«

»Manteia, ich bitte dich.« Er sah sie von oben herab mit einem Blick an, als würde er in ihr nicht mehr sehen als in einem alten, närrischen Mütterchen. »Das sind doch bloß Vermutungen! Der Junge ist vielleicht nach Krakow gegangen, auf der Suche nach einem besseren Leben.«

»Ja, eben!« Wiatscheslaw lehnte sich mit verschränkten Armen über den Tisch. »Wenn das stimmt, lebt er seit Jahren in der Stadt und ist wahrscheinlich schon zum dritten Mal verheiratet. Lass das Mädchen neu würfeln, Pawel.«

Lobna hielt sich aus der Diskussion heraus. Sie hatte geahnt, dass Pawel es ihr irgendwann heimzahlen würde. Sie hatte nur nicht gedacht, dass sich ihm ausgerechnet heute eine Chance dazu bot.

6. Kapitel

»Sie hat kein Recht, neu zu würfeln. Wenn wir zulassen, dass sie neu würfeln darf, dann können wir auch gleich die Tradition begraben und jeder heiratet, wen er will. Dann ist es nur eine Frage der Zeit, bis einer dem anderen mit dem Beil den Schädel einschlägt, weil man sich gegenseitig das Mädchen geklaut hat! Wir leben nach dem Zufall und nicht nach Schicksal oder solchem Quatsch!« Pawel redete sich in Rage und erntete dafür gleichermaßen Zustimmung und Ablehnung.

Zu Bozenas sichtlichen Entsetzen schlug sich auch Ksawery auf seine Seite. »Pawel hat recht. Er musste auch Iga heiraten, obwohl sie nicht das beste Pferd im Stall war.«

Für diese Aussage hätte Lobna ihn am liebsten geohrfeigt. Iga hinkte zwar, weil ihr linkes Bein lahm war, aber sie packte an, wo es ihr nur möglich war. Sie war eine liebende Mutter und eine fleißige Hausfrau. Sie war mehr, als andere Frauen je sein würden.

Pawel bedachte Lobna mit einem zufriedenen Gesichtsausdruck. Sie ahnte, dass er sich innerlich diebisch darüber freute, sich endlich rächen zu können. Schließlich war sie es gewesen, die sich für Iga eingesetzt hatte, als Pawel sich gegen die Heirat mit ihr wehren wollte.

»Lächerlich! Ihr seid lächerlich!« Wiatscheslaw warf den Kopf in den Nacken und lachte laut und künstlich. »Ihr wollt das Mädchen den Wölfen zum Fraß vorwerfen!«

»Den Wölfen zum Fraß! Dass ich nicht lache!« Ksawery zog spöttisch eine Augenbraue nach oben. »Vielleicht ist der Gute ja inzwischen König des Waldes, sagt den Bären gute Nacht und führt ein besseres Leben als wir in diesem sterbenden Kaff!«

»Er ist tot. Wie lange hat man ihn gesucht? Wochen! Die Wölfe und Bären haben ihn mit Haut und Haaren vertilgt. Daran gibt es keinen Zweifel.«

»Genug der Streiterei«, bestimmte der Priester. »Das Mädchen muss keinen Totgeglaubten heiraten. Wir wollen das Glück aber nicht zu häufig herausfordern. Lobna wird ihren Gemahl an einem anderen Tag würfeln. Zocha muss noch ihren Bräutigam wählen und ihre Wahl soll nicht von diesem Unglück überschattet werden.«

Oh nein! Sie hatte ihre Schwester ganz vergessen. Sie hatte es nicht geschafft, Wiatscheslaw zu würfeln und Zocha somit den Weg zu ihrem vermeintlichen Traummann geebnet.

Obwohl sich die Menge nun viel eher für Lobna interessierte, versuchte sie dennoch, sich auf Zocha zu konzentrieren.

»Du darfst«, sagte der Priester und nickte ihr zu.

Zocha trat vor, warf den Stein – und er landete knapp vor Koljas Namen. Doch er berührte unverkennbar das W von Wiatscheslaw.

Gleich zwei Unglücke an einem Tag. Lobna knirschte mit den Zähnen und hasste sich dafür, dass sie sich nicht besser konzentriert hatte. Ein gezielter Wurf hätte die Zukunft in ganz andere Bahnen lenken können. Dieser Gedanke ließ sie nicht mehr los. Während alle anderen die Trauung von Bozena und Zocha und das darauffolgende Fest in vollen Zügen genossen, haderte Lobna mit sich. Dass sie den verschwundenen Dariusz gewürfelt hatte, war für sie absolut bedeutungslos, aber Zocha in den Armen von Wiatscheslaw zu sehen, stimmte sie wütend. Er hielt in der einen Hand einen Krug, über dessen Rand bei jeder Bewegung Bier schwappte, und mit der anderen umfasste er Zochas Taille. Er torkelte schon so arg, dass es den Anschein hatte, als würde sie ihn beim Tanz führen und nicht umgekehrt. Seine abgetragene Robe vervollständigte das Bild eines heruntergekommenen Taugenichts. Die Rüschen am Hemdkragen waren vergilbt und in die Ärmel hatten Motten Löcher gefressen. Er hatte nicht einmal ein paar Zlotys ausgegeben, um sich bei der Schneiderin neu einzukleiden. Wie würde er wohl erst in einem Jahr das Geld in stinkenden Spelunken zum Fenster hinauswerfen?

Zocha warf ihr einen Blick zu, als sie sah, dass Lobna sie beobachtete. Dann blieb sie stehen, hob eine Augenbraue an und flüsterte ihrem Mann etwas zu.

Der nickte, lachte und gesellte sich zu anderen Gästen.

Zocha schnappte sich indessen Bozena und die beiden tanzten in Ringelreihen zu Lobna herüber.

»Tanz mit uns!«, forderte Zocha sie auf. »Bei deinem Gesicht gibt es sieben Tage Regenwetter.«

»Du darfst nicht Trübsal blasen. Für dich findet sich auch noch ein Mann«, munterte Bozena sie auf und setzte auch ihr eine Blumenkrone auf, die die Kinder aus trockenen Kräutersträußen als Brautgaben gebunden hatten.

»Ja, bestimmt«, log sie. Sie lächelte und schloss sich ihren Schwestern an. Einer der Bauern besaß noch eine Geige aus besseren Zeiten und fiedelte ein Lied nach dem anderen. Hin und wieder mischte sich ein schiefer Ton dazwischen, der Zocha und Bozena zum Lachen brachte.

Wenn sie glücklich sind, will ich es auch sein. Ich hoffe nur, dass das Glück von Dauer ist.

***

Am nächsten Morgen weckte sie ein flatterndes Geräusch. Im Gegensatz zu allen anderen, hatte Lobna keinen Alkohol getrunken und das Fest recht früh verlassen. Sie war bei klarem Verstand. Als sie das Flattern erneut vernahm, öffnete sie die Augen und sah sich um. Es war noch dunkel, aber sie erkannte, dass sich vor dem Fenster etwas bewegte.

Sie schrak zusammen, bemerkte jedoch im nächsten Augenblick, dass es nur ein Rabe war, der sich auf dem Fensterbrett niedergelassen hatte und aufgeregt mit den Flügeln schlug.

»Kusch! Verschwinde!« Sie sprang aus dem Bett und schlug gegen die Glasscheibe. »Unglücksrabe! Wegen dir hatte ich Albträume.« Sie klopfte noch einmal dagegen, dann verschwand das Tier. Sie sah ihm nach und schüttelte den Kopf. Es war ungewöhnlich, dass sich ein Rabe so kurz nach dem Fest wieder ins Dorf traute, noch dazu so dicht zu den Menschen. Sie schlüpfte in ihre Kleidung, kletterte die Leiter hinunter und schlich hinters Haus zu einem Bottich Regenwasser. Dabei bemühte sie sich, leise zu sein, um ihre Eltern nicht zu wecken. Sie wusch sich rasch das Gesicht und machte sich auf den Weg zu Manteia.

Die wenigen, die bereits auf den Beinen waren, trugen dicke Tränensäcke im Gesicht. Nach einem so großen Fest schliefen die Dorfbewohner gern länger. Nicht einmal der Nachtwächter, der sonst bis zum Morgengrauen mit einer Laterne durch die Straßen zog und jede Stunde die Uhrzeit verkündete, war zu sehen. Längst erloschen steckte seine Laterne im Schnee vor der Wirtschaft.

Sie ging vor allem deshalb zu Manteia, weil sie Ablenkung brauchte. Es fühlte sich komisch an, alleine unter dem Dach in ihrem Elternhaus zu schlafen. Ihre Schwestern waren gemäß der Tradition schon in der Hochzeitsnacht zu ihren Männern gezogen. Ihre Sachen würden sie in den kommenden Tagen in ihr neues Heim bringen lassen. Natürlich war es kein Abschied für immer, aber man wollte zeigen, dass die Töchter nun einer neuen Familie angehörten. Nur Lobna war zurückgeblieben und fühlte sich in ihrem Elternhaus so fremd wie nie zuvor. Um nicht ständig daran erinnert zu werden, zog sie es vor, den Tag außerhalb des Hauses zu verbringen. *Ausgerechnet ich werde Vater weiterhin lästig sein.* Die Kapuze tief ins Gesicht gezogen, um sich vor der Kälte zu schützen, stapfte sie schnurstracks zu Manteia. *Ich muss ihm lästig sein.* Sie schnaufte, bevor sie an die Tür klopfte.

»Herein«, krächzte Manteia von drinnen.

»Guten Morgen, babcia. Hast du gut geschlafen?« Augenblicklich besserte sich ihre Laune. Hier fühlte sie sich behütet.

Manteia saß am Küchentisch und schlürfte eine heiße Tasse Tee, in dem noch Minzblätter trieben. Gebannt starrte sie aus dem Fenster.

»Was schaust du so?« Lobna trat zu ihr. Allmählich wurde es hell hinter den verschneiten Bergen und offenbarte einen Anblick, den sie nie mehr würde vergessen können. Ist das wahr oder träume ich?« Mit offenem Mund schaute sie nach draußen und führte langsam die Hand vor den Mund, während sie versuchte, zu verstehen, was mitten auf dem Marktplatz lag.

»Kind, siehst du das, was ich ahne zu sehen?«

»Ja, babcia. Der Priester …«

»Meinen Stock. Sofort!«

Als Lobna mit Manteia an ihrer Seite hinauseilte, hatten sich schon andere um die Leiche des Geistlichen versammelt. Er lag mitten auf dem Platz. Sein Blut hatte sich über die Rillen des Kopfsteinpflasters erstreckt. Dort, wo einst seine Augen waren, lagen zwei tiefe, leere Höhlen.

»Waren das … waren das etwa Raben?«, fragte eine Bäuerin entsetzt und hielt sich die Schürze vor den Mund.

Ein Mann schubste den Priester mit einer Heugabel an. Sein Leichnam war blass und steif. Auf seinem Bart und seinen Augenbrauen hatten sich Eiskristalle gebildet. Er musste schon ein paar Stunden dort liegen.

»Ja. Wer sonst sollte dem Geistlichen die Augen auspicken?«

Wie zur Bestätigung flatterte eine Schar Raben über ihre Köpfe und krächzte höhnisch.

»Babcia, wann hatten wir zuletzt so viele Raben im Dorf?«

»Das ist lange, lange her.« Sie wirkte ernst. Ihr leerer Blick huschte über den toten Körper des Priesters, als könnte sie ihn wirklich vor sich liegen sehen.

Die Nachricht vom Tod des Priesters hatte sich wie ein Lauffeuer verbreitet. Immer mehr Leute tummelten sich auf dem Marktplatz und versammelten sich um den Körper. Viele der Bewohner waren noch betrunken und übergaben sich bei dem grausigen Anblick. Innerhalb weniger Sekunden mischte sich der eisenhaltige Blutgeruch mit saurer Galle und Alkohol.

»Kind, bring mich ins Haus und sieh zu, dass du mir die Schulterknochen eines Lämmchens bringst. Beeil dich und lass dich nicht aufhalten.«

»In Ordnung.«

Sie entfernten sich von der schaulustigen Meute. Kaum saß Manteia sicher im Schaukelstuhl, bahnte sich Lobna wieder einen Weg durch die Menge und eilte zum Schlachter. Sein Stall lag nur wenige Gassen vom Markt entfernt. Die Tore waren geöffnet.

»Natan? Natan, bist du hier?« Lobna hob den Rock ihres Kleides an und stapfte durch Mist und Stroh, vorbei an muhenden Kühen und grunzenden Schweinen. Es stank nach Pisse und über ihrem Kopf schwirrten Schwalben, die sich unter dem Dach Nester aus Heu gebaut hatten. Im Hinterzimmer hörte sie das spitze Quieken eines Schweins, das mit einem Schlag verstummte. Sie folgte dem Geräusch.

»Natan, da bist du ja.«

Er stand vor einem Holzblock, der über und über mit Blut besudelt war. Der Schweinekopf war kurz davor zum Liegen gekommen. Er befestigte den restlichen Körper zum Ausbluten an einem Metallhaken.

»Ah, da haben wir unseren Unglücksraben von letzter Nacht«, scherzte er und rieb sich einen Blutspritzer aus dem Gesicht.

»Zu früh für Scherze. Ich brauche die Schulterknochen eines Lamms.«

»Das hört sich aber verräterisch nach unseren alten Manteia an.«

»Ja.« Abgesehen davon, dass sie nicht wusste, was in der alten Frau vor sich ging, wollte sie auch nicht zu viel verraten. Manteias Vorhersagen waren gefürchtet und ihr Hexenwerk hatte selten gute Neuigkeiten gebracht.

Natan verschwand kurz in einem anderen Raum. Als er zurückkam, hatte er einen Eimer mit Knochen bei sich. Einen nach dem anderen warf er achtlos auf den Boden.

»Ah, da haben wir sie ja.« Er reichte Lobna ein Schulterblatt.

»Was kriegst du dafür?«

Er winkte ab. »Richt der Alten aus, dass sie uns diesmal gute Nachrichten bringen soll. Wenn sie es schafft, soll sie ab heute alle Knochen umsonst bei mir bekommen.«

»Dann gebe ich dir wohl besser gleich ein paar Groszy. Scheinbar hast du noch nicht gehört, was dem Priester zugestoßen ist.«

»Dem Priester?« Er horchte auf. »Nein. Ich bin schon seit heute Morgen im Stall. Eine Kuh hat gekalbt.«

»Geh auf den großen Platz und sieh es dir an. Dann weißt du auch, weshalb Manteia die Knochen braucht.« Sie wollte keine Zeit mehr verlieren. »Ich muss los. Manteia wartet nicht gern.«

»Jaja. Die Zeit läuft bei den Alten immer schneller.«

Sie rannte zurück. »Entschuldigung, dürfte ich vorbei?« Lobna zwängte sich erneut an den Schaulustigen vorbei.

»Lobi! Lobi!« Bozena stürmte auf sie zu und hielt sie auf. »Stimmt es, was die Leute tuscheln?«

»Was erzählen sie denn?« Lobna hatte keine Zeit zu verlieren, aber vielleicht konnte sie Manteia ein paar Informationen mitbringen.

»Sie sagen …« Bozena errötete. »Sie sagen, der Mord des Priesters ist deine Schuld, weil du nicht nach dem vergessenen Junggesellen suchst.«

»Bozena! Wie kannst du so etwas nur sagen?«

»Ich glaube es nicht, aber die Leute sagen es. Sie behaupten, der Junggeselle sei bestimmt bei der Rabenfrau eingezogen und ebenso ein böser Zauberer. Sie sagen … sie sagen, dass er uns alle ins Verderben stürzen wird, wenn du dein Wort nicht hältst.« Sie zitterte und ihre Unterlippe bebte.

»Ach, Bozena.« Lobna schloss ihre Schwester in die Arme. »Hätte der Junggeselle sich eine Frau gewünscht, wäre er ins Dorf marschiert und hätte sie sich genommen. Egal, ob böser Hexer oder nicht.«

Bozena nickte. »Das Gerede macht mich nur irre. Ksawery redet mir schon den ganzen Morgen in den Kopf, seit er das mit dem Priester erfahren hat. Er will, dass ich dich dazu bringe, den Jungen zu suchen. Er sagt, es wird bestimmt nicht beim Priester bleiben, wenn es wirklich Rache ist.«

»Schwachkopf! Der Tod des Priesters kann auch einfach ein Unglück gewesen sein. Aber lass Ksawery reden. Ich will nicht der Grund für euren ersten Streit in eurer noch frischen Ehe sein. Sag mir lieber, bist du glücklich? Hat er dich gestern Nacht gut behandelt?«

Bozena lächelte. »Ja. Er hat mich auf Händen über die Schwelle getragen. Ich habe das schönste Nachthemd bekommen, das ich je getragen habe, und das Bett war warm und weich und ganz luftig durch die Daunen.«

Bozena war bis über beide Ohren verliebt, sonst hätte sie unmöglich zehn Meter von einer Leiche entfernt, so unbefangen von ihrer ersten Nacht im neuen Heim schwärmen können.

»Was ist mit Zocha? Wie ist es ihr ergangen? Hast du sie schon gesehen?«

Bozena schmunzelte. »Ich glaube, sie und Wiatscheslaw liegen noch in den Federn.«

Lobna atmete hörbar durch die Nase ein. »Wollen wir nur hoffen, dass er aus unserer Zocha nicht ebenfalls einen Zecher macht.« Sie wollte zu weiteren verbalen Faustschlägen gegen Wiatscheslaw ausholen, als sie Manteia hinter dem Fenster ihres Häuschens entdeckte. »Ich muss los!« Lobna hastete an Bozena vorbei.

Manteia hielt ihr schon die Tür auf. »Hast du die Knochen?«

»Ja«, keuchte Lobna außer Puste.

»Hat jemand gesehen, dass du Knochen für mich geholt hast?« Sie war offenbar besorgt, jemand könnte es beobachtet haben und

Gerüchte streuen. Die Leute glaubten an ihre Prophezeiungen und sie war bestimmt nicht gewillt, schlechte Weissagungen im Dorf zu verbreiten und dadurch Angst und Unfrieden zu stiften. Sie warf einen skeptischen Blick Richtung Bozena.

»Nein, nur Natan.«

»Ach, der wird es schon nicht weitererzählen. Schließlich macht er ja ein gutes Geschäft mit mir alten Hexe.« Sie kicherte. »Wie viel wollte er für das Schulterblatt?«

»Nichts.«

»Nicht einen Groszy? Das sieht ihm nicht ähnlich.«

»Nein. Es reicht ihm, wenn du nur gute Nachrichten bringst.«

Manteia schüttelte den Kopf. »Der Mann hat Flausen im Kopf. Es ist ja nicht so, als würde ich das Unglück herbeisehnen. Ich sehe es nur früher kommen als andere. Wie dem auch sei, lass mich das gute Stück mal sehen.«

Lobna reichte ihr das Bündel. Sie wickelte den Knochen aus einem Lederfetzen und drehte ihn hin und her. Sie hob ihn zum Mund und fuhr mit der Zunge darüber. Dann schmatzte sie, als würde sie die Würze einer Suppe abschmecken. »Na, ein Lamm ist aber was anderes. Das hier sieht mir eher nach einem alten Hammel aus.« Sie schnupperte daran. »Und riecht auch so!« Sie watschelte zum Feuer und kramte ein Stück Kupferdraht aus einem Nähkästchen. »Kind, sei so gut und wickel den Draht um den Knochen.«

Lobna nahm beides entgegen und suchte nach einem Anfangspunkt. Während sie den Draht an dem Knochen befestigte, lugte sie immer wieder hinaus auf den Marktplatz.

Die Leute hatten sich inzwischen wieder ihrer alltäglichen Arbeit gewidmet. Der Tote wurde gerade vom Bestatter, Herr Sargnagel, wie ihn die Dorfbewohner nannten, in einem Schubkarren von der Straße geschafft. Die schlaffe Hand des Geistlichen ruckelte jedes Mal, wenn der Karren über den holprigen Boden klapperte. Zurück blieb eine große, dunkelrote Blutlache. Eine der Hausfrauen hievte einen Kübel Wasser aus dem Brunnen und schüttete es darüber, um das Blut wegzuspülen.

»Kind? Du bist nicht hier. Wohin führen dich deine Gedanken? Liegt der Priester etwa immer noch da draußen? Wobei … so kalt, wie es ist, fängt er ja auch nicht so schnell an zu stinken.«

»Nein … Nein, das ist es nicht.« Sie reichte Manteia den Knochen. »Bozena hat mir erzählt, dass die Leute mir die Schuld geben. Sie sagen, dieser Dariusz sei ein böser Hexer und dass er sich rächt, weil ich mich nicht auf die Suche nach ihm begebe.«

Manteia zuckte mit den Achseln und warf den Knochen in die Glut. Sie schürte mit einem Haken das Feuer.

Lobna hoffte, sie würde das Geschwätz der Leute als Unfug abtun, aber Manteia schwieg dazu.

»Bring mir bitte ein Sträußchen getrockneten Lavendel und etwas Beifuß«, lenkte sie vom Thema ab.

»Du weißt, wie man mit Menschen umgeht«, schimpfte Lobna, verdrehte die Augen und stand auf, um aus den Sträußen die richtigen Pflanzen herauszusuchen. Draußen auf dem Platz herrschte Totenstille. Trotzdem war sich Lobna sicher, dass in den umliegenden Häusern das Gerede laut war und man sie mit Argusaugen mustern würde, sobald sie ins Freie trat. »Hier.« Sie reichte Manteia die Kräuter und sah zu, wie sie einen Stängel nach dem anderen in die Glut warf und die Flamme jedes Mal kurz aufloderte. Das verbrannte Kraut qualmte erbärmlich, aber Manteia schreckte das nicht ab. Sie hustete zweimal und fächerte sich Luft zu. Der Kupferdraht glühte grell orangefarben auf. Ein helles Bing war zu hören, als er sich unter der Hitze wand.

»Das dürfte genügen.« Manteia fischte den Knochen mit einer Zange aus dem Feuer und ließ ihn auf den Boden poltern. Dort lag er, bis er erkaltet war. Dann nahm sie ihn und wickelte den Draht ab. Sie hielt Lobna den stinkenden Knochen vors Gesicht. »Was siehst du?«

»Ich sehe …« Sie kniff die Augen zusammen. »Es ist undeutlich. Ich sehe … Wahrscheinlich ist es bloß Einbildung … Babcia, ich kann das nicht. Du bist das Orakel. Ich sehe nur einen Knochen mit Draht.«

7. Kapitel

»Nun sag schon! So ersetzt du mir meine Augen nicht.«

Lobna wollte entgegnen, dass sie doch sonst auch alles auf ihre eigene Weise sehen konnte, schwieg jedoch. Die Greisin tat nichts ohne Grund. Wahrscheinlich wollte sie, dass Lobna es sah. Diese Vorahnung sollte weder Geheimnis noch Überraschung für sie sein.

Lobna versuchte, sich genau auf die Risse im Knochen zu konzentrieren. Die Marmorierung nahm allmählich Gestalt an. »Ich sehe einen Vogel. Und einen Kreis.«

»Siehst du noch etwas?«

»Verästelungen. Einen Baum vielleicht. Blitze?«

»Kind, du tust dich schwer.« Manteia befühlte den Knochen mit ihren faltigen Händen. Mit dem Fingernagel des Zeigefingers fuhr sie die Rillen nach. »Hm … Du bist ein Unglücksrabe, mein Mädchen.« Sie lächelte traurig. »Das ist nicht einfach nur ein Vogel, Kind. Das weißt du auch, nicht wahr?«

Betreten blickte Lobna zu Boden.

»Es ist ein Rabe. Ein großer, schwarzer Rabe. Dein Kreis … ist ein Ring. Ein Zeichen der Verbundenheit. Ein Ehering vielleicht. Und die Verästelungen symbolisieren den Wald.«

»Bedeutet das, dass ich ihn doch suchen muss?«

»Noch ist es nicht mehr als ein böses Omen«, sagte Manteia beschwichtigend.

»Aber ein Omen für was? Ich muss wissen, ob ich es aufhalten kann.«

»Lass uns warten. Nur weil man ungeduldig ist, prescht der Wind nicht eiliger über die Felder und der Regen prasselt nicht schneller auf die Dächer nieder.«

»Das sagst du so leicht.«

»Tu einfach das, was du immer tust.«

Lobna stand auf und strich ihre Schürze glatt. »Du hast vermutlich recht. Nachher ist deine Küche blitzblank. Vielleicht lenkt es mich von meinen trübsinnigen Gedanken ab.« Sie lief zum Fenster hinüber und erstarrte. »Wenn der Grund für meine Gedanken nicht direkt vor mir stehen würde …«

Ihr Vater, Olaf Pawlak und Ksawery hatten sich um die Blutlache versammelt, die trotz des Reinigungsversuchs wie ein Mahnmal auf dem Boden prangte.

Ksawery gestikulierte wild und deutete abwechselnd auf den Boden und in den Himmel. Lobnas Vater strich sich erschöpft über die Stirn. Olaf Pawlak redete ebenfalls auf ihn ein.

Was geht da vor sich? Als sich die drei in Richtung des kleinen Hauses umdrehten, duckte sich Lobna schnell.

»Mikolaj und Pawla?«, wollte Manteia wissen.

»Und Ksawery. Sie stehen um den Blutfleck herum und zeigen auf dein Haus.«

»Wenn sie etwas wollen, werden sie schon herüberkommen.«

»Sie sollen lieber fernbleiben. Mein Vater wollte mich endlich wieder loswerden und was passiert? Ich bin die Einzige, die keinen Mann findet. Vielleicht sollte ich wirklich besser in den Wald gehen, damit ich ihm nicht mehr unter die Augen treten muss.«

»Schon wieder dieses grämliche Thema.«

»Du bist die Einzige, mit der ich darüber reden kann.« Sie drehte sich zu der alten Frau um. »Bitte hab Verständnis.«

»Drei … zwei …«

»Wie bitte?«

»Eins.«

Klopf – klopf.

Die hölzerne Eingangstür polterte mit jedem Schlag.

»Geh schon und öffne ihm«, wies Manteia sie an. Sie schien keinen Zweifel daran zu hegen, wer hinter der Tür stand.

Langsam drückte Lobna die Klinge nach unten. Sie überlegte, was sie sagen sollte, wenn das Gespräch auf Dariusz, den Priester und die vergangene Nacht fiel, aber ihr wollte so schnell nichts einfallen. Sie öffnete einen Spalt.

Vor der Tür wartete, wie erwartet, ihr Vater. Olaf Pawlak und Ksawery standen noch immer mit verschränkten Armen auf dem Marktplatz und beobachteten das Geschehen. Ihr Vater drehte sich immer wieder ängstlich nach ihnen um, während sie versuchte, die beiden zu ignorieren. Es gab keinen Anlass, dem aufgeblasenen Königssohn mehr Aufmerksamkeit als nötig zukommen zu lassen.

»Lobna.«

»Vater.« Sie machte einen Schritt zur Seite, um ihn einzulassen.

Mit matschigen Stiefel betrat er die kleine Hütte. Er musste sich ducken, um sich nicht den Kopf an der niedrigen Decke zu stoßen.

»Was führt dich in mein Haus?«, fragte Manteia und klopfte auf einen Hocker vor dem Feuer.

»Danke, aber ich gedenke nicht lange zu bleiben.«

»Dann bleib halt stehen, Mikolaj. Also, was führt dich her?«

»Ich denke ...«

»Nein!«, unterbrach Manteia ihn harsch. »Beginn wenigstens mit wir denken. Dann ist es nicht allzu sehr gelogen. Du treibst dich wie ein Dreigestirn mit den anderen herum. Die beiden hecken etwas aus und du bist der Mund, der es ausspricht. Machen wir uns doch nichts vor.«

»Nun gut. Wir denken, dass es das Beste wäre, wenn Lobna in die Wälder geht und den Junggesellen sucht. Sie kann ja ...«

»Sprich nicht zu mir, wenn das Mädchen direkt vor dir steht.«

Er presst die Lippen aufeinander. Er hasste es, unterbrochen zu werden, aber vor Manteia hatte selbst er größten Respekt. Er gehorchte und suchte Lobnas Blick. Allerdings konnte er ihrem nur wenige Sekunden standhalten, bis er wieder aus dem Fenster schweifte und Olaf und Ksawery fixierte, die noch immer auf dem Platz ausharrten. »Du kannst ja wieder zurückkommen, wenn du ihn nicht findest«, murmelte er kleinlaut. »Der Junge ist mit acht Jahren von zu Hause fortgelaufen. Er wird keine zehn Jahre im Wald überlebt haben.«

»Wieso soll ich dann überhaupt in den Wald und ihn suchen?«

Er druckste herum. »Wir denken … Na ja, wenn er vielleicht doch noch lebt … Wenn er all die eisigen Winter der letzten Jahre überlebt haben sollte, dann geht es nicht mit rechten Dingen zu. Vielleicht ist er ja doch ein Hexer und steckt unter einer Decke mit der Räbin. Seine Rache könnte uns alle den Kopf kosten.«

Lobna nickte. »Wenn es keine andere Lösung gibt, werde ich ihn suchen. Ich will schließlich nicht, dass meinen Schwestern etwas geschieht. Wir werden sehen, wie sich die Dinge entwickeln. Aber der da draußen«, sie nickte in Ksawerys Richtung, »soll sich nicht einbilden, ich würde nach seiner Pfeife tanzen.«

»Gut. Dann werde ich das so weitergeben.« Er nickte ihr und Manteia kurz zu und lief schnurstracks wieder zu Ksawery und Olaf. Er hatte es so eilig, dass er nicht einmal die Tür hinter sich schloss.

Lobna blickte ihm nach, ehe sie wütend die Tür zuschmetterte. »Glaubst du, sie haben recht?«

»Wir werden es sehen.« Manteia seufzte.

»Ist es in Ordnung für dich, wenn ich den heutigen Tag bei dir verbringe? Ich könnte dir Geschichten vorlesen, dich baden, die Löcher in deinen Socken flicken. Mir fällt schon etwas Nützliches ein. Meine Mutter kommt auch einen Tag ohne mich aus. Ich will mir nicht auch noch von ihr anhören müssen, dass der Tod des Priesters meine Schuld ist.«

»Kindchen, Kindchen. Du musst noch so viel lernen. Niemand gibt dir die Schuld am Tod des Klerikers, aber die Leute haben Angst. Sie brauchen einen Sündenbock, der sie davon befreit. So wie ich es am Tag des Rabenfestes für die Albträume bin, bist du es nun hierfür.«

»Darf ich trotzdem bei dir bleiben?«

»Natürlich.«

»Dann mache ich mich gleich an die Arbeit, und du wirst sehen, dass du es nicht bereuen wirst, mir Unterschlupf geboten zu haben.«

Manteia lachte. »Da drüben in der Kiste sind meine Strümpfe. Nähzeug findest du hier im Kästchen. Wollen wir doch mal sehen, ob nicht du es bist, die am Ende des Tages Reue zeigt.«

Als es draußen dunkel wurde, stopfte Lobna das letzte Loch in einer dicken Wollsocke.

»Geschafft! So schnell dürften dir deine Zehnen nun nicht mehr abfrieren.« Als sie zum letzten Stich ansetzte, stach sie sich in den Finger. Ein roter Blutstropfen quoll hervor und perlte an ihrem Finger hinab. Sie steckte ihn sich in den Mund und lutschte den Tropfen ab. »Babcia?«, nuschelte sie.

»Ja?«

»Das undeutliche Bild, mit dem Blut, als ich dir den Wein gebracht habe. Hast du das gesehen? Den Tod des Priesters, meine ich?«

Die alte Frau nickte. »Unter anderem. Ich wünsche mir manchmal, du wärst etwas weniger klug. Vor dir kann man kein Geheimnis hüten.«

»Ja, vielleicht …« Sie wurde von forderndem Klopfen an der Tür unterbrochen. Dreimal wummerte es so fest gegen die Tür, dass sie beinahe aus den Scharnieren sprang. Lobna drehte sich um und wurde von hellen Fackeln geblendet, die vor dem Fenster in die Höhe gereckt wurden.

»Was passiert hier?« Sie sprang auf und lief zur Tür.

Das ganze Dorf hatte sich mit Fackeln vor dem kleinen Häuschen eingefunden.

»Wir brauchen Manteia«, forderte Ksawery, der die Spitze der Versammlung anführte.

»Was willst du von ihr?«

»Das werde ich ihr selbst sagen.«

»Schon zur Stelle … schon zur Stelle«, ächzte sie und trat neben Lobna. »Was wollt ihr?«

»Was wir wollen?« Er lachte laut auf. »Seht euch doch nur um!«

Wie auf ein Zeichen begann ein ohrenbetäubendes Krächz Geschrei.

»Was ist das?« Lobna hielt sich die Ohren zu. Auch die anderen Dorfbewohner wirkten lärmgeplagt. Sie kniffen die Augen zusammen, duckten sich unter dem Lärm. Die Kinder gruben sich weinend in die Röcke ihrer Mütter.

Mit den Fingern in den Ohren traten Lobna und Manteia nach draußen und sahen sich um. Geblendet von dem warmen Licht der Fackeln konnte Lobna trotzdem deutlich die schemenhaften Gestalten der Raben erkennen, die sich überall im Dorf niedergelassen hatten und auf sie herabstarrten. Selbst auf den kargen Ästen der hohen Tannen hatten sich so viele Raben versammelt, dass die verdorrten Tannen kaum von den nadeltragenden Genossen zu unterscheiden waren.

Ksawery zeigte mit dem Finger auf Lobna. »Sie sind wegen dir hier.«

Nun konnte auch Lobna nicht mehr leugnen, dass der vergessene Junggeselle und die Rabenplage ein komischer Zufall sein sollten. Sie konnte sich nicht daran erinnern, wann sie zuletzt so viele Raben auf einem Haufen gesehen hatte.

Es herrschte betretenes Schweigen. Ihre Eltern und ihre beiden Geschwister standen ebenfalls unter den Dorfbewohnern. Sie trugen jedoch keine Fackeln bei sich. Ihr Vater blickte beschämt zu Boden, während ihre Mutter, Zocha und Bozena nur vorsichtig den Kopf schüttelten.

Lobna verstand. Sie waren kein aktiver Teil des Fackelzugs, sondern lediglich mitgelaufen, um nicht selbst ins Visier der Bewohner zu rücken. Es wäre unklug gewesen, den Hass eines ganzen Dorfes auf sich zu ziehen. Vor allem, wenn man wie Bozena, mit Ksawery verheiratet war, der die Leute angestachelt hatte. Lobna nahm es ihr nicht übel, dass sie nicht gegen seine Ideen rebellierte. Gegen seinen Jähzorn war noch kein Kraut gewachsen. Ein zartes Pflänzchen wie Bozena würde schon gar nichts ausrichten können.

»Du!« Ksawerys Finger zitterte, während er auf Lobna zeigte. »Du solltest der Tradition folgen und Dariusz aufsuchen. Wenn du es nicht tust, werden die Raben uns allen die Augen auspicken!«

Ein paar Kinder begannen bei diesen Worten hysterisch zu weinen und nicht einmal ihre Mütter schafften es, sie zu beruhigen. Die Mischung aus Krächzen, Flügelschlag und Kinderschreien strapazierte die Nerven aller.

Ich bin wirklich der Sündenbock. Lobna blickte in die anklagenden Augen der Kirchengemeinde, die ihr unübersehbar die Schuld am Tod des Priesters gaben. In den Gesichtern spiegelte sich Furcht. Furcht vor den Raben und Furcht vor Lobnas Entscheidung.

»Sind die Fackeln dazu da, um die Raben fernzuhalten oder um mich in den Wald hinauszujagen?«

»Wohl von beidem ein wenig«, sagte Ksawery und verzog dabei keine Miene. Es war ihm wirklich ernst.

»Ihr seid verrü…«,

Mehr konnte Lobnas Mutter nicht hervorbringen, da ihr Vater seiner Frau die Hand auf den Mund presste und ihr gut zuredete. Ihre Mutter schloss die Augen und schnaubte. Als er seine Hand von ihren Lippen nahm, blieben sie versiegelt.

Trotzdem lächelte Lobna sie an. Es war mutig von ihr gewesen, sich gegen alle anderen zu stellen.«

»Lobna wird den Junggesellen suchen gehen«, bestimmte ihr Vater und schaute feige in Ksawerys Richtung.

Alle drehten sich zu ihm um.

Nicht einmal jetzt kannst du mir in die Augen sehen. Feigling! Bestimmst aber über mich, wie über ein Stück Vieh, das du gekauft hast.

Es kostete sie viel Kraft, die Tränen zurückzuhalten.

»Wie kannst du es nur wagen!« Ihre Mutter machte sich von ihm los und verpasste ihm eine Ohrfeige.

Er zuckte zurück und fasste sich an die Wange, auf der ein roter Abdruck in Form einer Hand prangte. Bevor er etwas erwidern konnte, stürmte ihre Mutter davon, dicht gefolgt von Bozena.

»Zuzanna!«, rief er ihr hinterher, aber sie reagierte nicht auf sein Rufen.

»Du solltest dich schämen!«, sagte Zocha und spuckte vor ihm auf den Boden, bevor auch sie ihrer Mutter folgte.

»Wartet!«, rief sie den Frauen hinterher. »Lobna …«, wandte er sich dann an sie. »Ich sehe keine andere Lösung. Geh den Jungen suchen und kehr heim, wenn du ihn gefunden hast. Egal, ob tot oder lebendig.«

»Da es scheinbar der Wunsch von allen ist, und ich der Zukunft meiner Schwestern nicht im Weg stehen will«, sie bedachte vor allem Ksawery mit einem mahnenden Blick, »werde ich morgen bei Tagesanbruch losziehen. Wenn ich mir das hier so ansehe«, sie blickte zu den Raben und zu den Fackeln, »wird wohl kein Aufschub geduldet.«

Niemand sagte etwas, aber alle wirkten erleichtert. Hier und da hörte sie Leute aufatmen. Die meisten ließen augenblicklich die Fackeln ein Stück sinken und Lobna wurde den Verdacht nicht los, dass sie ausschließlich ihr galten.

»Wenn es euch nichts ausmacht, würde ich nun gerne die restlichen Strümpfe von Manteia stopfen.« Ohne eine Reaktion abzuwarten, schob sie die alte Frau ins Haus und schloss die Tür. Stöhnend ließ sie sich an der Tür hinabgleiten und vergrub ihr Gesicht in den Handflächen.

Von draußen waren Schritte und Gemurmel zu hören.

Manteia lief zum Fenster und schaute hinaus. »Sie sind weg. Komm, hier drüben ist es wärmer.«

Lobna raffte sich auf und setzte sich neben Manteia auf die Holzbank. Sie ließ den Kopf an ihre Schulter sinken. »Ich habe gelogen. Ich habe schon alle Löcher gestopft.«

»Ich weiß.«

»Ich kann nicht nach Hause. Wie soll ich das bloß ertragen? Mein ganzes Leben habe ich versucht, es allen recht zu machen. Und jetzt … jetzt sorge ich für Streit zwischen meinen Eltern, rücke meinen Vater in ein schlechtes Licht und bedrohe mit nur einem Würfelspiel das Leben meiner ganzen Familie. Schlimmer noch. Ich bedrohe das Leben aller hier!«

»Du wirst deine Aufgabe meistern. Du hast eine wundervolle Gabe.«

»So? Was denn?«

»Du kannst viel ertragen. Du hast ein breites Kreuz und kannst viel, viel aushalten. Woran andere zerbrechen, entwickelst du Stärke.« Manteia stand auf und kramte ein altes Lammfell aus einer Truhe hervor. »Hier. Damit kannst du dich heute Nacht zudecken. Du kannst in meinem Bett schlafen.«

»Dann möchte ich bei dir bleiben. Wer weiß, ob wir uns jemals wiedersehen, wenn ich morgen in den Wald gehe. Ich kann nicht jagen und mich gegen die Tiere nicht zur Wehr setzen. Bei den Göttern, Manteia, was wird aus dir werden?«

Diese winkte ab und hängte einen kleinen Kessel übers Feuer. »Ich komme noch gut allein zurecht. Du hast es mir zwar angenehmer gemacht, aber die paar Einkäufe kann ich noch alleine erledigen. Und das bisschen Staub hier stört mich nicht.«

»Nein. Ich werde Bozena Bescheid sagen, dass sie sich von nun an um deinen Haushalt und die Einkäufe kümmern soll. Und Zocha kann dir Brennholz schlagen. Sie ist mindestens so stark wie die jungen Männer hier.«

»Siehst du. Genau das meinte ich mit deiner Gabe. Man will dich ins Tannendickicht jagen, damit du einen Totgeglaubten suchst, und was machst du? Du machst dir Sorgen um eine alte Kratzbürste wie mich.«

»Was sollte ich sonst tun?«

»Dir Sorgen um dich machen.« Sie bohrte ihr einen Finger in die Brust.

»Ich werde dich vermissen, babcia.« Sie nahm die Hand der Alten und drückte ihr einen Kuss auf den mit Altersflecken übersäten Handrücken. Ihre Haut war dünn wie Pergament.

»Denk immer daran, kein Abschied ist für immer«, sagte Manteia und strich ihr übers Haar. »Spätestens im Tod werden alle wieder beisammen sein.«

»Vielleicht sollten wir lieber schlafen, bevor uns unsere Gedanken doch noch traurig stimmen.«

»Wohl wahr, mein Kind. Der morgige Tag wird noch hart genug.«

Manteia zog die Hand zurück und legte sich auf die Pritsche. Lobna ließ sich auf den Boden gleiten und machte es sich auf einem verfilzten Teppich gemütlich. Sie drehte ihr den Rücken zu und zog sich das Fell über die Schultern. Sie hoffte, dass Manteia ihre unregelmäßigen Atemzüge nicht hören konnte, da sie die Tränen nicht mehr zurückhalten konnte. Sie liebte das Dorf, ihre schrullige Manteia, und alles, was ihr das Leben hier bot. Besonders ihre Schwestern würde sie vermissen.

8. Kapitel

»Kind, du siehst aus, als hättest du die ganze Nacht kein Auge zugetan.« Manteia streckte sich und zog die Decke zurück.

Lobna musste lachen. »Ich muss schrecklich aussehen, wenn das selbst eine Blinde sieht.« Sie nahm den Kessel von der Glut, schürte das Feuer darunter und goss das Wasser in einen Waschzuber. »Heute ist Waschtag. Nur, weil ich gleich nicht mehr da sein werde, bedeutet das nicht, dass du mich an der Nase herumführen kannst. Ich werde dich bis in den Wald hineinriechen, wenn du deine Füße nicht wäschst.«

Manteia lachte. »Keine Sorge, Kind. Sag, hast du wirklich nicht geschlafen?«

»Nein. Meine Gedanken haben mich gegeißelt.«

»Fürchte dich nicht. Wenn es eine Lösung gibt, wirst du sie finden. Bis dahin tu das, was du am besten kannst. Halte einfach durch.«

»Das werde ich.« Sie warf Manteia einen langen Blick zu. »Dein Zuspruch in den Ohren der Götter. Und nun komm her, damit ich dir den Buckel schrubben kann.«

Manteia zupfte sich das lange mit Flicken übersäte Nachthemd über die Ohren und rappelte sich auf. Ihre Brüste baumelten wie zwei Schläuche links und rechts ihres Bauchnabels. Ihre dünnen Beine wirkten unter ihrem Oberkörper wie die eines Storches.

Lobna half ihr in den Bottich. Während sich Manteia Gesicht, Hände und Achseln wusch, goss Lobna immerzu warmes Wasser über ihren Rücken.

»Ich werd schon nicht ertrinken. Du kannst ruhig gehen.«

»Das hat Mirek auch gesagt«, konterte Lobna.

»Der ist in einen tiefen See gefallen. Das hier ist ja kaum viel mehr als eine Pfütze.«

»Wohl wahr. Ich kann dir nicht bis zum Sankt Nimmerleinstag Wasser über den Kopf schütten.« Sie schnappte sich ihren Pelz. »Ich werde mich darum kümmern, dass man nach dir sieht.« Schluchzend fiel sie der Hellseherin ein letztes Mal um den Hals. Ihre mütterliche Freundin kauerte nackt wie ein gerupftes Huhn im Bottich und Lobna fühlte einmal mehr den Wunsch, die alte Frau zu beschützen.

»Ruhig, Liebchen.« Manteia strich ihr beruhigend über den Rücken. »Sorg dich nicht um mich.«

»Ich will dich nicht im Stich lassen.«

»Das tust du ganz sicher nicht.«

»Aber genauso fühlt es sich an.«

»Ich werde Tag und Nacht an dich denken. Du bist meine verlorene Enkeltochter und mein Augenlicht. Ich werde durch deine Augen sehen und somit immer bei dir sein.« Sie gab ihr einen Kuss auf die verweinten Wangen. »Und jetzt wisch dir die Tränen aus den Augen. Deiner Familie wird der Abschied nicht leichtfallen. Zeig deinen Schwestern, dass du stark bist und dich nicht unterkriegen lässt. Außerdem mochte ich noch nie in Salzwasser baden. Das macht die Haut so trocken.« Sie gab Lobna einen Klaps auf den Hintern. »Jetzt geh! Oder muss ich dich etwa mit meinem Stock hinausprügeln?«

Um den Abschied nicht noch schwerer zu machen, nickte Lobna unter Tränen und verließ das Haus. Sie versuchte, sich alles einzuprägen: Jede runzlige Falte von Manteia gab ihr Halt und Zuversicht. Manteia hatte noch nie eine falsche Vorhersage getroffen und sie war kein Mensch, der aus Mitleid log. Lobna würde nicht aufgeben.

Sie eilte zum Haus ihrer Eltern. Hinter jedem Fenster schob man Gardinen zur Seite, um sie sehen zu können. Die Leute kamen auf die Straße und starrten ihr hinterher. Ein freches Kind wagte es, zu krähen, und kassierte augenblicklich einen Klaps von seiner Mutter. Manche wünschten ihr Glück, andere wichen ihr aus. Sie war froh, als sie endlich ankam. Das Geräusch der Tür, die hinter ihr ins Schloss fiel, war Balsam in ihren Ohren.

»Wir dachten schon, wir müssten dich holen kommen«, raunte ihr Vater vom Esstisch aus. Er trug schon sein Bärenfell, bereit zum Aufbruch.

»Keine Sorge. Auf mich ist Verlass.« *Du kannst es wohl wirklich nicht erwarten.*

»Auf keine so sehr, wie auf dich«, bestätigte ihre Mutter, die neben dem Feuer stand und ihrem Gatten aus den Augenwinkeln einen giftigen Blick zuwarf. Sie waren offensichtlich noch immer zerstritten. Auch Bozena und Zocha waren gekommen, um sich zu verabschieden. Sie saßen neben dem Feuer und wärmten sich die Hände, während sie abwesend ins Feuer starrten. Ihr Vater hatte sie noch nie gerne weinen sehen. Ein unnötiges Zeichen von Schwäche. Deshalb rissen sich die beiden wohl, so gut es ging, zusammen.

»Nun …? Wollen wir es wirklich noch länger aufschieben?« Lobna machte sich erst gar nicht die Mühe, ihren Pelz auszuziehen und sich zu setzen.

»Lobi! Musst du wirklich gehen?« Bozena fiel ihr weinend um den Hals.

»Ja.«

»Ich werde Ksawery auf ewig dafür hassen! Wie konnte ich ihn nur begehren!«

»Ist schon gut …« Lobna strich ihr übers Haar. Jetzt wusste sie sicher, dass Manteia recht hatte. Sie durfte keinesfalls weinen. Sie musste die Situation aushalten und ertragen, um stark für ihre Schwestern zu sein. Auch wenn sie Ksawery nicht mochte, musste sie nun zeigen, dass es ihre Entscheidung war, damit nicht plötzlich Bozenas Zukunft auf der Kippe stand. »Ksawery tut nur das, was er tun muss.

Er ist und bleibt der Königssohn. Das Wohl der Dorfbewohner steht für ihn über allem. Und wenn du eine gute Prinzessin sein willst, dann stellst du deine Gefühle ebenso zurück.«

»Da lob ich mir Wiatscheslaw«, sagte Zocha und schlenderte auf sie zu. »Er wäre nie …«

Ihre Stimme versagte und eine Träne rollte über ihre Wange. So viel Gefühl hatte Lobna ihr gar nicht zugetraut. »Er wäre nie auf die Idee gekommen, dich in den Wald zu schicken. Er hat dich sogar in Schutz genommen.«

»Ich weiß, aber ich will gehen. Es ist meine Entscheidung. Ich habe Dariusz gewürfelt und deshalb werde ich Wort halten und ihn suchen.«

»Genug der Heulerei.« Lobnas Vater stand auf und schlug mit der Faust auf den Tisch. »Ich werde dich jetzt in den Wald bringen und dann geht das Leben hier normal weiter. Und dass mir keine Beschwerden kommen«, ermahnte er ihre Schwestern. Er warf auch ihrer Mutter einen scharfen Blick zu. »Ich bin gleich zurück. Muss nur noch etwas holen.«

Während er hinter dem Haus verschwand, nutzten sie die Gelegenheit, um sich Lebewohl zu sagen.

»Mutter, du musst ihn nicht dafür hassen. Vater kann nichts dafür«, beschwichtigte Lobna sie.

»Vielleicht nicht. Aber er hätte sich zumindest für dich einsetzen können.«

Insgeheim hatte Lobna dasselbe gehofft, aber sie wollte die Situation nicht noch schlimmer machen, als sie war.

»Er hat sich zu eurem Schutz nicht für mich eingesetzt.« Sie sah ihre Mutter und ihre beiden Schwestern, die sprachlos und weinend neben ihr standen, eindringlich an. »Hätte er sich gegen die Bewohner gestellt, hätte es auch Auswirkungen auf euch gehabt. Mir wäre damit auch nicht geholfen.«

Die Hintertür knarzte. Er erschien wieder mit einem Jutesack über der rechten Schulter. Ohne auf seine Familie zu achten, durchquerte er das Zimmer, winkte Lobna, ihm zu folgen, und verließ das Haus durch die Vordertür. Er lief schnurstracks auf den Waldrand zu, der nicht weit entfernt begann.

»Ich muss gehen. Vater wartet nicht.« Lobna löste sich von ihren Schwestern.

»Warte!«, rief ihre Mutter. »Proviant! Nimm den Korb mit.« Sie wies auf einen reich gefüllten Korb auf dem Tisch. »Ich habe dir von allem nur das Beste zusammengestellt.«

»Ich kann nicht. Er ist zu schwer.« Sie sah zu ihrem Vater, der hinter einer Abbiegung verschwand. »Ich muss los. Kümmert euch gut um meine liebe Manteia. Sie nimmt bestimmt gerne eine Scheibe Brot und ein Kännchen Milch.« Sie gab ihnen allen noch einen Kuss und rannte hinaus. Es war ein abrupter Abschied, aber auch der einfachste für sie alle.

Aus sicherer Entfernung, damit keine ihrer Schwestern noch einmal für eine letzte Umarmung zu ihr aufholte, drehte sie sich noch einmal um, um ihrer Familie zum Abschied zuzuwinken.

Als die drei Frauen außer Sichtweite waren, schloss sie zu ihrem Vater auf, der bereits den Wald betreten hatte. Auf den ersten Metern schwiegen beide. Lobna hatte auch nicht das Bedürfnis zu sprechen. Hier und da waren ein paar Holzfäller damit beschäftigt, Bäume umzureißen und zu spalten. Insgeheim lauerten auch sie bestimmt auf ein paar Informationen, die sie weitertratschen konnten.

Der Weg war beschwerlich, weil er sofort bergauf führte und der Boden unter ihren Füßen nachgab. Hier und da brachen Schneelawinen von den Ästen der Tannen. Überall hörte man das Knacken des Holzes, das unter dem Gewicht des Schnees nachgab. Manche der dünnen Stämme beugten sich gefährlich nah dem Boden entgegen und wurden nur noch von anderen Bäumen gestützt. Der Waldboden war jedoch nahezu unberührt, nur vereinzelt war er von ein paar Schneewehen bedeckt. Ansonsten überzogen braune Nadeln das Erdreich unter den meterhohen Tannen.

Ihr Vater schnaufte bei jedem Schritt und sein Gesicht war vor Anstrengung rot angelaufen.

»Du musst mich nicht begleiten. Ich werde auch ohne dich tief genug in den Wald finden.«

»Doch. Ich muss. Es ist meine Schuld, dass es so weit gekommen ist«, erwiderte er keuchend.

»Unsinn. Ich habe gewürfelt. Ich bin schuld.«

»Du verstehst das nicht.«

Lobna schnaubte leise und ließ sich ein paar Schritte hinter ihren Vater fallen. Natürlich verstand sie nicht. Sie hatte ihn noch nie verstanden. Die Gespräche mit ihm waren schon immer schnell ins Stocken geraten, aber heute waren sie besonders anstrengend.

»Dann erklär es mir.«

»Die Hochzeitstradition ist auf meinen Mist gewachsen.«

»Was soll das heißen?« Lobna wusste viel über die Geschichte ihres Dorfes, aber das war ihr neu.

»Vor fast neunzehn Jahren habe ich deine Mutter kennengelernt. Ein Handelsmann hatte sie als Sklavin bei sich. Er hatte sie den Zigeunern abgekauft, die mit ihren Karawanen durch die Länder fuhren. Die Zigeuner hatten keinen Platz für ein weiteres Kind, also verkauften sie Zuzanna an den Händler, der nicht ahnte, dass sie mit dir schwanger war.«

»Ich kenne die Geschichte. Der Händler machte auf seiner Durchreise Halt in Czarny Kruku und du hast dich in sie verliebt. Sogar so sehr, dass du sie und mich freigekauft hast.«

»Ja. Sie – und dich.«

Lobna entging diese bedeutungsschwere Pause nicht, aber sie kommentierte sie nicht. In wenigen Stunden würden sich ihre Wege vermutlich für immer trennen.

»Das ist aber nur die halbe Wahrheit.«

Jetzt wurde Lobna hellhörig. »Was meinst du damit?«

9. Kapitel

»Ich war nicht frei. Ich war einer Frau versprochen. Ich hatte ihr damals einen Antrag gemacht, weil ich glaubte, sie könne eine gute Hausfrau und Mutter sein. Sie war so liebevoll. Aber dann lernte ich Zuzanna kennen und wusste es plötzlich besser.«

»Warte. Es gab eine Frau vor meiner Mutter und du hast ihr einen Antrag gemacht? Das heißt, damals gab es die Tradition noch gar nicht?«

»Nein.«

»Wer war die Frau? Kenne ich sie?«

»Die Frau hieß Waleska.«

»Waleska?« Lobna blieb abrupt stehen. Waleska … Waleska … »Die Räbin?«

»Pst!«, herrschte er sie an, duckte sich und schaute ängstlich in den Himmel. »Nicht so laut. Ja, die Rabenfrau Waleska.«

»Das hast du nie erwähnt! Niemand hat je ein Wort darüber verloren!« Lobna war entsetzt.

»Komm schon. Lauf weiter.« Er machte nicht den Anschein, als wolle er wirklich darüber sprechen.

»Wieso erzählst du mir das ausgerechnet jetzt? Weiß meine Mutter davon?«

»Natürlich weiß sie es! Das ganze Dorf hat es mitgekriegt. Waleska ist fluchend durch das Dorf gezogen und hat mich zum Teufel geschickt.« Das Rot in seinem Gesicht wurde dunkler. Scham mischte sich mit der Anstrengung.

»Was ist dann passiert?« Nun wollte sie die ganze Geschichte hören.

»Sie hat das Dorf verlassen. Aber vorher hat sie uns alle verflucht. Seit dem Tag ihres Verschwindens wurde der Ort von Albträumen heimgesucht. Sie waren so grausam, dass manche am Morgen kaum ihre Arbeit erledigen konnten, weil sie so erschöpft waren.«

Lobna schüttelte nachdenklich den Kopf. »Wieso hat sie das ganze Dorf verflucht und nicht nur dich und Mutter?«

»Sie hat die Bewohner schon immer gehasst. Alle. Und das mit gutem Grund.«

»Ich kenne niemanden, den man hassen müsste. Außer Wiatscheslaw vielleicht, wenn er sich nicht gut um Zocha kümmert. Ich hoffe, du wirst ein Auge auf ihn haben.«

»Du kennst die Bewohner nicht so gut, wie du denkst. Viele sind inzwischen auch gestorben. Sie haben Waleska gehasst. Mit ihrer vogelähnlichen Gestalt hat sie den Leuten Angst eingejagt. Sie sah ja nicht aus wie wir. Sie trug ein Federkleid auf ihrem Rücken und zarter Flaum spross an ihren Wangen. Die meisten stempelten sie als Hexe ab.«

»Aber du hast sie trotzdem geliebt?«

»Ja. Sie war reizend und attraktiv. Ich habe mich nicht an ihrem Gefieder gestört oder daran, dass sie sich von Zeit zu Zeit in einen Raben verwandelte und Kreise unter der Sonne zog.«

»Dann warst du ihr Anker.«

»Ihr Anker, der sie von heute auf morgen für eine andere Frau verlassen hat. Noch dazu für eine normale Frau. Das war schon immer ihre größte Angst gewesen. Ja, ein Anker. Das war ich wohl. Ein Narr obendrein, zu glauben, sie würde sich nicht rächen.«

Inzwischen waren sie tief in den Wald vorgedrungen. Ab hier wuchsen Bäume und Sträucher, ohne je von Menschenhand berührt worden zu sein. Hatte man vorher ab und zu noch Äxte gefunden und gefällte Bäume, war die Natur ab diesem Stück Wald unberührt. Grünes Moos gab unter ihren Füßen nach. Es schmatzte, wenn es sich unter ihren Füßen mit Regenwasser vollsog.

»Wie kam es zu der Tradition, Vater?«

»Waleska hat den Menschen viel Leid gebracht. Es war alles meine Schuld. Ich ersuchte den Geheimrat um ein Gespräch. Nach dem Tod von König Kamil war er der wichtigste und klügste Mann im Dorf. Ich schilderte ihm, was geschehen war. Als Schatzmeister blieben mir die Folgen der schwächer werdenden Arbeitskraft schließlich nicht verborgen. Die Goldkammern füllten sich nicht mehr. Bis Manteia mit dem Rabenfest einen Ausweg aus dieser Misere fand, war das Dorf längst verarmt. Pawlak sagte, die Liebe sei schuld daran. Sie war der Auslöser. Er wusste, dass man weitere Unglücke dieser Art verhindern musste. Aber was will man gegen die Liebe unternehmen?« Er lachte verbittert.

»Man verbietet sie«, schlussfolgerte Lobna.

»Genau. Das hat für viel Unmut gesorgt. Es wurden einige unglückliche Ehen geschlossen, aber inzwischen haben sich die Leute daran gewöhnt und sieh an, die Kinder verlieben sich nicht mehr so wie früher. Die kleinen Schwärmereien verfliegen und jeder ist schlussendlich mit dem zufrieden, den er würfelt.«

»Ich kann mir nicht vorstellen, wie es gewesen sein muss, aus Liebe zu heiraten.«

»Wundervoll«, platzte es aus ihm heraus.

Lobna sah ihn an. Es lag so viel Warmherzigkeit und Überzeugung in diesem einen Wort, dass sie glaubte, sie hätte eine andere Person vor sich.

»Du hast meine Mutter sogar so sehr geliebt, dass du mich geduldet hast. Diese Liebe muss wirklich ein Geschenk sein.«

»Was redest du denn da? Geduldet? Du tust ja gerade so, als wärst du mir ein Leid gewesen.«

»Oh Vater, du musst mir nichts mehr vormachen. Ich habe deine Abneigung gegen mich jeden Tag gespürt. Du hast mich nie angesehen und wenn du mir doch einen Blick geschenkt hast, lag so viel Abscheu darin, dass du ihn sofort wieder abwenden musstest.«

»Das stimmt so nicht.«

»Doch. Tut es.« Sie krallte die Finger in den Stoff ihres Kleides. »Ich habe euch belauscht. Dich und Olaf Pawlak. Vor der Schenke nach dem Rabenfest. Du hast gesagt, du bist froh, wenn du mich wieder los bist.«

»Du hast uns belauscht? Das sieht dir nicht ähnlich.« Er wirkte überrascht, stritt es aber nicht ab.

»Es war auch keine Absicht. Ich habe Zocha und Bozena erwischt, wie sie unter dem Fenster der Schenke den Weibergeschichten gelauscht haben. Als ich sie verscheuchen wollte, seid ihr gerade aus der Tür getreten. Ich konnte nicht gehen, ohne dass es so ausgesehen hätte, als hätte ich gelauscht.«

Er schüttelte den Kopf. »Und mit deinen Sorgen hältst du nun schon so lange hinter dem Berg. Nimm doch nicht jedes Wort für bare Münze. Was müssen die letzten Tage für eine Qual für dich gewesen sein.«

Die letzten Jahre, Vater. Die letzten Jahre. »Was hätte es genützt, es dir zu sagen? Hättest du deine Lüge mit einer weiteren Lüge decken wollen?«

Er zögerte. Dann atmete er rasselnd durch den Mund ein, ehe er antwortete. »Ich hätte dir wohl die halbe Wahrheit erzählt.«

»Die wäre?«

»Ich konnte dir und Zuzanna nie das Leben bieten, das ihr verdient habt. Das hat mich innerlich zerrissen. Ich habe euch gekauft und einem Leben unterworfen, für das ihr nicht vorgesehen wart.«

»Was redest du da? Wir hatten alles. Ein Dach über dem Kopf, warme Kleidung und keine von uns verließ das Haus ohne eine Tugend.«

»Aber Zuzannas Herz begehrt das Reisen. In ihren Adern rauscht der Wunsch, die Welt zu sehen. Sie vermisst die Karawane und das Leben in den Tag hinein. Sie ist immer blasser geworden über die Jahre hinweg.«

»Nein.« Lobna schüttelte den Kopf. »Die Blässe macht der Winter. Sie liebt dich und ist dankbar für das Leben, das du ihr bietest. Sonst wäre sie längst geflohen. Sie liebt dich, deshalb bleibt sie.«

»Was verstehst du schon von Liebe? Mit meiner egoistischen Liebe habe ich sie euch jungen Maiden allen verwehrt. Ich hätte einfach bei Waleska bleiben sollen und allen wäre viel Ärger erspart geblieben.« Er blähte die Nasenflügel und sog die Luft tief ein.

»Ich verstehe zumindest so viel von der Liebe, um zu wissen, dass man gern auf lieb Gewonnenes verzichtet, um bei dem zu sein, den man liebt.«

»Und das aus deinem Mund«, sagte er und lachte spöttisch, aber nicht böswillig.

»Es klingt fremd und eigenartig, wenn ich das sage. Ich glaube nicht an die Liebe in meinem Leben, aber die anderen sollen damit glücklich werden.«

»Siehst du. Und das ist die halbe Wahrheit, die ich vor die geheim gehalten habe. Ich habe dich gekauft und einem Leben ohne Liebe und Freude ausgesetzt. Wahrscheinlich lodert auch in deinem Herzen irgendwo der Funke mit dem Wunsch zu reisen. Nur dass dich hier keine Liebe hält. Im Gegensatz zu Zuzanna. Herrgott!« Er brüllte laut in den Wald hinein. »Das eine ist fast schlimmer als das andere! Ich habe einen Teufelskreis erschaffen. Du hast ein Zigeunerherz, das sich nach dem Weltenbummel sehnt, aber weder die Möglichkeit, dem Wunsch zu folgen, noch eine Liebe, die dich hier hält. Wie leer und unerfüllt muss es in deinem Herzen aussehen …«

»Und damit hast du dich all die Jahre gegrämt? Ich bin glücklich. Ich liebe das Dorf, ich liebe meine Familie und das einfache Leben.«

»Das kann ich fast nicht glauben. Ist dem wirklich so?«

»Ja. Ich verstehe überhaupt nicht, wie dir diese närrischen Gedanken kommen konnten.«

»Deine Mutter erzählt mir noch heute von ihrem Leben in der Karawane. Sie erzählt so lebendig und strahlt dabei. Sie muss sich danach sehnen.«

»Vielleicht möchte sie diese Erinnerungen aber auch einfach nur mit dir teilen.«

Er brummte in seinen Bart hinein. »Hör dir nur an, was wir für ein Gespräch führen. Die Tochter erklärt dem Vater die Welt.«

Beide lachten leise.

»Vielleicht solltet ihr Männer einfach hin und wieder über eure Schatten springen und euch euren Frauen anvertrauen. Ich glaube, damit könnte man viel Übel vermeiden.«

»Mag sein.«

Lobna blickte sich um. So tief war sie noch nie im Wald gewesen. Als Kind hatte man ihr und ihren Schwestern immer gesagt, dass sich im Wald eine böse Hexe herumtreibt. »Vielleicht solltest du der Erste sein, der über seinen Schatten springt, und mir erzählen, was die andere Hälfte der Wahrheit ist.«

»Ja, vielleicht …« Er sprach jedoch nicht weiter.

»Ist schon gut. Du musst es nicht tun, wenn du nicht willst. Ich konnte achtzehn Jahre ohne dieses Wissen leben, dann werde ich es auch bis zu meinem Lebensende schaffen.«

Mikolaj blickte zu den Baumwipfeln hinauf, auf denen sich ein paar Raben niedergelassen hatten. Einer schlug mit den Flügeln.

»Wer weiß, wie lange es bis dahin noch ist«, nuschelte er. »Ach, was solls. Ich werde es dir erzählen. Bist du bereit?«

»Ja.«

10. Kapitel

»Ich hatte mich gerade in Zuzanna verliebt und den Entschluss gefasst, sie dem Händler abzukaufen. Da erfuhr ich, dass sie mit dir schwanger war und der Händler sie deshalb schnellstmöglich wieder loswerden wollte. Ausgerechnet von Waleska habe ich es erfahren. Sie kam aufgeregt und mit vor Niedertracht geröteten Wangen zu mir und hat es mir brühwarm erzählt. Dieses Miststück musste sich bei Zuzanna eingeschleimt haben, bis sie sich ihr anvertraute. Ich werde Waleskas widerwärtiges Grinsen nie vergessen. Sie war sich sicher, dass ich Zuzanna nicht mehr haben wollen würde.«

»Aber du wolltest sie trotzdem.«

»Mit Haut, Haaren und Kind. Es gab nur ein Problem. Der Händler wollte sie zwar loswerden, als er Wind von dem Baby bekam, aber ihm kam die Idee, dass er auch daraus noch Profit schlagen könnte. Ein Kind lässt sich schließlich gut verkaufen und dieser Gewinn wäre ihm ja entgangen. Außerdem ist ein Bub bereits mit sechs Jahren gut auf dem Feld und im Haus einzusetzen. Eine nahezu kostenlose Arbeitskraft.«

»Hm … Ich bin dich also teuer zu stehen gekommen.«

»Teurer noch als du denkst. Ich habe versucht, den Händler runterzuhandeln, weil unklar war, ob es wirklich ein Junge wird. Ich wollte ihn überreden, den Preis zu drücken, denn ein Mädchen kostet nur Geld und zum Schluss verlässt es auch noch das Haus, wenn es heiratet. Aber er wollte nicht nachgeben. Keinen einzigen Groszy. Das Geld für Zuzanna hatte ich auf der hohen Kante. Als

Schatzmeister hatte ich gut verdient und als lediger Mann hatte ich kaum Ausgaben. Ich konnte so manchen Zloty für schlechte Zeiten ansparen. Es war zwar meine ganze Sicherheit, die ich besaß, aber für Zuzanna war es mir das wert.«

»Und das Geld für mich?«

»Du brachtest mich in die Bredouille. Ich hatte keinen Groszy mehr in der Tasche und seit es keinen König mehr gab, war ich meine Arbeit los. Ich war zwar offiziell noch Schatzmeister, aber wer sollte mich entlohnen? Und genau das wurde mir zum Verhängnis.«

Er warf Lobna einen vielsagenden Blick zu. Eigentlich hätte er schon nicht mehr weitersprechen müssen. Sie ahnte, was er nun beichten würde.

»Ich war der Schatzmeister. Verstehst du? Nur ich und der Geheimrat Pawlak wussten über das Vermögen Bescheid. Ich habe mich einfach bedient und dich von dem Geld des Königs bezahlt.« Er schnaubte verdrießlich. »Ich habe meinen eigenen König bestohlen, dem ich so viel zu verdanken habe. Ohne ihn wäre ich nie zu so viel Wohlstand gelangt. Und noch dazu verband uns zu Lebzeiten eine tiefe Freundschaft.«

»Du hattest das Gefühl, ihn hintergangen zu haben.«

»Jawohl. Und das habe ich auch. Jedes Mal, wenn ich dich ansah, wurde ich daran erinnert. Loyalität, das höchste Gut, habe ich egoistisch missbraucht. Aber bei den Göttern, es hat sich gelohnt. Du bist vorbildlich herangewachsen. Umso mehr schmerzt es mich, dass du nun hier in die Wälder musst. Mit Mirek erahnte dich schon ein Unglück, aber für dieses hier fehlen selbst mir die Worte. Und auch das ist meine Schuld. Man hätte diese verfluchte Tradition nie einführen dürfen! Jeder junge Mann hätte sich um dich geprügelt. Du hättest frei wählen können, deinem Herzen folgen. Du siehst, ich habe allen Grund dich zu meiden, aber ich liebe dich mehr als mein eigenes Leben.«

»Ich dachte wirklich, ich sei dein größtes Unglück. Weshalb hätte man sonst versuchen sollen, meine Geburt zu vertuschen?«

»Ich wollte dich als meine Tochter ausgeben. Waleska war fort, der Händler ebenfalls, niemand hätte es je erfahren, wenn du dir nur etwas mehr Zeit gelassen hättest.«

»Aber warum, wenn nicht aus Scham, das Kind eines anderen Mannes aufziehen zu müssen?«

»Ich wollte dir das Geschwätz der Leute ersparen. Die Alten hätten dich Bastard geschimpft. Wäre König Kamil nicht gefallen und hätte das nicht ganz Czarny Kruku auf den Kopf gestellt, wäre es dir wohl sicherlich so ergangen. Die wenigsten hätten dich eines Blickes gewürdigt. Aber so ... so hatten die meisten genug mit sich zu tun. Jeder musste plötzlich sehen, wie er ohne Handel über die Runden kommt.«

»Aber warum hast du so viel Zeit mit Ksawery verbracht? Ich war der festen Überzeugung, er sei der Sohn, den du dir immer gewünscht hast.«

»Dass ich auch gerne einen Sohn gehabt hätte, kann ich nicht abstreiten. Einen kräftigen Knaben, der anpacken kann. Aber bestimmt nicht Ksawery. Kamil, Olaf und ich waren Freunde. Wir kannten den Jungen seit dem Tag seiner Geburt. Was sage ich, wir kannten bereits die Tritte im Leib seiner Mutter. Kamil wurde von den russischen Angreifern ermordet, noch während seine Frau mit ihm schwanger war. Am Tag seiner Geburt starb sie im Kindbett. Sein junges Leben stand unter keinem guten Stern. Olaf und ich haben uns ihm angenommen und ihn großgezogen. Kamil hätte es sich so gewünscht. Was hätten wir auch sonst tun sollen? Ihn aussetzen? Wir waren es Kamil schuldig. Ich wurde zu einem Vaterersatz und wusste schon früh, was Ksawery für ein Mensch ist, noch bevor er wusste, dass er einer ist. Ksawery ... er ist so zornig. Schon als Säugling hat er immerzu wie am Spieß gebrüllt. All sein Spielzeug hat er kaputt gemacht. Die Kinder, die mit ihm spielen wollten, hat er geschubst und geschlagen. Er war immerzu wütend und fauchte, wie ein verletztes Tier. Manteia meinte eines Tages, er wisse tief in seinem Inneren, dass er alleine auf der Welt ist und das würde die Wut in ihm heraufbeschwören. Ich kann es mir nicht erklären. Und ich kann ihn nicht zähmen. Vielleicht vermag es Bozena mit ihrer sanften Art.«

»Wenn er je die Hand gegen sie erhebt, schlägst du sie ihm ab. Versprich mir das.«

»Ich werde mich gut um deine Schwestern kümmern. Mach dir keine Sorgen. Und Ksawery werde ich ohnehin nicht los. Von daher werde ich immer sehen, was im Haus vor sich geht.«

»Wie meinst du das?«

»Nicht nur uns ging nach dem Überfall der Russen und dem Tod von Kamil allmählich das Geld aus. Auch dem Geheimrat. Er wurde schließlich auch nicht mehr bezahlt. Mit den Menschen ist es so: Besitzen sie alles, sind sie gönnerhaft – haben sie nichts, werden sie geizig. Die meisten zumindest. Olaf gehört dazu. Er hatte seit jeher die Erlaubnis, sich die Schatzkammer und die dazugehörigen Bücher anzusehen, was er auch immer öfter tat, und so ist es ihm nicht entgangen, dass Geld entwendet worden war, das nicht im Buch ausgetragen wurde.«

»Der Preis für mich.«

»Du sagst es. Olaf musste nur zwei und zwei zusammenzählen und wusste, dass ich es war. Genau das hat er für seine Zwecke genutzt.«

»Welche Zwecke?«

»Er will, dass Ksawery rechtmäßig den Thron besteigt.«

»Das ist Unsinn. Niemand will mehr einen König. Dem Dorf mag es nicht gut gehen, aber jeder weiß, es könnte uns unter russischer Herrschaft auch viel schlechter gehen. Wir existieren lieber unentdeckt hinter den Wäldern. Darin ist man sich einig.«

»Olaf will aber einen König, denn nur dann gelangt auch er wieder zu Wohlstand.«

»Wie will er das bewerkstelligen?«

»Mit meiner Hilfe.«

Sie blieb entsetzt stehen. »Mit deiner Hilfe? Unterstützt du sein Vorhaben etwa? Ksawery hat nichts von einem König! Was will er auf dem Thron? Das Dorf blickt gerade wieder nach vorn in eine sichere Zukunft! Ja, uns geht es schlecht, aber wir werden nicht versklavt! Bedeutet das denn gar nichts?«

»Beruhig dich.« Er legte seine Hände auf ihre Schultern. »Wer nur nach vorn blickt, der sieht seine Spuren nicht. Und Czarny Kruku hat eindrucksvolle Spuren hinterlassen, die von einem guten Leben zeugen. Ein König täte uns gut, der wieder Handel mit anderen Dörfern in die Wege leitet. Ohne König sind wir für die Städte nur Herumtreiber und man schließt bereits die Tore, wenn man uns nur von Weitem sieht. Lobna, unserer Familie geht es schon lange nicht mehr so gut, und auch die übrigen Dorfbewohner haben große Probleme, über die Runden zu kommen. Und außerdem …«

»Außerdem was? Das ist doch nichts Neues.«

»Olaf nutzt dich als Druckmittel. Er sagt, wenn ich die Bewohner nicht über die finanzielle Lage und die wahrscheinliche Zukunft aufkläre, ihnen die Möglichkeiten aufzeige, die uns ein König bietet und ihnen den Jungen schmackhaft mache, wird er Ksawery erzählen, dass ich seinen Vater und auch ihn heimtückisch bestohlen habe. Damit hat Olaf auch gleich ein Motiv, weshalb ich Ksawery nicht schon längst die Schätze überschrieben habe. Lobna … Man wird unsere ganze Familie aus dem Dorf jagen. Niemand darf es je erfahren.«

»Von mir erfährt niemand etwas. Aber wieso sollst ausgerechnet du die Bewohner umstimmen? Olaf könnte es doch ebenso?«

»Nein. Die Gerüchte um mich und Waleska sind noch immer in den Köpfen der Menschen. Viele glauben, dass ich ebenfalls eine verborgene Macht besitze. Das ist natürlich Irrsinn, aber es bringt die Leute dazu, mir mit Ehrfurcht gegenüberzutreten. Außerdem kann ich als Schatzmeister alle Zahlen liefern, die jedes Argument entkräften können, wenn jemand denkt, ich sage nicht die Wahrheit. Die meisten verlassen sich darauf, dass in den Kammern noch genug Gold ist, um lange davon zu leben, falls wir aussiedeln müssten. Aber dem ist nicht so. Und zuletzt sind zwei Stimmen immer stärker als eine. Wenn wir beide, als Vertraute des ehemaligen Königs, eine Meinung teilen … Dann hat es gleich eine viel stärkere Überzeugungskraft.«

»Wärst du auch ohne seine Androhungen auf seiner Seite gewesen?«

»Was die Unterstützung eines Königs betrifft, ja. Aber nicht, was Ksawery angeht. Er ist zu zornig, um ein guter König zu sein. Wenn je ans Tageslicht kommt, dass ich ihn bestohlen habe, ist ihm zuzutrauen, dass er mich köpfen lässt.«

»Oh, Vater! Ich wünschte, du hättest mir das alles früher erzählt.«

»Pst!« Er packte sie und presste ihr einen Finger auf die Lippen.

»Was ist los?«, wisperte sie. Seit sie im Wald waren, wirkte ihr Vater ängstlich. Er hatte öfter in den Himmel geschaut als auf den Boden. Das sah ihm nicht ähnlich.

»Siehst du da oben?« Er zeigte vage in die Tannen.

Sie verengte die Augen. »Etwas bewegt sich.«

»Es ist ein Rabe, Lobna. Dieser Vogel verfolgt uns schon seit geraumer Zeit.«

»Woher willst du das wissen? Die sehen doch alle gleich aus.«

»Dieser nicht. Glaub mir, mein Kind. Ich würde die blaue Feder auf der Brust der Räbin jederzeit erkennen. Früher war sie gänzlich blau, aber selbst diese eine blaue Feder reicht, um zu wissen, dass sie es ist. Waleska …«

Kaum hatte er ihren Namen ausgesprochen, schwang Waleska ihre Flügel und preschte im Sturzflug auf sie herunter…

»Nimm den Beutel!« Ihr Vater warf ihr den Sack zu, den er mitgeschleppt hatte.

»Was soll ich damit?« Unschlüssig und von Angst erfasst stand sie da. Eine pechschwarze gefiederte Masse erhob sich plötzlich von den

Bäumen und wirbelte auf Lobna und ihren Vater zu. Das rhythmische Flattern der Schwingen war ohrenbetäubend. Ein wahrer Rabenorkan brach über sie herein.

»Renn weg! Im Sack sind Knochen! Herr Sargnagel hat sie mir vom Friedhof beschafft!« Er zückte einen Dolch. »Komm in ein paar Tagen zurück ins Dorf und sag, du hast sie hinter dem Berg auf einem Hang entdeckt!«

Die ersten Vögel hackten auf sie und ihren Vater ein. Schützend hielt sich Lobna die Arme vor das Gesicht, doch sie spürte, wie die ersten spitzen Schnäbel Löcher durch den Pelz in ihre Haut stachen. Im Gegensatz zu Mikolaj hatte sie keine Waffe bei sich und war der Vogelschar unterlegen. Wenn sie überleben wollte, musste sie fliehen.

»Ich werde zu euch zurückkommen!« Sie schlug wild um sich und bahnte sich einen Weg hinaus aus dem dunklen Treiben. Einige Vögel folgten ihr und krähten boshaft. Lobna rannte, gepackt von Panik, den Berg hinauf. Erst als sie einige Meter hinter sich gelegt hatte, ließen die Vögel von ihr ab und kehrten zu ihrem aufgebrachten Rudel zurück.

Als sie einen Blick zurückwarf, konnte sie ihren Vater zwischen all den Raben nicht mehr sehen. Die Tiere schwirrten wie ein schwarzer Tornado um ihn herum. Sie hörte nur schmerzerfüllte Laute und sah hier und da einen Vogel leblos zu Boden fallen. Sie musste sich einen Ruck geben, um weiterzulaufen. Ihr Vater hielt ihr den Rücken frei. Diese Chance durfte sie nicht achtlos vergeuden. Sie könnte ihm sowieso nicht helfen. Der schwere Pelz und der nasse Saum ihres Kleides zehrten schon bald an ihren Kräften. Der unhandliche Sack mit dem Skelett war ihr ein zusätzlicher Klotz am Bein. Trotzdem trieb es sie voran. Sie wusste, dass sie im Wald nirgends sicher war. Die Raben lauerten überall, und wenn es nicht die Vögel wären, dann kamen spätestens mit der Nacht hungrige Wölfe aus ihren Verstecken. Ein Nachtgreif kündigte bereits die Dämmerung an, die im Winter innerhalb einer Stunde in tiefe Dunkelheit umschlug.

»Sei still, du alter Kauz! Ich weiß doch noch gar nicht, wo ich hinsoll.« Suchend sah sie sich um.

Weit und breit konnte sie keine Höhle oder sonstigen Unterschlupf ausmachen. Die Bäume hier oben waren zu dünn, als dass sie hätte hinaufklettern können, um auf einem Ast zu schlafen. Auf dem Boden lagen nur vertrocknete Äste und braune Nadeln. Weich und trocken genug, um darauf zu schlafen, aber nichts bot ihr Schutz vor den Wölfen, deren Jaulen bereits durch die Talschneise echote.

Sie packte den Rock ihres Kleides und stapfte voran. Der Wald lichtete sich und Schneelachen lagen zwischen Geröll und Krummholz. Ein eisiger Wind rauschte über sie hinweg. Sie hielt den Kragen ihres Pelzumhangs hoch und versuchte sich vor den Böen zu schützen. Nase und Ohren waren bereits eiskalt und schmerzten. Von ihren Füßen gar nicht zu reden. Mit jedem Schritt durchzuckte ein spitzer Stich ihre Waden. Am liebsten hätte sie eine Pause eingelegt und sich an einem Feuer gewärmt, aber hier war es ihr unmöglich, ein Lager aufzuschlagen. Feuer verscheuchte zwar die Tiere, allerdings wurden sie durch die Wärme gleichzeitig angelockt. Zudem war nicht sicher, ob die Aussicht auf frische Beute sie die Angst vor dem Feuer nicht vergessen ließ. Plötzlich brach ein Zweig in unmittelbarer Nähe. Erschrocken wirbelte sie herum.

11. Kapitel

Zwischen dem Geäst suchte ein weiß-blauer Eishirsch nach zarten Gräsern. Sein Geweih glitzerte, als sei es mit Raureif bedeckt, und auf seiner Brust trug er einen flauschigen Pelz. Mit seiner runden Schnauze schob er den Schnee beiseite und beschnupperte mit flatternden Nüstern den Boden. Mit jedem Atemzug schnaubte er weiße Wolken in die Luft.

Lobna entspannte sich und beobachtete das seltene Tier. Noch nie hatte sie einen seiner Art gesehen. Sie kannte nur die Mythen, die besagten, dass Eishirsche den Winter brachten und auch wieder mit sich forttrugen. Zu gerne hätte sie dieses Wesen ihren Schwestern gezeigt. Besonders die tierliebe Bozena hätte den Hirsch sofort ins Herz geschlossen. Ein Grund mehr, zu überleben. Sie würde ihnen bei ihrer Heimkehr zumindest von ihrer Entdeckung berichten. Auch wenn der Eishirsch eine tiefe Ruhe ausstrahlte, wurde die Gefahr vor den Wölfen umso realer, je dunkler es wurde. Schutzsuchend sah sie sich um.

Dieser Wald bietet nichts! Nur totes Gehölz! Ein ausgehöhlter Baumstamm lag vor ihr, aber er war zu dünn, um hineinkriechen zu können. Am liebsten hätte sie aufgeschrien. Wie sollte sie hier ein paar Tage überleben, bevor sie zurückkehrte?

Wieder knackte ein Ast.

Lobna drehte sich nach dem Hirsch um, der noch immer in ihrer Nähe stand. Aber er suchte nicht mehr nach Futter. Er hatte sich aufgerichtet und starrte in den Wald. Seine Ohren zuckten nach links und nach vorn. Sie musste nichts sehen, um zu erahnen, was seine Aufmerksamkeit auf sich zog. Sie hörte das tiefe Knurren der Wölfe, die sich langsam an das Tier heranpirschten. Äste knackten unter ihren Pranken und das Knurren wurde immer lauter.

Ihr Herz überschlug sich in ihrer Brust. Sie wusste nicht, ob sie nicht auch schon längst ins Visier der Raubtiere geraten war. Vor Angst zitterte sie am ganzen Körper. Ihr Atem ging schnell, und er beschleunigte sich noch mehr, als sie die weißen Wolken sah, die sie mit ihm ausstieß. Sie durfte keine Aufmerksamkeit auf sich ziehen.

Langsam, ganz langsam, ging sie einen Schritt zurück. Sie betete, dass hinter ihr kein Ast lag, der brechen würde. Sie musste es nur hinter den Felsen einige Meter entfernt schaffen und beten, dass die Wölfe sie nicht schon gerochen hatten. Langsam streiften diese auf den Hirsch zu. Nur ein Tier, das sich seines Sieges sicher war, konnte mit einer solchen Seelenruhe seine Beute umkreisen. Die Wölfe schnupperten und bleckten die Zähne. Der Hirsch drehte sich in einem engen Radius im Kreis und wusste nicht, auf welchen der Wölfe er sich konzentrieren sollte. Er setzte zur Flucht an, im selben Moment sprang das Rudel auf das Tier.

Lobna konnte nicht an sich halten. Von Panik gepackt rannte sie hinter den Felsen und kauerte sich zusammen. Er bot weit und breit den einzigen Sichtschutz vor den knurrenden Nachthunden.

Sie zitterte wie Espenlaub. *Ruhig bleiben. Langsam atmen. Alles wird gut.* Obwohl sie sich zur Ordnung rief, hatte sie ihren Körper nicht länger unter Kontrolle. Alles an ihr schlotterte. Sie hörte den Todeskampf des Hirsches. Sein letztes Röhren durchschnitt die Nacht.

Dann wurde es nahezu still. Nur der Wind, das Schmatzen der Wölfe und das Zerreißen von Fell, Sehnen und Fleisch waren zu hören. Jedes Mal, wenn ein Knochen zermalmt wurde, zuckte sie zusammen.

In dieser zusammengekauerten Position versteiften sich schmerzhaft ihre Gelenke. Ihre Knie, ihre Arme und selbst die Fingerknochen schwollen an. Vorsichtig streckte sie ein Bein aus. Der Schnee knirschte nur leise unter ihren Füßen, dennoch verstummten für einen Moment die Geräusche der Wölfe. Sie hatten sie gehört.

Lobna hielt die Luft an.

Sie hörte knirschenden Schnee hinter sich. Einen Schritt nach dem anderen. Es wurde immer lauter.

Ein Wolf musste direkt hinter dem Felsen stehen, sie hörte sein Schnuppern. Dann vernahm sie das Scharren von Krallen auf Stein. Ihr Herz raste. Sie wagte es nicht, nach oben zu sehen. Aber sie sah eine weiße Atemwolke, die über ihrem Kopf verdunstete. Sie kniff die Lippen zusammen und versuchte so leise wie möglich zu atmen. Ein blutiger Speichelfaden fiel vor ihrem Gesicht herunter und landete in ihrem Schoß. Er stand direkt über ihr.

Bitte verschon mich, flehte sie innerlich. *Bitte, bitte, geh weg.* Erneut hörte sie die Krallen auf dem Gestein, das Knirschen im Schnee.

Sekunden später schwoll das Schmatzen wieder an.

Lobna atmete mit Bedacht aus. Ihr Wolfspelz, der trotz mehrmaligen Waschens noch den wilden Duft der Tiere trug, musste sie gerettet haben. Oder aber der Wolf hatte beschlossen, sie angesichts seines Festmahles zu verschonen.

Unter diesen Umständen war an Flucht nicht zu denken. Auch, wenn der Wolf sie nicht entdeckt hatte, war er mit Sicherheit aufmerksamer geworden.

Sie blickte in den Nachthimmel. Nur Winternächte wie diese brachten kristallklare Sternenbilder mit sich und Luft so erfrischend wie ein Bad im Bergsee. Für gewöhnlich waren es aber auch genau diese Nächte, die die Kältesten waren und in denen man auch im Bett unter etlichen Decken fror.

Ihre Finger und Zehen waren bereits ganz steif, sie konnte sie nur noch mit Mühe bewegen. Das Gefühl war längst aus ihren Fingerkuppen gewichen. Beim Einatmen spürte sie, dass sich kleine Eiskristalle um ihre Nasenlöcher gebildet hatten. Sie fragte sich, wie sie diese

Nacht nur überleben sollte. *Entweder erfrieren oder von Wölfen zerfleischt werden …*

Es dauerte lange, ehe sie von den Wölfen nichts mehr hörte. Allerdings wusste sie nicht, ob die Tiere wirklich verschwunden waren oder lediglich schliefen. Behutsam streckte sie ihre schmerzenden Glieder und spähte über den Felsen hinweg.

Der Schnee war an der Stelle, wo der Kadaver lag, blutgetränkt. Der Kopf des Hirsches war vom Körper abgetrennt und starrte mit aufgerissenen blauen Augen in ihre Richtung. Das edle weiß-blaue Fell war rotbraun verfärbt. Der Wind trug den eisenhaltigen Geruch bis zu ihr herüber. Die Wölfe hatten den Brustkorb aufgerissen. Die hervorstehenden Rippen waren abgenagt, dazwischen lagen die Gedärme auf dem Boden. Ringsum ruhten zufrieden die Wölfe, die Köpfe zwischen den Pfoten. Hier und da leckten sich ein paar genüsslich über die Reißzähne. Lobna ließ sich wieder hinter den Felsen sinken. Sie konnte ihnen nicht ungesehen entkommen. Wegrennen war keine Option. Die Wölfe waren viel schneller als sie. Selbst wenn sie gesättigt waren, würden sie sich eine Nachspeise nicht entgehen lassen.

Sie schloss die Augen. Sie hatte ihrem Vater versprochen zurückzukehren. Ob sie dieses Versprechen würde halten können, war fraglich. *Hoffentlich denkt er nicht, dass ich mich doch auf die Suche nach einem freien Leben gemacht habe … wenn er noch lebt.*

Ein Rabe ließ sich auf einem Ast vor ihr nieder. Auf der Brust trug er eine blaue Feder.

»Waleska«, wisperte Lobna. Sie tastete nach einem Stein, den sie bei einem Angriff nach dem Vogel werfen konnte. Eher würde sie sich von Wölfen zerfetzen lassen, als von dieser Hexe.

»Ich bin es.« Es war nicht der Rabe, der sprach. Ihre Worte wurden mit dem Wind vorbeigetragen.

Ängstlich sah sich Lobna nach den Wölfen um. Sie schienen es nicht gehört zu haben.

»Bist du gekommen, um mich zu töten? Hast du meinen Vater getötet und willst nun mich?«, flüsterte sie so leise, wie nur möglich. Es war kaum mehr als die Bewegung ihrer Lippen.

Der Rabe schüttelte den Kopf. »Ich könnte Mikolaj kein Haar krümmen. Auch nach all dem, was er mir angetan hat, bin ich nicht dazu in der Lage. Und du … du stirbst von ganz allein.«

»Ist es das, was du willst: Rache?«

»Nein. Ich will nicht nur Rache. Ich will Triumph.« Die Räbin schien kein Interesse mehr an ihr zu haben, denn sie ließ sich mit ihrer Stimme und dem Wind davontragen. Mit ausgebreiteten Schwingen und wenigen Schlägen verschwand sie hinter den Baumwipfeln.

Wolltest du mich sehen, um mich zu verhöhnen? Lobna blieb frierend zurück. Immerhin wusste sie nun, dass ihr Vater noch lebte und ins Dorf zurückkehren würde. Sie rieb sich fröstelnd die Finger und kämpfte mit klappernden Zähnen so lange gegen die Kälte und Müdigkeit an, bis sie von beiden übermannt wurde.

Sterben fühlt sich warm an, dachte sie. *Mir ist, als würde ich zu Hause vor dem Kamin liegen.* Sie zupfte ein Stück Decke bis unters Kinn und lächelte in sich hinein. *Im Himmel gibt es ein Bett.*

»Du bist wach«, stellte eine männliche Stimme fest.

Lobna schrak zusammen. Sie öffnete die Augen und fand sich in einem kleinen Holzverschlag wieder. Benommen ertastete sie, was unter ihr lag, während sie ihren Blick durch den Raum gleiten ließ. Sie lag auf einer Pritsche. Unter ihrem Körper wärmender Pelz und über ihr eine buntgewebte Decke mit Löchern. Vor ihr prasselte ein Feuer. Ansonsten war der Raum nahezu schmucklos: ein Tisch, zwei Stühle, ein Waschbottich und eine kleine Arbeitsplatte.

Behutsam setzte sie sich auf. Ihr Körper fühlte sich ungelenk an und ihre Hände waren von der Kälte gezeichnet. Erfrierungen hatten Rötungen, Schwellungen und Blasen auf ihrer Haut hinterlassen. Vorsichtig strich sie über ihre verwundeten Finger, von denen sich erste Hautfetzen schuppten.

»Nicht anfassen!«, raunte die Stimme wieder.

Lobna schrie vor Schreck auf und presste sich mit dem Rücken an die Wand. »Wer ist da?« Sie hatte geglaubt, sich die Stimme nur eingebildet zu haben. Aber wie hätte sie auch ohne fremde Hilfe in die Hütte gelangen sollen? Sie schüttelte den Kopf, um endlich wieder Herr ihrer Sinne zu werden. *Ich saß hinter dem Felsen … die Wölfe … Waleska …*

»Unwichtig.« Im Schatten in der Ecke regte sich etwas. »Neben dir liegt eine grüne Salbe und Leinen. Schmier sie dir auf die Hände und dann verbinde sie. Das machst du dreimal täglich, bis alles verheilt ist. Deine Füße sind auch zerschunden.«

Lobna nahm eine kleine Schale in die zitternden Hände. Darin befand sich eine wohlriechende Paste. Der Geruch erinnerte sie an Manteias Mixturen. »Kräuter aus dem Wald«, stellte sie fest. Sie fuhr mit zwei Fingern hinein, strich die Salbe vorsichtig auf ihre Haut und wickelte die Stoffbahnen mit leichtem Druck darüber. Dabei sah sie immer wieder in die dunkle Ecke. Wer war ihr Retter? Und wo war sie? Wie lange hatte sie geschlafen?

»Über dem Feuer hängt ein Kessel mit Suppe. Iss. Du musst schnell wieder zu Kräften kommen«, wies er sie nun an.

»Danke.« Sie nickte in die Ecke, aus der die Stimme kam. Es war unhöflich von ihm, sich ihr nicht zu zeigen und vorzustellen, aber vielleicht war er auch misstrauisch. Ein Mädchen mitten im Wald war nicht gerade vertrauenerweckend. Vielleicht dachte er, sie wäre ein Irrlicht oder eine hinterlistige Nymphe. Trotzdem würde sie warten, bis er den ersten Schritt tat. Auf wackligen Beinen ging sie zu der blubbernden Suppe hinüber. Es waren nur vier Schritte, aber sie humpelte wie eine alte Frau. Auch ihre Füße waren mit Blasen übersäht. Ihre Fußrücken waren rot und geschwollen. Die Zehen spürte sie kaum. Es fühlte sich an, als würde sie auf Stümpfen gehen. Die Balance zu halten, war unter diesen Umständen kaum möglich.

»Vielen Dank«, murmelte sie erneut, als ihr bewusst wurde, dass diese Blessuren nichts im Vergleich zu dem waren, was sie hätte ereilen können. »Sie haben mir das Leben gerettet.«

Er erwiderte nichts.

»Wo ist Ihre Schüssel?« Sie wollte ihm zuerst eine Schale reichen.

»Ich will nichts.«

»Oh.« Beschämt füllte sich Lobna ein wenig Suppe ein. Sie fühlte sich unwohl, zu essen, während sie dabei beobachtet wurde. Aß sie ihm womöglich sein Essen weg? Sie setzte sich dicht neben das Feuer und löffelte die Schale bis auf den letzten Tropfen aus. Es war eine einfache Gemüsebrühe, aber sie erfüllte ihren Zweck und wärmte sie von innen.

Die Hitze der Flüssigkeit kroch ihr durch die Speiseröhre in den Magen und von dort wärmte sie ihren gesamten Bauchraum. Unbehaglich schielte sie immer wieder zu der Ecke. Sie konnte ihn nicht sehen, aber sie hatte das Gefühl, dass er sie anstarrte. Lobna nahm sich noch ein wenig Suppe. Sie hatte erst beim Essen bemerkt, wie hungrig sie gewesen war. Seit dem Aufruhr im Dorf war an Essen nicht mehr zu denken gewesen, so sehr hatten ihr die Anschuldigungen den Appetit verdorben.

»Die ist sehr gut. Vielen Dank für Ihre Gastfreundschaft.« Sie wollte sich wenigstens mit dem Phantom unterhalten, wenn er sich ihr schon nicht vorstellte. Das Schweigen war unbehaglich.

»Mehr soll es auch nicht sein. Sobald du wieder auf den Beinen bist, verlässt du sofort meine Hütte.« Sein schroffer Tonfall ließ keine Widerrede zu.

»Ja. Natürlich«, nuschelte Lobna. Nun war es ihr unangenehm, sich noch eine zweite Portion genommen zu haben. Dieser Mann wollte sie scheinbar keinesfalls länger als nötig hierbehalten. Bestimmt hatte er sie nur widerwillig aufgenommen. »Sie haben mir das Leben gerettet und ich möchte mich bei Ihnen bedanken. Ihre Hilfsbereitschaft soll nicht umsonst gewesen sein. Mit was kann ich Ihnen eine Freude bereiten? Ich stehe tief in Ihrer Schuld und werde Ihnen keinen Wunsch abschlagen.«

Er lachte bitter. »Mädchen, meinen Wunsch kann niemand erfüllen. Außerdem brauche ich nichts von einer, die sich im Wald verirrt, beinahe von Wölfen zerfleischt wird, und dem Kältetod nur knapp von der Schippe springt.«

»Ich habe mich nicht verirrt.«

»So? Und welche Maid dringt beim Pilze sammeln so tief in die Berge vor? Du musst einen Fußmarsch von mindestens einem Tag auf dich genommen haben. Bist du eine Hexe? Oder hat man dich etwa vertrieben? Beherberge ich etwa eine Diebin? Zeig deine Ohren. Ich will sehen, ob du ein Schlitzohr bist.«

Sie strich sich das Haar hinter die Ohren und drehte den Kopf von links nach rechts. Sie hatte nichts zu verbergen.

»Beide noch ganz«, stellte er fest. »Was ist in dem Sack, den du mit dir rumgeschleppt hast?«

»Da … Da sind Knochen drin. Ein Skelett.« Sie sah sich im Raum danach um.

»Knochen? Sieh mal einer an. Du bist also ein Leichenfledderer.«

»Nein! Was denken Sie bloß von mir? Ich bin auf der Suche nach meinem zukünftigen Gemahl«, erklärte sie.

»Ist er etwa geflüchtet?« Wieder lachte er, aber dieses Mal lag Belustigung darin.

»Er ist verschollen. Vor vielen Jahren schon. Ich habe ihn allerdings gewürfelt und deshalb muss ich ihn finden und nach Czarny Kruku bringen. Vorher darf ich nicht zurückkehren. Mein Vater hat mir die Knochen mit auf den Weg gegeben. Er sagte, ich solle in ein paar Tagen wieder heimkehren und behaupten, ich habe sie an einem Hang gefunden. Dann erst geben die Bewohner Ruhe und ich darf einen anderen würfeln.«

»Ganz schön raffiniert. Wie lautet der Name des Gesuchten?« Er beugte sich interessiert vor, dennoch wurde er völlig von der Dunkelheit verhüllt.

»Dariusz.«

Lobna hörte, wie er scharf Luft einsog und sich zurücklehnte.

»Verschwinde!«, brüllte er. »Geh! Verschwinde!«

Vor Schreck fiel ihr die Suppenschüssel aus der Hand und zerbrach auf dem Boden.

»Was habe ich getan? Habe ich etwas Falsches gesagt?«

»Man soll die Toten nicht wecken! Der Junge lebt nicht mehr!« Er schnaufte aufgebracht. »Geh zurück nach Hause. Man wird dich einen neuen Mann würfeln lassen.«

»Kannten Sie ihn etwa? Wieso haben Sie ihn nicht zurück ins Dorf gebracht?« Sie machte keine Anstalten aufzustehen. Dariusz musste ihm ebenfalls in die Hände gelaufen sein.

»Ja, ich kannte den Jungen. Er wollte nicht zurück. Ist wahrscheinlich ausgebüchst. Also habe ich ihn laufen lassen. Sollte er doch hingehen, wohin auch immer seine Beine ihn trugen.«

»Er war ein Kind! Wie konnten sie ihn einfach so fortschicken? Sie hätten ihn wenigstens bis in die Stadt begleiten können.«

»Hör zu. Er wollte nicht bleiben, und ich war nicht für dieses Balg verantwortlich. Zum Schluss hätte man mich an den Stadttoren erwischt und des Kinderhandels bezichtigt. Ich wusste ja nicht, ob er gesucht wurde oder nicht.«

»Was ist dann passiert?«, wollte sie wissen. Der Mann hatte sie gerettet, es war nicht fair von ihr, ihm Vorwürfe zu machen.

»Ich habe seine Leiche an einem Hang entdeckt. Er musste gestürzt sein.«

»Wie schrecklich.« In ihrer geplanten Ausrede lag tatsächlich ein Funken Wahrheit, auch wenn es nicht Dariusz' Knochen waren.

»Tu doch nicht so, als hättest du daran geglaubt, hier in den Wäldern einen stattlichen Mann zu finden.«

Sie schwieg einen Moment. »Ich bin losgezogen, ihn zu suchen. Das zählt.«

»Und nun kehrst du heim und erzählst, was du gefunden hast.«

»Was habe ich denn gefunden? Eine Hütte und einen Fremden? Mein Vater wird wissen wollen, wer Sie sind. Sie haben mich gerettet und er wird Sie dafür sicherlich entlohnen.«

»Ich bin ein Niemand.«

»Sie müssen einen Namen haben.«

»Niemand Nimmermehr«, stellte er sich vor. Lobna konnte anhand seiner Bewegungen erkennen, dass er sich verbeugte.

»Das ist kein Name.«

»Du wirst keine Ruhe geben, nicht wahr?«

»Nein.«

»Ich heiße Milosz. Milosz Olczak. Ich komme aus Krakow. Ich bin ein Dieb, Betrüger und Herumtreiber. Ich lebe seit Jahren hier. Die Tiere und der Wald verurteilen mich wenigstens nicht. In der Stadt war ich nur ein Bauer, der nicht einmal mehr sein Vieh durchbringen konnte. Also begann ich zu stehlen. Nachdem man mir schon beide Ohrspitzen abgeschnitten hatte, wollte man mich hängen. Am Tag meiner Hinrichtung bin ich geflohen. Tu mir den Gefallen und verrat mich nicht. Ich mag geklaut haben, aber vor den Henker will ich deshalb nicht treten.«

»Einverstanden. Sie haben mich gerettet. Was vorher war, geht mich nichts an. Mein Name ist übrigens Lobna Sikorski. Sehr erfreut.« Sie hielt ihm die Hand hin, aber er reagierte nicht. »Und … Sie leben hier im Wald? Ganz allein?« Sie zog ihre Hand wieder zurück.

»Nicht ganz allein.« Ein schriller Pfiff schallte durch den Raum. Sofort flog die Tür auf und ein hasenähnliches Geschöpf hoppelte herein.

»Ein Wolpertinger!«, staunte Lobna. Sie hatte noch nie einen mit eigenen Augen gesehen. Das Hasentier hatte lange Ohren und ein eindrucksvolles Geweih. Auf seinem Rücken prangten zwischen dem hellbraunen Fell ein paar weiße Federn. Er ließ sich kurz von Lobna bewundern, dann hoppelte er auf den Mann zu und hüpfte zu ihm in den Schatten.

»Wir sind Freunde«, erklärte Milosz kurz und knapp.

»Was hat Sie ausgerechnet hierher verschlagen? Sie hätten doch einfach in einen anderen Ort flüchten können. Czarny Kruku ist nur wenige Kilometer von hier entfernt und das Dorf hat mit anderen nichts zu schaffen.«

»Du solltest dankbar sein und mich nicht ausfragen.« Seine Stimme wirkte gegen Satzende immer zorniger. »Ich wollte nichts mehr mit den Menschen zu schaffen haben«, knurrte er. »Deshalb bin ich hierhergekommen.«

Lobna wusste nicht, was sie darauf erwidern sollte. »Ich … ich bin auch ein Mensch«, stammelte sie.

»Deshalb sollst du auch verschwinden!« Mit seiner lauten Stimme verscheuchte er sogar den Wolpertinger, der eilig nach draußen flitzte.

»Ich fürchte«, sie starrte auf ihre Füße, »das kann ich nicht. Noch nicht. Wie soll ich damit je das Dorf erreichen?«

Der Mann brummte etwas Unverständliches vor sich hin. Nach einer Weile sagte er: »Na schön. Aber nur, bis du wieder gehen kannst. Dann wirst du dich bei Tagesanbruch auf den Weg machen. Und komm mir nicht auf dumme Ideen! Ich möchte kein Gold, kein Geld und keine Almosen. Ich konnte dich ja schlecht im Schnee krepieren lassen. Dein Fleisch und das des Eishirschs hätten nur noch mehr Wölfe in mein Revier gelockt. Kann ich nicht brauchen. Die jagen mir meinen Wolpertinger.«

»Ach so …« Ihr Retter hatte also nicht zu ihrem Wohl oder aus Mitgefühl gehandelt.

Sie saßen sich schweigend gegenüber. Lobna ertrug die Stille kaum. Sie hatte dem Mann ihr Leben zu verdanken und wollte sich angemessen bei ihm bedanken. Aber er wollte sie nur schnellstmöglich wieder loswerden. *Ich habe versprochen, ihm jeden Wunsch zu erfüllen.* Sie biss die Zähne zusammen und stand auf.

»Was tust du da?«, murrte er.

»Ich … versuche … zu gehen.« Sie setzte konzentriert einen Fuß vor den anderen. Langsam rollte sie die Sohle von der Ferse bis zu den Zehen ab. Es schmerzte und fühlte sich an, als würde sie über tausend Stecknadeln laufen. Milliarden Stiche zuckten durch ihre Nerven. »Sie wollen mich loswerden und ich kümmere mich darum, dass Sie mich nicht länger als nötig ertragen müssen. Das ist das Mindeste, was ich tun kann.« Sie tat noch einen weiteren Schritt, als eine aprikosengroße Blase an ihrem Fußballen platzte. Sie schrie vor Schmerz auf und fiel hin.

»Vorsicht!«, rief der Mann. Für einen Moment schien es, als wollte er aufspringen und ihr zu Hilfe eilen, aber im letzten Moment verkroch er sich wieder im Schatten.

Unter ihrem Fuß bildete sich eine Pfütze aus Wundwasser. Die lose Haut hing an ihrer Sohle herab und entblößte rotes, wundes Fleisch. »Ich kann nicht aufstehen«, wimmerte sie. Die offene Stelle brannte höllisch. Lobna versuchte, den Schmerz mit Gegenschmerz zu schwächen. Sie drückte so fest auf ihren Fuß, dass ihre Fingerknöchel weiß hervortraten. Als sie sich einigermaßen an das Stechen gewöhnt hatte, kniete sie auf allen vieren und versuchte, zurück zur Pritsche zu krabbeln. Mit jeder Bewegung kehrte der Schmerz stärker und intensiver zurück. Eigentlich war es ein Kinderspiel, wenn man sich bester Gesundheit erfreute, aber ihre Gelenke hatten durch die Unterkühlung Schaden genommen. Ihre Knie waren ebenso geschwollen und entzündet wie ihre Fingerknöchel. Sie kam sich albern und schäbig vor, wie sie da so auf den schmutzigen Holzbrettern kniete und gegen das Pochen in ihrem Körper ankämpfte.

»Nun steh schon auf!«, forderte er sie in scharfem Tonfall auf. »Stell dich nicht so an, Mädchen.«

Sie biss die Zähne zusammen und robbte ein Stück nach vorne. »Ich kann nicht!« Der Schmerz wuchs mit jeder Bewegung. Auch der Druck, den der harte Boden auf ihre Knie ausübte, wurde von Sekunde zu Sekunde stärker.

»Das ist ja nicht mit anzusehen! Bei den Göttern, ich hätte dich törichtes Ding liegen lassen sollen!«, fluchte er. »Sieh auf den Boden und wag es nicht, aufzusehen! Ich werde dir jetzt helfen. Aber nur noch dieses eine Mal! Dann bleibst du gefälligst liegen!«

12. Kapitel

Sie hörte, wie er sich hinter ihr stöhnend erhob. Die Bodendielen ächzten. Ihre Neugier wollte sie dazu bringen, sich umzusehen und herauszufinden, wer ihr Retter war – aber sie verbot es sich. Sie richtete den Blick stattdessen auf die Maserung des Holzbodens unter ihr. Dennoch entging ihr der Schatten nicht, der sich über sie beugte. Sie spürte seinen warmen Atem im Nacken und große, starke Hände, die sie hochhoben, und mühelos zurück zur Pritsche trugen.

Sie stellte sich vor, wie er sie wohl von dem Felsen bis hierher getragen hatte. Wie weit war sie wohl davon entfernt? Hatte sie die Hütte womöglich einfach übersehen? Versehentlich streifte sie seine raue Hand.

»Lass das! Fass mich nie wieder an!« Er zog die Hand zurück und Lobna stürzte ein Stück nach vorne.

Vielleicht hat er mich auch einfach hergeschleift, sinnierte Lobna, die diesem Grobian alles zutraute.

»Schließ die Augen«, befahl er.

»Geschlossen.«

Im gleichen Moment fiel sie unsanft auf das Bett.

»Halte deine Augen geschlossen, bis ich dir erlaube, sie wieder zu öffnen.«

Sie nickte und kniff die Lider noch ein wenig fester zusammen. Lobna hörte Schritte, ein Stöhnen, das Knarzen von Holz. »Du kannst sie wieder öffnen.«

Sie drehte sich zu ihm um, aber er saß schon wieder in der dunklen Ecke. »Weshalb darf ich Sie nicht sehen?« Sie bauschte ein Stück der Decke zu einer Kugel auf und legte ihren Kopf darauf. Abwartend sah sie in seine Richtung.

»Ich bin hässlich. Wir wollen doch nicht, dass es sich wie eine ansteckende Krankheit auf dich überträgt.«

»Unfug!«

Er lachte ein verbittertes Lachen. Das Seufzen entging ihr nicht.

»Mädchen, du hast keine Ahnung von dem, was du da redest.«

»Vielleicht …«

»Pst. Sprich nicht. Wir wollen uns nicht kennenlernen. Du gehst deiner Wege und ich gehe meiner. Du weißt schon jetzt zu viel über mich. Sobald du verschwunden bist, werde ich mir sicherheitshalber eine neue Bleibe suchen müssen. Bis du wieder gehen kannst, will ich keine Fragen mehr hören. Sag mir, wenn du neue Salbe brauchst oder du etwas anderes benötigst. Darauf werden sich unsere Gespräche beschränken. Und wag es ja nie, mich anzusehen. Du würdest es nur bereuen. Ich will nicht hören, dass es doch gar nicht so schlimm ist. Ich gebe nichts auf gut gemeinte Worte.«

Lobna presste die Lippen aufeinander und nickte.

Vielleicht würde sie ihn mit viel Geduld doch noch irgendwann vor ihrer Abreise aus seinem Versteck locken können.

Minuten verstrichen und keiner sagte etwas. Sie war schon immer eher still gewesen, aber es war ihr unangenehm, wie sie da so lag und kein Wort mit ihrem Retter wechseln durfte. Sie drehte sich auf den Rücken und starrte die Decke an, über die rote Flammengeister tanzten. Durch ein Loch im Holz konnte sie die Sterne sehen.

Nach einer Weile hörte sie ein Knarzen aus der Ecke. Unüberlegt drehte sie den Kopf in die Richtung.

»Schau weg!«, brüllte Milosz.

»Entschuldigung.« Lobna starrte wieder die Decke an.

Aus den Augenwinkeln konnte sie sehen, wie er an ihr vorbeiging.

Zu gerne hätte sie einen Blick auf seine mysteriöse Gestalt geworfen, aber sie war auf seine Hilfe angewiesen. Ohne ihn würde sie nie mehr zurück ins Dorf finden. *Wahrscheinlich bekommt er einen Wutanfall, wenn ich ihm beichte, dass ich nur mit seiner Hilfe wieder heil in Czarny Kruku ankomme …*

Die Tür quietschte, dann verhallten die Schritte und es wurde still.

»Herr Olczak?«

Er war weg.

»Herr Olczak?«, rief sie noch einmal, um sicher zu gehen, dass er wirklich nicht mehr da war.

Sie bekam keine Antwort.

Sie drehte sich um und schaute sich in der leeren Hütte um.

Er war tatsächlich ohne Vorwarnung in die Nacht hinaus verschwunden.

Erleichtert atmete sie auf. Sie war dankbar für ihre Rettung, aber der Mann machte ihr mit seiner harschen Art Angst. Wenn er so im Dunkeln saß, wusste sie nicht einmal, ob er sie heimlich anstarrte oder nicht. In seiner Gegenwart hätte sie sich nicht mehr getraut, einzuschlafen. Nun fühlte sie sich aber unbeobachtet und ihre Augen wurden schwer. Eingelullt von der Wärme des Feuers und dem Kräuterduft der Salbe schlief sie wieder ein.

***

Lobna erwachte am Morgen von dem Ächzen des Stuhls in der Ecke.

»Sind Sie wieder da?« Sie hielt die Augen zur Sicherheit geschlossen.

»Keine … Fragen«, er gähnte bei jedem Wort.

»Oh.« Ihr wurde bewusst, dass sie in seinem Bett liegen musste. Natürlich hatte er hier oben in den Bergen kein Gästebett und mehr als diese Pritsche gab die Hütte auch nicht her. »Sie wollen sicherlich schlafen. Hier …« Sie stand vorsichtig auf und humpelte zu einem Stuhl. »Es ist Ihr Bett. Wie unhöflich von mir.«

»Dreh dich um und schließ die Augen.«

Lobna tat wie ihr geheißen.

Unter ihren Füßen bogen sich die Holzdielen, als Milosz hinter ihr vorbeilief.

»Ah …« Stöhnend ließ er sich auf der Pritsche nieder.

Lobna hörte das Rascheln der Decke.

»Du darfst dich wieder umdrehen und die Augen öffnen.«

Sie wagte einen Blick zum Bett. Er hatte sich vollständig bedeckt. Nicht einmal ein Zeh ragte unter der Decke hervor. Nur die menschliche Kontur war auszumachen.

»Im Kessel ist noch Suppe von gestern, falls du Hunger hast«, nuschelte er. Dann schlief er ein. Er schnarchte laut und rührte sich keinen Millimeter. So schnell, wie er eingeschlafen war, musste er völlig übermüdet gewesen sein.

Regungslos saß sie am Tisch. Die Kräuterpaste wirkte schon ein wenig, denn die offenen Stellen entzündeten sich nicht weiter und es trat kein Eiter aus. Nur die Wunde an ihrem Fußballen glühte rot und machte ihr beim Gehen zu schaffen. Gern hätte sie sich im Rahmen ihrer Möglichkeiten nützlich gemacht, aber sie wollte ihn nicht versehentlich wecken. Ein zweites Mal würde er ihr nicht helfen, wenn sie stürzte.

Sie warf immer wieder Holz nach, damit das Feuer nicht ausging. Wenigstens so konnte sie sich beschäftigen und die Stube warmhalten. Mit jedem Scheit verging eine halbe Stunde. Irgendwann zur Mittagszeit trat der Wolpertinger gegen die Tür und wartete brav, bis sie die Tür erreicht hatte und ihn einlassen konnte. Zuerst beglückte er sich mit einer Möhre, dann verschwand er auf der Pritsche bei Milosz. Nur die Spitzen des Geweihs lugten unter der Decke hervor und hoben sich mit jedem Atemzug von Milosz.

Gegen Nachmittag konnte sie nicht mehr still sitzen. Von Kindesbeinen an war sie ihrer Mutter eine Hilfe im Haus gewesen, und in den letzten Jahren hatte sie Manteia tatkräftig unterstützt. Ihre Hände verlangten nach Arbeit. Bewegung würde außerdem ihren starren Gelenken helfen, sich zu erholen. Auf Zehenspitzen schlich sie zum Waschbottich. Sie nahm einen Lumpen, der am Rand hing, tunkte ihn ins Wasser und wischte damit die Arbeitsfläche und den Tisch ab. Diese Arbeit machte keinen Lärm und sie war beschäftigt. Sie staunte nicht schlecht, als sie sah, wie dreckig und staubig es in der Hütte war. Scheinbar wurde hier noch nie geputzt.

Als sie alle Oberflächen vom Staub befreit hatte, suchte sie das Zimmer nach einem Besen ab. Sie fand einen langen Ast, an dem Reisig befestigt war. Besser als nichts.

Sie fegte Diele für Diele mit dem Hexenbesen Staub und Erde aus den Fugen. Der Wolpertinger gähnte und beobachtete das Treiben neugierig.

»Bevor ich das Haus verlasse«, flüsterte sie ihm zu, »werde ich dir Putzstiefel anziehen. Dann wirst du deinem Herrn die Hütte sauber halten.«

Verständnislos legte das Tier den Kopf schräg.

Bis zum Abend hatte sie die Hütte vom Boden bis zur Decke gereinigt. Nun knurrte ihr der Magen und sie nahm sich etwas Suppe. Während sie aß, beobachtete sie Milosz, der mit dem Rücken zu ihr lag und dessen Körper sich unter der Decke mit jedem Atemzug hob und senkte.

»Beobachtest du mich etwa?«, fragte er.

Sie zuckte zusammen und blickte in die Schüssel. »Nein. Ich … Ich habe mir nichts dabei gedacht.«

»Natürlich nicht. Stell dich mit dem Gesicht in die Ecke. Ich werde jetzt gehen.«

»Sie schlafen den ganzen Tag und verlassen nachts die Hütte«, stellte sie fest, während sie in die Ecke stierte. »Machen Sie das immer so?«

»Nachts fängt man die größeren Tiere«, entgegnete er. Einen Moment blieb er dicht hinter ihr stehen.

Was will er? Beobachtet er mich?

Sie roch den erdigen Duft, der ihn umgab. Dann entfernten sich seine Tritte und die Tür fiel ins Schloss.

»Was ein komischer Kauz.«

Sie lief zum Bett und schüttelte Decke, Felle und Kissen auf. Sie war ein wenig enttäuscht, dass ihm nicht aufgefallen war, dass sie die Hütte gefegt und geputzt hatte. Sie hätte ihm gerne eine Freude gemacht, aber entweder war er blind für solche bürgerlichen Sitten oder es war ihm schlichtweg egal. Sie setzte sich auf die Pritsche und versorgte ihre Hände und Füße mit der Salbe. Danach kuschelte sie sich unter die noch warme Decke. Selbst das Bettzeug hatte den Geruch nach Tannenrinde, Wurzeln und Moos angenommen, der Milosz umgab.

»Aufstehen!«

Lobna schrak zusammen.

Es war helllichter Tag. Ein paar warme Sonnenstrahlen schienen durch die Fensterscheibe auf ihre blassen Arme. Seit Jahren hatte sie nicht mehr bis in den Tag hinein geschlafen. Die Kräutersalbe musste eine narkotisierende Wirkung besitzen.

»E–Entschuldigung.« Überstürzt sprang sie auf und warf die Decke hinter sich, damit Milosz sich hinlegen konnte. Ihre Haare waren wirr, die Naht des Kleides saß schief, aber bevor sie sich herrichtete, richtete sie ihm zuerst das Bett. Sie konnte als Gast dem Herrn des Hauses unmöglich eine zerwühlte Decke überlassen. »Es tut mir außerordentlich leid. Ich weiß nicht, wieso ich nicht eher wach geworden bin. Ist in der Salbe vielleicht Baldrian? Oder Johanniskraut? Ich neige eigentlich nicht zu einem derart tiefen Schlaf«, entschuldigte sie sich immerfort, während sie mit den Fingern ein Fell kämmte, das vom hin- und herwenden schon ganz verfilzt war.

»Vielleicht ist es die Höhenluft, die dich müde macht.«

»Das kann sein. Ich war noch nie so weit oben.«

»Aber du bist fleißig und nicht träge«, sagte er vom Schaukelstuhl in der Ecke aus. »Gestern hast du alles geputzt.«

Es ist ihm also doch aufgefallen.

Sie nickte, richtete hektisch ihr Kleid und stellte sich wie ein Hausmädchen mit gefalteten Händen und auf den Boden gerichteten Blick vors Bett. »Solange ich hier bin, möchte ich Ihnen unter die Arme greifen. Ein Haushalt ist nichts für Männer.«

»Nenn mich Milosz. Ich fühle mich wie ein alter Mann, wenn du mich siezt. Außerdem interessiert sich hier draußen niemand für Sitte und Höflichkeit. Während ich schlafe, kannst du für heute vor der Tür arbeiten, wenn du dich unbedingt nützlich machen willst. Dort hängt ein Fasan. Ich habe ihn schon geköpft. Das Blut zieht die Wölfe an. Vielleicht kriegst du es weg.«

»Ich werde es versuchen.« Sie nickte. Ohne aufzusehen, lief sie zur Tür.

Draußen schien die Sonne. Hier oben warf sie wärmende Strahlen auf den freien Fleck rund um die Hütte. Störende Bäume hatte Milosz längst gefällt. Sie schloss für einen Moment die Augen und genoss es. In Czarny Kruku schien die Sonne nur von Juni bis August. In dieser Zeit aber so intensiv, dass man es kaum aushielt. Ein Rotmilan Pärchen zog seine Kreise unter der Sonne.

»Ihr hattet mehr Glück als mein Freund«, rief sie den beiden zu. Sie drehte sich zu dem Fasan um, der kopfüber an einem Holzpfosten hing. Milosz hatte nicht zu viel versprochen. Es roch nach Blut und spätestens mit der Dämmerung würde es Wölfe anlocken. Der abgeschlagene Kopf lag in einer Blutlache auf dem Boden daneben. Sie sah sich nach einer Möglichkeit um, dem Gestank Herr zu werden. Hinter der Hütte fand sie neben Gerümpel, wie kaputtem Werkzeug, eine Bärenfalle und einem verlassenen Vogelkäfig, alte Lumpen und zwei große Eimer voll Regenwasser. Einen schleppte sie vors Haus und schrubbte den Pfosten sauber. Den Rest Schmutzwasser kippte sie über das rotgefärbte Gras.

»Schon besser.« Um auf Nummer sicher zu gehen, schnappte sie sich eine von Rost zerfressene Schaufel und schippte drei Hiebe Erde darauf, die den Geruch endgültig unter sich begruben.

»Und jetzt bist du dran, Vogel.« Sie nahm den Fasan von der Stange und trug ihn hinters Haus. Dort begann sie, ihm die Federn auszurupfen, bis er nahezu kahl war. Vor ihr türmte sich ein Haufen aus braunen, roten und weißen Federn, die bei jedem Lufthauch aufstoben. Ein paar Federn hatten sich in ihrem Haar verfangen oder hingen zwischen den Fasern ihres Kleides. Doch das störte sie nicht. *Wo gehobelt wird, fallen Späne.*

Als nur noch rosa Gänsehaut zu sehen war, wusch sie ihn in dem anderen Kübel rein. Nachdem sie die Innereien ausgenommen hätte, würde sie ihn ein zweites Mal baden. Der Fasan war wirklich ein Prachtexemplar. *Im Dorf würde ein Jäger wie Milosz hohes Ansehen genießen. Zocha und Bozena hätten sich bestimmt um ihn gerissen.*

Die Vordertür schlug auf und die Wand erzitterte.

»Verdammt!«, hörte sie Milosz brüllen. »Sie hat mir meinen Vogel geklaut!«

Lobna hielt inne, den Fasan in den Händen. Sie schlich zur Vorderseite, blieb aber mit dem Rücken an der Westseite des Verschlags stehen, um ihm nicht direkt in die Hände zu laufen. Sie hörte, wie er wütend gegen einen Stapel Brennholz trat, der in sich zusammenstürzte.

»Ich bin hier. Ich habe nichts geklaut.« Sie hielt den nackten Fasan an den Füßen um die Ecke.

»Oh … Ich habe dich nicht mehr gehört und da dachte ich …«

»Spar dir deine Entschuldigung.« Sie wollte nicht schroff klingen, aber es war ungerecht von ihm, sie zu beschuldigen.

»Ich wusste nicht, dass du das kannst«, rechtfertigte er sich.

»Was denkst du, was ich bin? Ein verwöhntes Kind aus reichem Haus?«

Er brummte.

»Falls das eine Entschuldigung sein sollte – angenommen. Aber jetzt geh bitte, damit ich den Vogel endlich in den Topf werfen kann.«

»Zähl bis drei, dann gehört die Feuerstelle dir.«

»Drei …«

Die Tür quietschte.

»Zwei …«

Seine schweren Schritte erklangen auf den Holzdielen.

»Eins …«

Selbst von draußen konnte sie hören, wie er sich mit einem »Ah!« ins Bett fallen ließ.

Als sie wenig später die Hütte mit dem triefenden Vogel betrat, lag er im Bett und muckste sich nicht. Er, der ohnehin mit einem offenen Auge zu schlafen schien, konnte unmöglich schon eingedöst sein. Sie vermutete, dass ihm sein Wutanfall peinlich war und er nun einen großen Bogen um sie machte. »Mach dich ruhig lang. Ich werde dich keines Blickes würdigen«, triezte sie ihn ein bisschen. Während sie den Fasan über dem Feuer wendete und Möhren und Sellerie dazu schnippelte, drehte sich Milosz unruhig von links nach rechts, stets darauf bedacht, die Decke über dem Kopf zu haben.

»Kannst du nicht schlafen?«

»Nein. Du machst mich nervös.«

»Soll ich aufhören?« Sie hielt Messer und Karotte in die Luft.

»Nein, aber so kann es nicht weitergehen. Jetzt lass mich in Ruhe.«

Ich bin mir keiner Schuld bewusst.

Still rührte sie das Gemüse unter den Fasan. Der Wolpertinger, der neben ihr vor dem Feuer saß und sein Abbild im Kupferkessel beäugte, reckte die Nase in die Luft, als sich langsam der Duft im Raum verbreitete.

»Für dich wird auch ein Möhrchen abfallen, Kleiner.« Sie zog an seinem Ohr. Ein paarmal rührte sie den Sud noch um, dann legte sie den Kochlöffel auf den Tisch. »Das kann nun eine Weile köcheln.«

Sie warf dem Wolpertinger das Endstück einer Möhre vor die Pfoten. Sofort nahm er es und nagte daran.

Am frühen Abend erlosch das Feuer unter dem Kessel langsam und das Brodeln des Eintopfes wurde immer leiser. Der Fasan war durch, aber sie wollte die Mahlzeit heiß auftischen. Also ging sie nach draußen hinter die Hütte, um ein paar Holzscheite zu holen. Als sie zurückkam, war Milosz plötzlich verschwunden.

»Er lag doch gerade noch im Bett«, wunderte sie sich. »Jetzt hat er nicht mal den Eintopf probiert.« Enttäuscht schnaubte sie und warf die Tür mit einem Tritt hinter sich zu.

»Das werde ich noch.«

Vor Schreck ließ Lobna das Holz fallen. »Würdest du wohl aufhören, mich so zu erschrecken?« Unwillkürlich drehte sie sich zu ihm um.

Sie blickte ihm zum ersten Mal direkt in die Augen.

13. Kapitel

Er trug eine bodenlange, braune Kutte, die seinen Körper völlig verhüllte. Unter der Kapuze hatte er zusätzlich einen Schal über Mund und Nase gelegt. Lediglich den Blick auf die Augen gab er frei.

»Ich habe mir überlegt, dass wir etwas ändern müssen. Es ist zu umständlich, ständig aneinander vorbeizulaufen, ohne dass du mich ansehen kannst. Bis du wieder verschwindest, werde ich dir so begegnen. Damit kann ich meiner Arbeit nachgehen und du deiner.«

»Gut.« Mehr fiel ihr auf den Schock nicht ein. Sie fixierte wie paralysiert seine Augenpartie. Er musste jünger sein, als sie angenommen hatte. Seine Lider waren straff, Fältchen suchte sie vergebens. War es möglich, dass er in ihrem Alter war? Um sich von dem Anblick der goldenen Augen losreißen zu können, stolperte sie rückwärts über die Holzscheite zum Feuer, nahm die Kelle und kippte etwas Eintopf in eine Schüssel.

»Hier.« Sie hielt sie ihm entgegen. Noch immer stand er an der Tür.

»Stell sie auf den Tisch. Ich esse später. Jetzt muss ich fort.«

»Aber ich habe extra gekocht?« Sie löste die Schürze und legte sie beiseite.

»Wir sind aber kein Ehepaar. Sieh zu, dass deine Wunden verheilen und dann geh.« Schwungvoll kehrte er ihr den Rücken zu und verschwand.

»Ich tue das nicht um meinetwillen! Du brauchst Kraft, um zu jagen!«, rief sie ihm, so laut sie konnte, hinterher. »Rüpel … Dann essen wir beide eben, du zerzauster Wolpertinger. Schönen Freund hast du dir da geangelt.«

Sie schnappte sich die Schüssel, die eigentlich für Milosz bestimmt war und in die sie die besonders zarten Fleischstücke geschüttet hatte. Nachdem sie die Schale geleert hatte, plumpste sie auf den Schaukelstuhl. Die Hütte war sauber, der Fasan eingekocht und vorerst gab es nichts für sie zu tun. Ihr Blick schweifte umher, bis er an Miloszs Lederstiefeln und einem alten Mantel kleben blieb. Schuhe und Jacke waren löchrig und von Motten zerfressen.

»Wäre doch gelacht, wenn wir das nicht reparieren können.«

Sie stand auf, schnappte sich die karge Garderobe und platzierte sich wieder in der Ecke. Der Wolpertinger setzte sich sofort auf ihren Schoß und rieb sein Geweih an ihrer Brust.

»Ja … Ich weiß. Du magst deinen alten Herrn. Ich würde ihn bestimmt auch mögen, wenn er nicht so störrisch und mürrisch wäre. Er sagt, er mag keine Menschen, aber so mag ihn auch niemand.«

Sie nahm sich ein Messer und schnitt einen breiten Streifen vom Saum ihres Kleides ab. Überrascht schaute der Wolpertinger zwischen dem Stoff und ihr hin und her.

»Der Stoff ist sowieso schmutzig. Außerdem erschwert mir ein bodenlanges Kleid den Fußmarsch zurück ins Dorf. Hm … Nähzeug wird er wohl kaum haben.« Sie zog ihre Kette aus. Mit Vorsicht löste sie eine größere Öse aus den Kettengliedern. »Das wird reichen.«

Geschickt löste sie einen Faden aus dem Stoffstreifen, knotete ihn um den Metallring und begann, die Löcher mit dem zarten Stoff zu stopfen. Die Flicken passten nicht zu dem übrigen Material und sie würden beim ersten Regen sofort durchweichen und keinerlei Schutz vor Nässe bieten, aber immerhin pfiff der Wind nicht mehr hindurch.

»Kein Meisterwerk, aber für die Not wird es reichen.« Sie gähnte. »Als Nächstes kümmern wir uns um die Schuhe. Aber zuerst«, sie streckte sich, »ruhen wir uns kurz aus.«

Lobna wurde von einem Quietschen geweckt. Sie rieb sich die Augen und stellte fest, dass Mantel und Stiefel verschwunden waren. Dafür lag gegenüber im Bett Milosz. Dieses Mal hatte er ihr nicht den Rücken zugedreht. Er lag mit dem Gesicht in ihre Richtung. Die Augen hatte er geschlossen, aber seine Pupillen zuckten unter den Lidern unruhig umher. Dennoch lag ein entspannter Ausdruck auf seinem Gesicht. Die Zornesfalte zwischen seinen Brauen war kaum zu erkennen.

»Du siehst friedlich aus, wenn du schläfst«, stellte Lobna unbedacht fest.

Sofort öffnete er die Augen. »Du sollst mich nicht beobachten.«

»Es ist nicht so, als hätte ich dich angestarrt, rechtfertigte sie sich. *Zumindest nicht so, wie du mich, in der ersten Nacht.*

»Wo sind die Sachen hin?«, fragte sie und sah sich um.

Er wies auf eine Truhe. »Du hättest das nicht tun müssen. Dein Kleid ist nun ganz kaputt.«

»Nicht annähernd so abgetragen wie dein Mantel. Du brauchst dringend neue Sachen. Wieso gehst du nicht auf einen Markt und kaufst dir welche?«

»Kein Geld«, brummte er und drehte ihr nun doch den Rücken zu.

Diese ständige Ablehnung machte sie verrückt. »Du könntest deine Beute verkaufen. Die Leute zahlen gut für frische Ware.«

»Wenn du nicht gleich still bist, verkaufe ich dich.«

»Da ist wohl jemand schlecht gelaunt. Was ganz Neues.« Sie wollte ihn nicht weiter stören und ging nach draußen, um zu sehen, was er in der Nacht gejagt hatte. Doch am Pfosten hing nichts.

»Milosz?« Sie öffnete die Tür einen Spalt und rief seinen Namen. »Milosz?«

»Was ist?«

»War die Jagd nicht erfolgreich?«

Sie hörte die Bettdecke rascheln, dann Schritte über den Boden poltern. Er stieß die Tür auf und trat zu ihr ins Sonnenlicht.

»Mist!« Er trat gegen einen Schneehügel. »Hat sich das Vieh losgemacht.« Er griff nach dem Strick und beäugte ihn. »Die schlauste Gans, die ich je gesehen habe.«

»Wieso hast du sie nicht gleich geköpft?«

»Ich wollte sie mästen. Tja, hat sie wohl noch mal Glück gehabt.«

Lobna stand neben ihm und musterte seine Gestalt. Es war das erste Mal, dass er so dicht neben ihr stand. Er war größer als sie und hatte breite Schultern. In ihrem Dorf hätte er mit der Statur bestimmt für Aufsehen gesorgt. Die meisten Männer dort waren entweder groß und schlaksig oder klein und bierbäuchig.

»Starrst du mich schon wieder an?« Er schnaufte und verdrehte die Augen.

»Nein!« Sie senkte sofort den Kopf. »Ich habe überlegt. Ich könnte in den Wald gehen und Pilze sammeln. Ich weiß, wo man selbst im Winter welche findet. Hexenbutter oder Warziger Drüsling wachsen selbst bei frostigen Temperaturen.«

Eigentlich war es nur eine Ausrede, aber ein paar Pilze, um das Essen etwas anzureichern, konnten wirklich nicht schaden.

Er drehte sich zu ihr um. »Du kennst dich wirklich aus. Gut … Wenn du möchtest, dann nur zu. Aber lass mich zuerst deine Hände sehen.« Unter seiner Kutte hob er die Arme und griff nach ihren Handgelenken. »Ich habe keine Handschuhe, die ich dir anbieten könnte. Ich will nicht, dass deine Wunden schlimmer werden.«

Ihre Hände lagen in seinen. Nur durch den Filzstoff seines Umhangs getrennt. Er fühlte sich warm an und seine Hände waren stark. Sanft drückte er ihre.

Wie es wohl wäre, meine Finger mit seinen zu verflechten? Schnell schüttelte sie den Gedanken ab.

»Tut das weh?«, wollte er wissen.

»Nein. Die Salbe wirkt. Du wärst ein guter Heiler.«

Er nickte. »Gut.«

»Gut«, wiederholte auch Lobna. Außer Mirek hatte noch nie ein Mann ihre Hände gehalten. Auch wenn er es nur tat, um zu sehen, wann er sie endlich los war, lag doch viel Feingefühl in seinem Halt. »I–Ich geh dann mal.«

Sie machte sich von ihm los und lief schnurstracks in den Wald.

»Ähm … Willst du keinen Korb mitnehmen?«

»N–Nein. Das geht auch so.«

»Pass auf dich auf!«, rief er. »Geh nicht zu tief in den Wald hinein!«

Macht er sich etwa Sorgen?

Ohne sich umzudrehen, hob sie die Hand zum Gruß. »Keine Sorge.«

Erst als sie sicher sein konnte, dass er sie nicht mehr sah, atmete sie tief ein. Ihre Wangen waren noch immer gerötet und ihre Ohren glühten heiß.

»Unmöglich, dass mich diese Berührung so sehr aus der Fassung gebracht hat.«

Um sich abzulenken, suchte sie nach morschen Ästen. Auf dieser Höhe fand sie bis auf Fichten jedoch nichts. An den Fichtenstümpfen entdeckte sie nur eine Handvoll von Schnecken zerfressene Hallimasche. Deshalb humpelte sie weiter den Hang hinab. Sie hoffte, wenige hundert Meter tiefer auf der Sonnenseite des Berges ein paar Buchen, Eichen oder Birken zu entdecken.

Tatsächlich begann tiefer der Wuchs von Laubbäumen. Sie tastete abgesprungene Rinden nach Pilzen ab und wischte Schnee beiseite, wo sie herabgefallene Äste vermutete.

»Endlich!« Ihre Finger waren schon ganz rot vor Kälte, als sie einen Stamm fand, der von einer ganzen Pilzarmada bevölkert wurde. Sie pulte einen nach dem anderen von der Rinde und sammelte sie in ihrer Schürze. Zufrieden schüttelte sie ihre Sammlung.

»Das dürfte reichen.«

Sie humpelte zurück Richtung Hütte. Der Aufstieg war wesentlich kräftezehrender als der Abstieg. Je länger sie auf den Beinen war, umso stärker schmerzten die Wunden an ihren Füßen.

»Vielleicht hätte ich noch ein paar Tage warten sollen.« Vor Schmerz biss sie die Zähne zusammen. In ihrem rechten Schuh fühlte sie etwas Feuchtes. Eine der Stellen musste wieder zu nässen begonnen haben. »Milosz wird sauer sein.«

Sie musste schon viel zu lange unterwegs sein, denn ein Uhu kündigte die Dämmerung an. Bald würden sie Schwierigkeiten haben, sich zu orientieren. *Wandern die Bäume etwa?*

Sie konnte sich nicht an die umgeknickte Tanne und den intensiven Geruch von Harz erinnern. Im Gebüsch krachte es.

Sie wirbelte herum und verlor dabei ein paar Pilze.

»Milosz?«, flüsterte sie.

Wieder raschelte es.

Sie hielt die Luft an und flehte innerlich, dass es kein Wolf war. Starr vor Angst stand sie da und kniff die Augen zusammen. Sie wollte nicht sehen, was sie gleich das Leben kostete.

Der Schnee vor ihren Füßen knirschte leise. Aber nichts geschah. Sie öffnete ein Auge und blickte nach unten.

Vor ihr hockte der Wolpertinger.

»Ach!« Sie atmete auf. »Du bist es. Sag das doch gleich.«

Er rümpfte die Nase.

»Bist du gekommen, um mich abzuholen?«

Als Antwort hoppelte er vor ihr her. Sie konnte nicht mit ihm mithalten, aber er blieb nach wenigen Metern immer wieder stehen und wartete auf sie. Es war noch ein weiter Rückweg, aber schließlich fanden sie sich vor der vertrauten Hütte wieder.

Drinnen war es dunkel.

»Milosz?«, rief sie überflüssigerweise.

Er war nicht mehr da. Auch das Feuer war aus. Er musste schon vor Längerem aufgebrochen sein.

Erschöpft schüttete sie die Pilze in einen Korb. Zuerst musste sie das Feuer wieder anzünden. Der Wind pfiff durch die Ritzen im Holz. Als endlich das erste Flämmchen loderte, kauerte sich auch der Wolpertinger vor den Kamin.

»Gleich wird dir warm.« Sie strich ihm über Fell und Federn. »Du bist mein Retter. Du und dein Herr, ihr beschützt mich, ohne einen Dank einzufordern. Ihr zwei seid mir schon seltsame Zeitgenossen.«

Während das Feuer vor sich hin prasselte, bürstete sie die Pilze und warf einen nach dem anderen in den Kupferkessel über den Flammen. Den Rest des Fasans musste Milosz gegessen haben, denn bis auf zwei Löffel war der Topf leer. Zusammen mit Möhren und Kartoffeln verbreitete sich ein einladender Duft im Raum.

»Hier, eine Rübe für dich.« Sie warf dem Wolpertinger eine Möhre hin. Dann fasste sie sich an den Bauch. »Mir knurrt vielleicht der Magen.« Gerne hätte sie schon gegessen, aber sie wollte auf Milosz warten. Er würde zwar erst mit dem Morgengrauen zurückkehren, aber da er für sie beide jagte, wollte sie für beide kochen und mit ihm gemeinsam essen.

»Schmeckt's dir wenigstens?«

Das Tier nagte zufrieden. Dann stellte es die Ohren auf, blinzelte zweimal und richtete ein Ohr Richtung Tür.

»Was ist los?«

Der Wolpertinger ließ von der Karotte ab, richtete sich auf und drehte den Kopf zum Eingang.

»Was hörst du?«, flüsterte sie. Anspannung erfüllte ihren Körper. Im Wald war man nie sicher. Auch nicht in einer Hütte. Es gab hier nicht nur Wölfe, sondern auch Bären, die sich nicht von einer einfachen Holztür aufhalten ließen, wenn sie dahinter eine schmackhafte Beute wähnten.

Vor der Tür ertönten Schritte, dann flog sie auf und Milosz trat ein. Er war über und über mit Schnee bedeckt, als wäre er von einer Lawine übermannt worden.

»Da bist du ja!« Er wirkte erleichtert, als er sie sah. Luft entwich aus seinen Wangen.

»Wo sollte ich denn sonst sein?«

Er schüttelte den Schnee ab, lief zum Feuer und rieb sich die Hände unter der Kutte.

»Du bist nicht mehr zurückgekommen. Ich habe gewartet, aber als es dunkel wurde, habe ich mich auf die Suche nach dir gemacht.«

»Da warst du nicht der Einzige.« Sie lächelte und zog den Wolpertinger am Geweih, der sogleich verspielt auf die Kampfansage reagierte, indem er den Hintern in die Höhe reckte und mit den Hinterläufen scharrte. »Ich war gerade auf dem Heimweg, da hat er mich überrascht und mir den Weg gezeigt. Hier oben verläuft man sich leicht.«

»Guter Junge.« Er nahm ihn auf den Arm und gab ihm einen Kuss auf die Nase.

»Du hättest mich nicht suchen müssen, Milosz. Es hätte dir doch recht sein müssen, wenn ich nicht mehr zurückgekehrt wäre.« Sie wusste, dass eine gewisse Provokation in ihrer Stimme lag, aber sie war neugierig. Hatte er sich wirklich Sorgen um sie gemacht? Die Worte, die er ihr vor dem Aufbruch zugerufen hatte, verfolgten sie noch immer.

»Natürlich musste ich das!« Er schüttelte verständnislos den Kopf.

»Stimmt … Die Wölfe. Ich hätte sie in dein Revier gelockt.«

»Nicht deswegen.«

»Sondern?«

Er schnappte sich eine Schüssel und goss sich etwas von dem Pilzeintopf ein. »Ist der fertig? Kann man den schon essen?« Scheinbar wollte er nicht antworten.

Sie nickte und nahm sich ebenfalls eine Schale.

»Wieso bist du schon zurück? Es ist noch mitten in der Nacht. Solltest du nicht jagen?«

Er saß über dem Essen gebeugt und schlürfte gierig einen Löffel nach dem anderen. »Ich habe den Rauch gesehen. Mann, schmeckt das gut. Ich dachte mir, dass du zurück bist. Ich musste nachsehen, ob du vielleicht verletzt bist. Verdammt, du kannst kochen.« Er wirkte fasziniert von ihren Kochkünsten. Sogar so sehr, dass er die Schüssel anhob und sie unter seinem Schal bis auf den letzten Tropfen ausleckte. »Ich wollte sehen, ob es dir gut geht, Lobna.«

Zum ersten Mal hatte er sie beim Namen genannt. Ihr Herz hüpfte. Sie beobachtete ihn, wie er sich nachfüllte. Seine Stimme klang so weich, wenn er Lobna sagte.

»Der beste Eintopf, den ich je gegessen habe«, schwärmte er. »Oder war der Fasan besser? Den hast du butterweich gekocht. Du bist wirklich talentiert.«

Durch den Schal hindurch konnte sie die Andeutung eines Lächelns sehen. Auch wenn er von sich sagte, dass er hässlich war, musste er wohl die charismatischste Mimik besitzen, die sie je gesehen hatte. Wie sonst konnte sie sich so von ihm eingenommen fühlen? Der kurze Blick in seine Augen hatte dieses Gefühl innerhalb einer Sekunde in ihr heraufbeschworen und sie seitdem nicht mehr losgelassen. Sie erinnerte sich an Geschichten über die Liebe auf den ersten Blick, aber das waren nur Märchen. Oder vielleicht doch nicht?

Sie saßen schweigend am Feuer, wärmten sich die Füße und wippten mit den Zehen. Der Wolpertinger hatte sich vor der Glut eingeigelt und schlief tief und fest. Ab und an zuckte eine Pfote.

»Er träumt«, wisperte Milosz, um ihn nicht zu stören.

»Sollten wir vielleicht auch«, erwiderte Lobna und gähnte ausgiebig. »Meine Beine sind von meiner kleinen Wanderung schwer wie Blei.« Ihr wurden allmählich auch die Lider schwer.

Es stand nur ein Problem zwischen ihnen: Sonst schlief sie nachts im Bett und er am Tag. Heute saßen sie beide hier und sehnten sich nach weichem Untergrund und Erholung.

»Ich werde heute auf dem Schaukelstuhl schlafen«, schlug sie vor.

»Auf keinen Fall. Was wäre ich für ein Mann, wenn ich das zuließe?«

»Unsinn. Du hast mich gesucht. Du bist erschöpft. Du musst kaum geschlafen haben.«

»Du etwa nicht?« Er beäugte sie mit Skepsis.

»Doch, aber ohne deinen Freund hätte ich heute Nacht im Wald schlafen müssen. Dagegen ist der Stuhl ein gemütliches Plätzchen.«

»Nein, nein. Du schläfst immer nachts im Bett. Mir genügt es, wenn ich mich morgen Früh hinlegen kann. Außerdem bist du mein Gast.«

»Ich sehe mich aber nicht als solcher. Es fühlt sich fast wie ein zweites Zuhause an.«

»Ist das wahr?« Er stutzte.

»Ja. Nicht ganz so komfortabel, aber man kann es sich heimelig einrichten. Meine Mutter ist Zigeunerin. Wahrscheinlich habe ich es von ihr geerbt, dass ich mich überall zu Hause fühle. Bis ich hier bei dir gelandet bin, wusste ich das selbst nicht.«

»Ja. Das wird's sein. An mir kann es nicht liegen.« Er lachte leise.

Sei dir da nicht so sicher …

Der Wolpertinger stöhnte offensichtlich genervt auf und drehte ihnen den Rücken zu.

»Jetzt wird es ihm zu bunt.« Milosz schmunzelte. Kleine Fältchen bildeten sich dabei in seinen Augenwinkeln. »Er ist so viel Gerede nicht gewöhnt.«

»Leider wird er es wohl noch ein wenig ertragen müssen. Wir haben noch keine Lösung gefunden.«

»Doch. Ich nehme den Stuhl, du die Pritsche«, bestimmte er.

»Nein.« Keiner von beiden würde nachgeben. Wenn das so weiterginge, würden sie sich nur im Kreis drehen und letzten Endes beide die Nacht auf unbequemen Stühlen verbringen. Lobna konnte an seinen Augenringen sehen, dass er müde war. Er benötigte dringend eine Mütze voll Schlaf, wenn er am nächsten Tag wieder jagen gehen wollte.

»Lass uns beide im Bett schlafen«, schlug sie vor. »Mit meinen Schwestern habe ich mir auch lange eine Decke geteilt.«

»Ich bin aber nicht deine Schwester. Ich bin ein Mann.« Entsetzt starrte er sie an. »Du kannst dich unmöglich zu einem fremden Mann ins Bett legen.« Das Wenige, was von seinem Gesicht zu sehen war, färbte sich feuerrot.

»Keine Sorge. Du bist nicht der erste Mann, mit dem ich mir ein Bett teile.«

»Nicht? Bist du etwa eine …?«

»Nein!« Sie war versucht, ihm eine Ohrfeige zu verpassen, hielt sich aber zurück. »Ich war schon einmal verheiratet. Mirek ist allerdings gestorben. Jedenfalls gebe ich nicht viel darauf, mit einem Mann zusammen zu sein. Also, wenn es mich nicht stört, kann es dir auch egal sein.« Sie stand auf und stieg ins Bett. Das Gespräch war damit für sie beendet.

Er sah sie an und schien zu überlegen, ob er sich wirklich zu ihr legen sollte.

»Guck nicht so, Milosz. Wenn du es wagst, dich auf den Schaukelstuhl zu setzen, stehe ich wieder auf und wir harren beide auf Stühlen aus. Du brauchst Schlaf, um deine Kräfte zu sammeln. Zier dich nicht so.«

»Na gut. Aber berühr mich ja nicht.«

»Das hatte ich nicht vor.« Abwehrend hob sie die Hände.

Er kroch zu ihr unter die Decke und drehte ihr den Rücken zu.

Sie tat es ihm gleich.

Rücken an Rücken lagen sie da. Jeder umklammerte einen Zipfel der Decke.

Obwohl sie sich nicht berührten, fühlte es sich an, als würde die Luft zwischen ihnen gleich Feuer fangen.

Lobnas Herz raste. Mit Milosz in einem Bett zu liegen, war etwas ganz anderes als mit Mirek. Sie konnte den Unterschied nicht genau benennen, aber sie spürte, dass es ihr gefiel. Ihre Müdigkeit war mit einem Mal fast verflogen und ein prickelndes Gefühl wirbelte durch ihren Magen. Milosz konnte scheinbar auch nicht sofort einschlafen, denn es dauerte lange, bis sich seine Atmung verlangsamte und er zu schnarchen begann.

Am Morgen streckte sie sich, so gut es ihr möglich war. Ihre Arme waren unter Miloszs eingeklemmt, und so konnte sie nur ihre Beine lang machen und mit den Zehen wackeln. Sofort hüpfte der Wolpertinger ans Ende der Pritsche und beschnupperte ihren großen Zeh.

»Lass das«, kicherte sie leise, als er sie mit seinen Spürhaaren kitzelte. Behutsam versuchte sie, sich etwas Platz zu verschaffen. Milosz war ein Riese. Im Schlaf hatte er sich so breitgemacht, dass für sie kaum noch ein freies Fleckchen geblieben war. Wie eine Sardine klemmte sie zwischen der Wand und seinem warmen Körper. Er hatte sie sogar unter seinem Arm begraben und schnarchte ihr lautstark ins Ohr. Der Schal vor seinem Mund wehte mit jedem Ausatmen gegen ihre Wange.

So viel dazu, dass ich ihn nicht berühren soll. Sie grinste.

Obwohl es eine schrecklich unbequeme Nacht für sie gewesen war, fühlte sich die Nähe zu ihm gut an. Sie genoss die Wärme, die er ausstrahlte und seinen Geruch. Bis zu dieser Nacht hatte sie geglaubt, dass jeder Mann gleich war. Aber dem war nicht so. Milosz Duft nach Wald und Moos war ihr so viel lieber als Mireks, der jeden Abend nach Fisch und Algen gerochen hatte. Mirek hatte auch nie eine solche Wärme ausgestrahlt. Im Gegenteil: Das dünne Klappergestell hatte Nacht für Nacht neben ihr gezittert wie ein frisch gefangener Aal. Sie kniff die Augen zusammen und strich sich übers Gesicht, um die Erinnerungen zu vertreiben. Milosz neben ihr stöhnte kurz auf, schnappte nach Luft und sägte einen weiteren Baum nieder. Bevor er sich noch versehentlich auf sie rollen konnte, befreite sie sich von seinem Arm, und krabbelte über ihn, um sich um das Frühstück zu kümmern. Als sie den Fasan hinter dem Haus gerupft hatte, hatte sie einen kleinen Anbau entdeckt, in dem sie Getreide vermutete. Vielleicht würde sie darin etwas finden, woraus sich ein Frühstück bereiten ließ. Bevor sie sich an die Arbeit machte, wusch sie sich das Gesicht am Bottich und schüttelte ihr Kleid aus, das inzwischen mit Falten und Flecken übersät war. Dabei glitt eine blaue Feder zu Boden.

»Das ist unmöglich«, flüsterte sie. Sofort schoss ihr das Bild von Waleska durch den Kopf. »Wo kommt die denn her?« Sie bückte sich, hob sie auf und drehte sie im Licht der Sonne, das durch die Scheibe hereinfiel. Die Feder glänzte metallisch blaugrün.

Sie lief zurück zum Bett und hob vorsichtig die Decke an. Darunter fand sie eine weitere blaue Feder.

Milosz drehte sich stöhnend um und sie wich ein Stück vor ihm zurück.

Wie kann das sein? Das ist unmöglich. Ihr Vater hatte ihr erklärt, dass nur Waleska blaues Gefieder besaß. Nur diese eine blaue Feder. *Was hat er mit ihr zu schaffen? Hat er sie womöglich getötet? Wo kommt die zweite Feder her?*

Ihre innere Aufregung wankte zwischen Angst und Hoffnung.

14. Kapitel

Sie musste in Ruhe nachdenken. Vielleicht gab es eine plausible Erklärung. Leise entfernte sie sich vom Bett und ging nach draußen. *Ich werde mich so normal wie möglich verhalten. Er soll keinen Verdacht schöpfen.*

Sie lief hinter das Haus und öffnete den Verschlag. Neben der vom Rost befallenen Bärenfalle lagen schimmlige Bastkörbe und ein paar prall gefüllte Säcke. Als sie einen öffnete, traf sie tatsächlich auf Weizen. In den anderen Säcken fand sie Rüben und Kartoffeln. *Scheinbar geht er doch ab und zu auf Märkte.*

Rüben und Kartoffeln ließen sich hier womöglich anbauen, aber nicht in solchen Mengen und auch kein Getreide. Dazu fehlte es an nötigem Platz und fruchtbarem Boden. Sie nahm eine Handvoll heraus und ließ die Körner zwischen ihren Fingern wieder in den Sack rieseln. Sie waren trocken und golden. Daraus ließe sich auf jeden Fall Mehl machen. Es war nicht untypisch Körner statt Mehl zu erwerben. In solch großen Mengen konnte man die Körner auch noch nach Monaten verwenden, während Mehl bei schlechter Witterung leicht schimmelte. Sie goss sich den halben Sack in ihr Kleid und trug es zum Haus. Als sie das Zimmer betrat, beobachtete sie Milosz, der noch immer seelenruhig schlief. *Wenn er mit Waleska zusammenarbeiten würde, dann hätte er mich nicht gerettet.*

So leise wie möglich ließ sie die Körner auf die Arbeitsfläche rutschen. *Oder gehört das zu Waleskas Plan? Bin ich in eine Falle getappt?*

Mit einem Mörser begann sie, die Körner fein zu mahlen. Es würde Stunden dauern, bis sie genügend Mehl für ein Brot zerkleinert hätte.

»Was tust du da?« Milosz war aufgestanden und blickte ihr über die Schulter. »Du hast den Weizen entdeckt.«

»Ja.« Sie legte den Mörser zur Seite. »Woher hast du ihn?«

»Hin und wieder tausche ich das Nötigste ein. Nur eben nicht für Kleidung.«

»Also brauchst du die Menschen doch.«

»Brauchen …« Er nahm den Stampfer und die Körner knirschten unter seinen reibenden Bewegungen. »Ich mag sie nicht und sie mögen mich nicht. Hier, siehst du? So macht man das.« Feiner Mehlstaub rieselte vom Mörser.

Sie biss sich auf die Lippe, um die Frage zu unterdrücken, die seit heute Morgen unter ihren Nägeln brannte, aber sie schaffte es nicht. Die Worte platzten aus ihr heraus. »Mögen dich die Menschen nicht, weil du … weil du mit der Räbin Geschäfte machst?« Ihre Stimme bebte vor Angst, aber sie musste ihn darauf ansprechen. Sie hatte es nicht als Vorwurf formulieren wollen, aber in dem Moment gewann ihre Angst Oberhand über ihren Verstand. Wenn er vorhatte, sie zu töten, konnte er es auch gleichtun. Hier oben hatte sie allein sowieso keine Chance.

»Geschäfte? Mit der Räbin? Wie kannst du es wagen …?« Zorn lag in seinem Blick und er schüttelte fassungslos den Kopf.

»I–Ich …« Sie griff in ihre Schürzentasche und zog die beiden Federn hervor. »Nur sie hat blaues Gefieder. Da dachte ich …«

»Da dachtest du was?« Er zerrte sie am Arm nach draußen. »Was ist damit? Denkst du, ich könnte das tun, wenn ich mit ihr ein Bündnis eingegangen wäre?« Er zeigte auf den Holzpfosten, an dem drei tote Raben kopfüber im Wind baumelten. Er musste sie gestern Abend mitgebracht haben.

Er schubste sie, dass sie nur knapp vor den Vögeln zum Stehen kam.

»Jetzt bist du sprachlos, was? Bei den Göttern, ich bin ein Idiot! Ich fing gerade an, dich zu mögen! Ich dachte, du wärst anders.«

Enttäuschung lag in seinem Blick. »Ich hätte wissen müssen, dass du genauso bist, wie all die anderen.«

»Das ist nicht wahr!«, protestierte sie. »Ich wusste nur nicht, was ich denken sollte, nachdem ich die Federn gefunden habe.«

»Und da nimmst du gleich das Schlechte an? Du hättest mich fragen können.«

»Das habe ich doch.«

»Ja, mit einer Anschuldigung! Du hattest dir längst eine Geschichte zusammengereimt. Ach …« Er winkte ab. »Mir soll's egal sein. Bald bist du fort und dann kannst du zu Hause erzählen, wonach auch immer dir der Sinn steht.«

Er drehte sich um, ging in den Wald, knickte fluchend ein paar Dornen um und pfiff nach dem Wolpertinger, der ihm sofort hinterhereilte.

Lobna blieb bei den Raben zurück. »Ich werde kein schlechtes Wort über dich verlieren!«, rief sie ihm hinterher. Er machte nur eine wegwerfende Handbewegung und stapfte den schmalen Trampelpfad tiefer entlang.

Ich bin so blöd! Ihre Augen füllten sich mit Tränen. *Wieso habe ich nur so reagiert? Hatte ich Angst, ich könnte mich in ihm getäuscht haben?*

Langsam musste sie sich eingestehen, dass sie Gefühle für ihn hegte. Zum ersten Mal hatte sie Angst, verletzt zu werden. Sie zerknüllte ihre Schürze, warf sie auf den Boden und ging rein, wo sie sich wieder am Weizen zu schaffen machte. Mit aller Kraft stemmte sie den Mörser in die Schale und ließ ihre ganze Wut an dem Getreide aus. Mit Milosz' kräftigen Armen konnte sie nicht mithalten und so dauerte es bis zum Nachmittag, bis sie genügend Mehl gemahlen hatte, um damit arbeiten zu können. Es war nicht so fein wie seins und überall fanden sich noch Schalenreste dazwischen, aber es war gut genug, um damit zu backen. Nachdem sie den ganzen Tag Zeit gehabt hatte, um über den Streit nachzudenken, war sie zu dem Entschluss gekommen, dass sie sich bei ihm entschuldigen musste. Er musste sich ebenso gefühlt haben wie sie, als die Dorfbewohner sie am Tag nach der Hochzeitszeremonie mit Fackeln empfangen hatten. *Ich habe ihm einen schrecklichen Vorwurf gemacht.*

Gerne hätte sie ihm einen Kuchen gebacken, aber dazu fehlten ihr Eier, Zucker, Butter und Milch. Außer Wasser und Nüssen hatte sie keinerlei Zutaten.

»Machen wir das Beste daraus.«

Sie knetete alles so lange, bis ein glatter Teig entstand, den sie in der Glut des Feuers backen konnte. Eineinhalb Stunden später hatte er eine krosse Hülle bekommen. Sie klopfte Kohlestaub von der Kruste, legte den Laib zum Auskühlen auf den Tisch und hängte den Pilzeintopf vom Vortag zum Aufwärmen über das Feuer.

Die Tür öffnete sich hinter ihr und Milosz trat ein.

Hoffentlich hat er nicht erwartet, dass ich verschwunden bin.

Sie traute sich nicht, ihm in die Augen zu schauen, und schürte stattdessen das Feuer.

»Was riecht hier so gut?«, fragte er und wirkte überhaupt nicht mehr wütend.

»Fladenbrot.« Sie war überrascht, dass er scheinbar nicht nachtragend war.

»Brot?« Er stutzte.

»Es ist leider nicht so gut, weil ich kaum Zutaten hatte, aber besser als nichts. Als Beilage zum Eintopf dürfte es genügen.«

Er griff danach und verbrannte sich die Finger. »Au!«

»Finger weg! Das ist noch viel zu heiß. Lass mich sehen, ob du dich verbrannt hast.«

»Nein.«

»Stell dich nicht so an.«

»Nein. Ist schon gut.« Er verschränkte die Arme unter der Kutte.

»Sturer Bock!« Sie rührte den Eintopf um. »Hier, übernimm du.« Sie hielt ihm den Löffel entgegen. »Ich würde mich gerne waschen. Hätte ich gewusst, dass du so früh zurückkommst, hätte ich es vorgezogen.« Sie nahm einen kleinen Wasserkessel von der Stange überm Feuer und kippte ihn in den Waschzuber, den sie zuvor schon mit frischem Regenwasser gefüllt hatte. Dampf stieg auf und das Fenster beschlug.

»Ich würde auch gerne meine Sachen waschen. Hast du etwas, das ich anziehen kann, während sie trocknen?«

Er schüttelte den Kopf.

»Hast du außer der Decke und dem zerfledderten Mantel denn gar nichts?«

»Nein.« Er zuckte mit den Achseln. »Mich stört es für gewöhnlich nicht, wenn ich nackt bin, während meine Sachen trocknen.«

»Das würde dir so gefallen. Was ist mit deiner Kutte? Du trägst doch bestimmt was drunter.«

»Vergiss es.«

»Fein. Dann werde ich wohl nur mein Oberkleid waschen können. Schau weg.«

Er drehte sich mit erhobenen Armen um. Sie streifte sich den Stoff von den Schultern und das Kleid fiel an ihr herab. Langsam ließ sie sich ins Wasser gleiten. Gänsehaut bildete sich an ihren Armen. Das bisschen kochende Wasser reichte nicht, um ein heißes Bad zu zaubern, aber es war gerade warm genug, um sich darin waschen zu können.

»Immer noch wegsehen!« Sie beugte sich über den Rand des Bottichs und zog ihr Oberkleid zu sich ins Wasser. »Zu schade, dass du keine Seife hast. So krieg ich die Flecken niemals raus.«

Milosz saß mit dem Rücken zu ihr am Tisch und stierte das Brot an.

»Wenn ich hier fertig bin, können wir essen«, stellte sie ihm in Aussicht.

»Dauert das noch lange?« Er tippte vorsichtig gegen die Kruste.

Sie lachte. »Nein. Ich beeile mich.« Sie zog das Kleid durch das Wasser und schrubbte über einen Grasfleck, der sich hartnäckig hielt. »Milosz?«

»Ja?«

»Es tut mir leid, was ich gesagt habe. Es wäre dein gutes Recht, mich aus dem Haus zu jagen.« Sie verschränkte die Arme vor der Brust und tauchte einen Moment unter, um ihre vor Scham glühenden Ohren zu kühlen.

»Was hättest du auch sonst denken sollen?«, hörte sie seine Stimme gedämpft unter Wasser. Sie tauchte wieder auf und sah zu ihm hinüber. Immer wieder tippte er ungeduldig an die Brotkruste.

»Ich hätte dir gerne einen Kuchen gebacken, aber ich hatte keine Zutaten. Das Brot ist ein grausiger Wiedergutmachungsversuch.«

Er lachte. »Es duftet herrlich. Wirf mir gerne öfter solche Dinge an den Kopf, wenn ich dafür ein warmes Brot bekomme. Ich konnte mit dem Weizen bisher noch nichts anfangen.«

»Bei der nächsten Dummheit gehe ich ins Dorf und hole alles, was ich für das süßeste Gebäck brauche, das du je gegessen hast.« Sie wrang den Stoff aus, stieg begleitet von Tropfgeräuschen aus der Wanne und breitete das Kleid über einem Balken aus. Da Milosz kein Handtuch besaß, stieg sie nass in ihr weißes Leinenunterkleid, das ihr nur knapp bis zum Knie reichte. Auch wenn sie sich nach sauberer Kleidung sehnte, fühlte es sich gut an, wenigstens den Schmutz der vergangenen Tage los zu sein. »Du darfst wieder gucken.« Sie schnürte den Verschluss über ihrer Brust zu und band eine große Schleife.

Sich durch das feuchte, schwarze Haar wuschelnd setzte sie sich zu ihm an den Tisch. Kaum kam es mit Wasser in Berührung, begann es sich zu locken.

»Jetzt siehst du aus wie eine echte Räuberbraut«, stellte er fest und lachte.

»Dann passe ich ja zu einem Dieb wie dir.« Sie nahm das Brot und brach es in der Mitte durch. Es stieg noch immer Wärme daraus hervor, aber man konnte es essen. Der Geruch der gerösteten Nüsse verteilte sich im ganzen Raum.

»Herrlich! Wie das duftet.« Sie hielt ihm eine Hälfte unter die Nase. »Räuberbräute teilen mit Dieben und Jägern.«

Sein Lachen verebbte und sein Blick wurde schwer. Unablässig starrte er auf ihre Hände.

»Was ist los? Habe ich etwas Falsches gesagt?«

»Nein.«

»Natürlich. Ich sehe es doch. Du bist traurig.«

»Wie geht es deinen Händen und Füßen?« Er musterte ihre Finger, die inzwischen wieder rosig waren und den Kälteschock fast überwunden hatten.

»Schon viel besser. Meine Füße brauchen vermutlich noch ein paar Tage. Ich kann sie nicht so schützen wie meine Hände, da ich den ganzen Tag darauf stehe und gehe. Ich Dummkopf hätte auch nicht so weit in den Wald laufen sollen für die paar Pilze. Damit habe ich es wieder schlimmer gemacht.«

»Dann wirst du mich also bald verlassen.« Hatte er sie anfangs am liebsten noch aus der Hütte vertrieben, klang er nun, als würde er den Tag gern hinauszögern.

»Mh …« An ihre Abreise hatte sie seit Tagen keinen Gedanken mehr verschwendet.

Außer dem Knistern des Feuers und dem Blubbern der Suppe, war für einen Moment nichts zu hören, bis Milosz schnaubte.

»Wirst du mich etwa vermissen?«, fragte sie ihn neckend.

»Ich mag doch keine Menschen.«

»Aber mein Brot schon.«

»Ja.« Er hob seinen Schal gerade so weit an, dass er sich ein Stück Laib in den Mund stecken konnte. Er stöhnte auf und ließ sich theatralisch mit dem Rücken gegen die Stuhllehne sinken. »Mhm … es schmeckt fantastisch.« Sofort nahm er sich einen zweiten Happen.

»Milosz?«

»Hm?«

»Du wirst mich zurück ins Dorf begleiten müssen.«

»Ummöflich«, schmatzte er.

»Alleine finde ich niemals zurück. Und wenn du schon mal dort bist, kannst du auch gleich bleiben.«

Er hörte auf zu kauen, schluckte den Bissen hinunter und sah sie ernst an. Da war sie wieder: Die Falte zwischen seinen Brauen. »Nein. Ich kann dich nicht begleiten. Ich habe dir doch gesagt, dass man mich als Dieb kennt und hängen will. Ich nähere mich dem Dorf nicht mehr als zehn Kilometer.«

»In Czarny Kruku kennt dich niemand. Es haben sich auch seit Jahren keine Reisenden mehr zu uns verirrt. Außerdem könnten wir dich als Dariusz ausgeben. Dann lebst du in Sicherheit und ich bringe einen Mann mit nach Hause. Wir hätten beide Vorteile daraus.«

»Vergiss es. Jemand würde herausfinden, dass ich nicht dieser Dariusz bin. Er wird ja wohl Familie gehabt haben. Stell dir vor, der Junge hatte blondes Haar und ich wäre das Gegenteil. Außerdem ist das Leben unter Menschen nichts für mich. Oder denkst du wirklich, ich möchte mich den ganzen Tag anstarren lassen? Gerüchte darüber hören, was sich wohl unter meiner Kutte verbirgt? Nicht einmal du weißt, wie es unter meinem Gewand aussieht. Ich bin und bleibe ein Abtrünniger.«

»Ich möchte aber, dass du mich nach Hause begleitest. Und bleibst. Was interessieren uns die anderen? Wir könnten uns eine Hütte am Rand des Dorfes errichten.«

»Uns … Wir … Wenn ich das schon höre. Weshalb solltest du das wollen?«

Weil ich glaube, dass wir zusammengehören. Natürlich brachte sie es so nicht über die Lippen und sagte stattdessen: »Als ich hier angekommen bin, war alles verstaubt und schmutzig. Du hast kaum ein Wort mit mir gewechselt, weißt dich nicht richtig selbst zu versorgen außer den paar Bissen Fleisch und wann hast du zuletzt herzhaft gelacht?«

»Gerade eben. Mit dir zusammen.«

»Und zuvor?«

Er überlegte. »Mein Wolpertinger bringt mich ab und an zum Lachen.«

»Milosz, du brauchst Menschen.« *Und ich brauche dich.* »Bitte komm mit mir zurück.«

»Nein.« Vehement schüttelte er den Kopf. Er senkte den Blick, um sie nicht länger ansehen zu müssen. Er nahm sich noch ein Stück Brot und pulte eine Nuss heraus.

»Vorschlag.« Sie schob ihm ihre Hälfte des Brotes auch noch zu. »Ich werde von hier verschwinden und du wirst nie mehr von mir hören. Genau so, wie du es wolltest.«

»Klingt gut. Wo ist der Haken?« Seine Worte wollten nicht zu seiner Stimmung passen. Sie wurde den Gedanken nicht los, dass er sie insgeheim nicht gehen lassen wollte.

»Ich werde erst im Frühjahr gehen.«

»Wieso?« Seine Augen weiteten sich und er sah sie an. War das Freude, Erleichterung oder Entsetzen in seinen Augen?

»Weil es dann warm genug ist, um notfalls auch eine Nacht im Wald zu verbringen, falls ich mich verlaufe. Wenn ich jetzt gehe und mich verirre, erfriere ich. Bis dahin werde ich dir als Gegenleistung den Haushalt führen und du wirst meine Anwesenheit ertragen.« Sie konnte selbst nicht glauben, was sie ihm da gerade unterbreitete. Sie sehnte sich nach ihrer Familie und nach Manteia, aber etwas hielt sie hier bei Milosz.

Er schnaubte. »Einverstanden. Ich will dich schließlich nicht hier beherbergen, damit du in ein paar Tagen dann doch erfrierst.«

Sie lächelte zufrieden. Dass er ihren Plan so schnell akzeptieren würde, hatte sie nicht gedacht. Es zeigte ihr, dass er sie doch mehr zu mögen schien, als er zugeben wollte. In ihrem Innern hoffte sie, ihn am Ende des Winters doch davon überzeugen zu können, mit ihr mitzukommen. Vielleicht musste er sich nur noch etwas an sie gewöhnen, bis er erkannte, dass das Leben so doch viel angenehmer war.

»Eintopf?«, fragte sie, um das Thema abzuschließen und ihm die Möglichkeit zu nehmen, es sich anders zu überlegen.

»Ja, bitte.« Er reichte ihr seine Schüssel.

Wollen wir doch mal sehen, ob du im Frühling nicht doch mit mir kommst, wenn du dich erst an meine Kochkünste gewöhnt hast.

»Du hattest vorhin von einem Kuchen gesprochen.«

Lobna horchte auf. »Ja, schon, aber …«

Er druckste ein wenig herum, dann sagte er: »Ich habe schon ewig keinen mehr gegessen. Es muss Jahre her sein. Was fehlt dir denn an Zutaten?«

»Lass mich überlegen.« Sie schöpfte noch eine Kelle mit vielen Pilzen in die Schale. »Milch, Butter, ein paar Eier und Zucker würden mir genügen. Es würde kein Meisterwerk werden, aber sicherlich schmackhaft.« Sie reichte ihm die Schüssel.

»Danke. Ich werde sehen, was sich machen lässt. Kann ich noch Brot haben?«

»Natürlich.«

Ihm dabei zuzusehen, wie er mit so viel Genuss aß, bereitete ihr fast mehr Freude, als selbst zu essen. Sie dachte an den Bauern, der im Wirtshaus so stolz von seiner Daria und ihren Schweinshaxen erzählt hatte. Lobna stellte sich vor, wie es wohl wäre, wenn Milosz so vernarrt in sie wäre und ihre Küche überall loben würde.

Als es Nacht wurde, schlüpfte er in seine Stiefel, um auf die Jagd zu gehen. »Wer weiß, vielleicht erlege ich heute ja einen Bären. Du würdest bestimmt einen saftigen Braten daraus zaubern.« Er grinste, warf sich seine Armbrust über den Rücken und verschwand nach draußen. Sie folgte ihm bis zum Türrahmen.

»Pass auf dich auf«, rief sie ihm hinterher. Sie fühlte sich fast ein wenig wie seine Frau, wie sie so dastand, ihm nachblickte und auf das Fleisch für die nächste gemeinsame Mahlzeit wartete. Milosz verschwand pfeifend zwischen hängenden Tannenästen.

Inzwischen wirkte er auf sie viel gelöster und glücklicher als am Anfang, und sie fühlte sich immer mehr zu ihm hingezogen. Er war der einzige Mann, der so herzlich lächeln und lachen konnte, dass es seine Augen erreichte.

»Dein Herr ist schon komisch«, flüsterte sie dem Wolpertinger zu, der bei den Temperaturen lieber in der Hütte blieb und neben ihren Füßen hockte. »Lass uns Holz auflegen, sonst können wir auch gleich vor der Tür schlafen. Wir sollten uns schleunigst was überlegen, um dem Durchzug Einhalt zu gebieten. Wenn nicht all die undichten Stellen wären, würde sich die Wärme viel länger halten.«

Sie ging rein, um nach dem Feuer zu sehen. Der Korb neben dem Kamin war fast leer. Ein letzter Scheit fand seinen Weg in die Flammen.

»Der wird uns nicht lange Wärme spenden. Bleib du hier, ich hol schnell ein paar Klötze.« Sie nahm den Korb und lief nach draußen hinters Haus. Zu ihrer Enttäuschung musste sie feststellen, dass der Holzvorrat aufgebraucht war. Nur noch ein paar dünne Zweige und Späne lagen verstreut auf dem feuchten Boden.

Um sie herum hörte sie Wölfe heulen.

»Ich kann unmöglich in den Wald. Sie werden mich zerfleischen, ehe ich auch nur einen Baumstamm gefunden habe.«

Ernüchtert ging sie wieder in die Hütte. Beim Anblick des leeren Korbes fiepte der Wolpertinger kurz auf.

»Ja, das wird eine kalte Nacht.« Sie schlang sich die Decke um den Körper und kauerte sich an die Seite des Wolpertingers, der vor dem ausgehenden Kamin lag.

»Heute müssen wir uns den Platz teilen, mein kleiner Freund.«

Als der Scheit ausgebrannt war, wurde es merklich kühler. Wind zischte ungnädig durch die Ritzen und wisperte sein Lied von einer eisigen Nacht. Der Wolpertinger presste sich gegen sie und rollte sich zu einer Kugel zusammen.

»Morgen werden wir als erstes Holz holen gehen.« Sie legte die Decke um den Kleinen und schloss die Augen. Sie wollte einschlafen, solange es noch warm war.

Als sie wach wurde, lag sie auf der Pritsche und es war angenehm warm unter der Decke. Sie hatte im Halbschlaf gespürt, dass Milosz sie irgendwann in der Nacht vom Boden aufgehoben und ins Bett getragen hatte. Auch die Schwere seines Körpers hatte sie gefühlt, als er sich neben sie legte. Sie öffnete die Augen. Die Sonne hatte den Horizont noch nicht erreicht, aber erste Strahlen vertrieben die Dunkelheit. Das Feuer war völlig erloschen. Sie drehte sich zur Wand um und sah Milosz, der direkt hinter ihr lag und zu schlafen schien.

»Schläfst du?« Bei ihm konnte man sich nie sicher sein. Sie tippte ihm auf die Schulter, aber bis auf ein Schnauben reagierte er nicht. Sein Körper war groß und warm und lud dazu ein, sich an ihn zu kuscheln und die Hitze seines Körpers noch einen Moment zu genießen, bevor sie das warme Bett verließ. Auch der Wolpertinger hatte unter der Decke Schutz gesucht und schnarchte leise. Eine kleine Blase blähte sich mit jedem Atemzug vor seinem linken Nasenloch auf. Vorsichtig, um ihn nicht zu wecken, legte sie ihren Kopf an Milosz' Brust und lauschte seinem regelmäßigen Herzschlag, der mit einem Mal einen Takt schneller wurde.

»Ist dir wieder warm?«, fragte er schlaftrunken mit geschlossenen Augen.

Sie zuckte zusammen und sah zu ihm auf. Ihre Nasenspitze streifte den Stoff über seinem Kinn.

Wusste ich doch, dass er alles mitkriegt … »J–Ja. Ich … Danke.«

Er nickte.

Sie fühlte sich dabei ertappt, wie sie seine Nähe gesucht hatte.

»Ich werde mich dann mal um Holz kümmern.« Sie wollte gerade aufstehen, da legte er einen Arm um sie und zog sie fest an sich.

»Bleib noch liegen. Ich kümmere mich später darum«, brummte er.

Sie wusste nicht, was sie erwidern sollte. Sie legte den Kopf an seine Brust und genoss seine Umarmung. »Es … Es ist schön … in deinen Armen zu liegen.« Diese Nähe hatte sie bei Mirek vergeblich gesucht.

»Mh …«, brummte er zustimmend, was sie nur noch mehr überraschte.

15. Kapitel

Seit der Umarmung waren zwei Tage vergangen, die Lobna damit verbracht hatte, die Hütte einzurichten. Tagsüber hatte sie im Wald winterharte Wildkräuter, wie Nelkenwurz, Sauerampfer und Gundermann, gesammelt. Die Sträuße hatte sie, so wie sie es von Manteia gelernt hatte, zum Trocknen kopfüber an die Rahmen über den Fenstern gebunden. Alleine das trug schon dazu bei, dass es in der Hütte angenehm duftete und sie an Zuhause erinnerte. Milosz hatte währenddessen unermüdlich Holz gehackt und ordentlich neben der Hütte aufgestapelt. Damit sie nicht ständig Nachschub holen musste, wenn er unterwegs war, hatte er die Wand neben dem Kamin mit etlichen Scheiten bestückt. Nachdem Milosz eingewilligt hatte, seinen löchrigen Mantel anderweitig verwenden zu dürfen, hatte sie daraus Vorhänge und zwei kleine Kissen genäht, die sie mit den Federn der Raben und des Fasans gefüllt hatte. Ihr Zusammenleben hatte sich seit der Umarmung deutlich verändert. Sie waren sich näher als vorher. Er legte plötzlich Wert darauf, dass sie sich in der Hütte wohlfühlte, und sie wollte ihm immer stärker das Zusammenleben schmackhaft machen. Sie war sich sicher, dass die Umarmung ein stilles Eingeständnis von Milosz' Seite aus war, dass er sich ebenso zu ihr hingezogen fühlte.

Sie hörte das Splittern von Holz, als sie von ihrer Kräuterwanderung aus dem Wald zurückkam. »Geschafft!«, rief Milosz und rammte die Axt in einen Baumstumpf.

Lobna lief zu ihm. Er warf ihr einen kurzen Blick zu und verborgen unter seinem Schal ein breites Lächeln.

»Für den kommenden Winter dürften wir vorgesorgt haben«, schnaufte er mit geröteten Wangen und tätschelte den Stapel. Zufrieden betrachtete er sein Werk und strich sich den Schweiß von der Stirn.

»Du hast ganze Arbeit geleistet«, lobte sie ihn. Sie sah keinen Grund, ihn daran zu erinnern, dass sie den nächsten Winter nicht mehr bei ihm sein würde.

»Du aber auch.« Er warf einen Blick in ihren Korb, der randvoll mit Kräutern gefüllt war. »Langsam geht uns der Platz in der Hütte aus, wenn du weiterhin so fleißig bist.«

»Mach dir keine Sorgen. An den Balken ist noch reichlich Platz. Die nächste Erkältung dürften wir damit jedenfalls in den Griff bekommen.«

»Vielleicht kann ich dir auch ein Regal bauen an dem du alle Sträuße befestigen und beschriften kannst.«

Er nahm ihr den Korb ab und brachte ihn nach drinnen.

Obwohl es draußen windig war, waren sie in der Hütte geschützt. Milosz hatte mit Lehm die undichten Stellen verschlossen.

»So, was fehlt noch zum richtigen Heim?«, fragte sie und stemmte die Hände in die Hüften. »Ich bin voller Tatendrang. Vielleicht kann ich auf einem Markt gegerbte Tierhäute auftreiben? Die könnten wir rund um den Zuber spannen. Dann kann sich jeder von uns waschen und der andere kann trotzdem normal im Haus arbeiten. Oder Garn. Wenn ich bloß Garn hätte, könnte ich schöne Wandteppiche stricken – und dir neue Kleider. Einen warmen Pullover vielleicht. Ich könnte aber auch ein neues Kleid brauchen. Das hier ist ganz löchrig und den Schmutz kriege ich auch nicht mehr raus. Die Tiere, die du erlegst, lassen sich gewiss leicht eintauschen. Ich muss nur einen Weg finden, durch die Stadttore zu gelangen, ohne mich unter der Flagge eines Königs ausweisen zu müssen.«

Er hörte ihr begeistert zu. »Lass mich das erledigen.«

»Du wirst für mich in die Stadt gehen? Ich dachte, man würde dich hängen?«

»Genau genommen habe ich jemanden an der Hand, der mich unterstützt und der schon ein paar Dinge für dich eingekauft hat. Ich werde mich bald mit ihm treffen, um dir Garn und Stoff zu besorgen.« Er öffnete eine Truhe und holte die Zutaten für einen Kuchen heraus.

»Milosz!« Sie nahm ihm Butter und Zucker ab und roch abwechselnd daran. »Aber wann …?«

»Geheimnis.« Er zwinkerte ihr zu.

»Der Weg ins Dorf wäre sicherlich kürzer gewesen.«

Er zuckte mit den Achseln. »Halb so wild.«

»Vielen Dank!« Sie drückte das Papiersäckchen mit dem Zucker an ihre Brust. »Ich werde gleich anfangen. Kannst du mir von da oben vielleicht den Strauß mit der Zitronenmelisse reichen?«

Er musste sich nicht einmal strecken, um dranzukommen.

»Ein Grund mehr dir ein Regal zu bauen«, sagte er und löste die Schleife, mit der sie den Bund an einem Nagel befestigt hatte.

»Wir würden ein tolles Paar abgeben«, rutschte es ihr heraus.

Vor Schreck brach er den Nagel aus dem Balken.

»Entschuldige, ich meine nur, weil wir uns so gut ergänzen.«

Er nickte, warf den Strauß achtlos auf den Tisch und ging wieder vor die Tür.

»Was hast du?«, rief sie ihm hinterher, aber er antwortete nicht, sondern warf die Tür hinter sich zu. Gleich darauf hörte sie, wie er mit der Axt wahllos Baumstämme zerschmetterte. Begleitet wurde jeder Hieb von einem wütenden Brüllen.

Ich werde dich wohl nie verstehen, dachte sie und zuckte bei jedem Schlag ein wenig zusammen. Am liebsten hätte sie ihn zur Rede gestellt, gefragt, weshalb er so aus der Haut fuhr, aber er wirkte, als sei er in seiner Wut nicht zu bremsen. Sie ließ ihren Blick über die Zutaten schweifen. *Vielleicht kann ich ihn ja mit dem Kuchen wieder aufheitern.*

Sie bröselte die Melisse in eine Schüssel und mischte sie mit den anderen Zutaten zu einem zähen Teig. Sie war froh, sich beschäftigen zu können, solange er sich draußen austobte.

Als der Kuchen fertig war, platzierte sie ihn zum Auskühlen auf der Fensterbank. Sie versteckte sich hinter den Vorhängen und wagte immer wieder einen kurzen Blick nach draußen. Er ließ die Axt sinken, hob den Kopf und schnupperte mit der Nase. Der Wolpertinger tat es ihm gleich. Lobna ahnte, wer sich diese Geste von wem abgeguckt hatte und sah darin einen Grund mehr, Milosz wieder unter Menschen zu bringen. Der zitronig-süße Duft lockte die beiden schließlich herein.

Sie eilte schnell an den Tisch und tat so, als wäre sie mit Putzen beschäftigt. Sie wollte nicht den Eindruck erwecken, ihn manipulieren zu wollen.

»Riecht gut«, stellte Milosz knapp fest und streifte die Stiefel von seinen Füßen. Noch tat er so, als würde er sich nicht im mindesten für die Süßigkeit interessieren.

Lobna linste durch ihre Haare hindurch, die ihr vors Gesicht gefallen waren. Er verschlang den Kuchen förmlich mit seinem Blick.

Sie konnte ein Grinsen nicht unterdrücken. »Willst du ein Stück?«, fragte sie.

»Joa … ein kleines vielleicht.« Sein Blick strafte ihn Lügen.

Sie warf den Lappen auf die Arbeitsplatte und trug den Kuchen an den Tisch. »Ein winziges Stückchen«, sagte sie und schnitt ihm eine fingerdicke Scheibe ab.

Gierig verschlang er sie mit zwei Bissen.

»Schmeckt er dir?«, wollte sie wissen. Sie nahm sich ein Stück und setzte sich ihm gegenüber.

»Sehr«, schmatzte er und leckte sich die Finger.

»Zu zitronig?«

Er schüttelte den Kopf. »Genau richtig.«

Er gierte zwar bereits nach dem nächsten Stück, aber er genoss es offensichtlich nicht so hingebungsvoll wie das Brot, das nicht annähernd so gut gewesen sein konnte, wie das süße Backwerk. Es fehlte die Freude in seinen Augen.

»Was ist mit dir?«, fragte sie.

»Was soll sein?« Er runzelte die Stirn und nahm ein weiteres Stück.

»Tu nicht so. Was habe ich getan, das deine Laune so trübt? War es die Vorstellung, wir könnten ein Paar sein?«

»Hör zu.« Er legte den Kuchen wieder zurück. »Ich bin nicht der, für den du mich hältst. Verrenn dich nicht in eine Träumerei, die ich dir nicht erfüllen kann. Du enttäuschst uns nur beide.«

Sie wurde rot. »Träumerei?«

»Du weißt, wovon ich spreche. Ich bin kein Mann für dich. Auch wenn ich es gern wäre.«

»Wieso nicht?«

»Du weißt nicht, was sich unter meiner Kleidung verbirgt. Ich kann jagen und ich kann Holz hacken. Ich mag ganz nützlich sein, wenn man im Wald überleben muss. Aber ich kann dir kein erfreulicher Anblick sein.«

»Unfug! Selbst wenn du kein Schönling bist, macht es dich nicht zu einem hässlichen Mann. Ich sehe deine Augen. Ich kann bis in deine Seele blicken, und du bist wunderschön!«

»Worte einer jungen Frau, die die Hässlichkeit dieser Welt noch nie mit eigenen Augen gesehen hat!«, fuhr er sie an.

»Mir reicht es mit deinem Versteckspiel!« Sie stand auf und riss ihm den Schal vom Gesicht. Sofort sprang er auf, bedeckte es mit der Kapuze und zog sich in die dunkle Ecke zurück. »Tu das nie wieder!«, brüllte er.

Lobna erschrak derart vor seinem ungezügelten Zorn, dass sie rückwärts über den Wolpertinger stolperte, der panisch zu Milosz flüchtete. Sie geriet ins Straucheln und drohte ins Feuer zu fallen.

»Nicht!«, schrie er und stürzte zu ihr.

In letzter Sekunde schubste er sie zur Seite.

Sie landete hart auf dem Boden. »Au …« Sie befühlte ihre Stirn.

»Hast du dich verletzt?« Er strich ihr über den Kopf. »Du blutest nicht. Es ist nur eine kleine Schramme.« Er hockte über ihr und sah sie fragend an.

»Nein. Alles in Ordnung.«

Bei seinem Anblick geriet der Schmerz in den Hintergrund. Sie streckte ihre Hand nach ihm aus. Er wollte ausweichen, aber sie ließ es nicht zu.

»Warte. Jetzt habe ich dich gesehen. Lass mich dich berühren.« Sie setzte sich auf und strich über sein Gesicht. Seine Nase war groß, jedoch gerade und ohne Makel. Seine Lippen waren schmal und sanft geschwungen, als würde er ständig schmunzeln. Links hatte er ein kleines Grübchen. Auf der rechten Gesichtshälfte schlängelte sich allerdings fast bis zur Wange etwas Schwarzes. So etwas hatte sie noch nie zuvor gesehen. Es sah aus wie Tinte. Seine Haut war an den Stellen rau und uneben wie die eines gerupften Huhnes.

»Was ist das?« Sie wollte es berühren, fürchtete aber, sie könnte ihm Schmerzen zufügen.

»Ich habe dir doch gesagt, dass ich hässlich bin.«

»Du bist keineswegs hässlich, aber was ist es? Tut es weh?«

Er schüttelte den Kopf. »Ich kann es dir nicht sagen. Jetzt lass mich gehen. Ich muss auf die Jagd. Ich bin schon viel zu spät.« Mit einem Ruck machte er sich von ihr los und stapfte nach draußen.

»Warte. Wir haben genug zu essen. Bleib!« Sie rappelte sich auf und rannte ihm hinterher, aber als sie die Tür erreichte, war er schon verschwunden. »Milosz?« Sie drehte sich im Kreis. Wo ist er so schnell hin? »Du bist nicht hässlich!«, rief sie in die Nacht hinein.

Unruhig lief sie in der Hütte auf und ab.

»Was meinst du?« Sie sah das Hasentier an. »Ist er ernsthaft krank? Manteia wüsste sicherlich Rat. Vielleicht sollte ich doch zurück ins Dorf und sie um Hilfe bitten. Was, wenn er daran stirbt?«

Der Wolpertinger stieß ein trauriges Fiepen aus.

»Ja. Ich wäre auch sehr traurig.«

***

Fieberhaft überlegte sie, was sie für ihn tun konnte. Die Sorgen raubten ihr den Schlaf und sie drehte sich auf der Pritsche von links nach rechts.

Sie drehte den Kopf Richtung Fenster. Morgennebel kringelte sich bereits an der Scheibe empor. Das Feuer im Kamin war längst erloschen.

»Wo bleibt er bloß? Er müsste längst wieder hier sein. Es ist schon fast hell. Bisher ist er immer vor der Morgenröte zurückgekehrt.«

Ein flaues Gefühl breitete sich in ihrer Magengegend aus. Sie schwang die Beine aus dem Bett und lief zur Tür. Bitte, lass ihn da sein, beschwor sie die Götter und legte eine Hand auf die Klinke.

Sie hoffte inständig, dass er ihr entgegenlief und freudig seine Beute in die Luft hielt, sobald sie hinausschaute. Langsam öffnete sie die Tür.

Aber er war nicht da. Weit und breit keine Spur von ihm. Am Pfosten baumelten auch keine frisch erlegten Tiere. Der Wolpertinger hoppelte an ihre Seite, stellte sich auf die Hinterläufe und schnupperte, als würde er seine Fährte aufspüren wollen. Auch er wirkte ratlos, denn er roch links und rechts, aber der Duft seines Herrn schien ihm nicht in die Nase zu steigen.

»Wir werden warten. Wenn er bis Sonnenaufgang nicht zurück ist, werde ich ihn suchen. Vielleicht hat er tatsächlich einen Bären erlegt und hat Mühe ihn herzuschleifen.« Sie ging zurück ins Haus, schlüpfte in ihr Oberkleid und zog sich die Schuhe an. Mit einem Band wickelte sie ihr Haar zu einem Knoten. Vom Haken neben der Tür nahm sie ihren Pelzumhang. Der Wolpertinger beäugte jede Bewegung genau.

»Ja. Ich weiß. Ich sagte, wir warten.« Sie setzte sich auf einen Stuhl und wippte nervös mit dem Fuß. *Was, wenn er sich aus Scham versteckt? Will er sich gar umbringen?* »Er wird sicher jeden Moment zurückkommen«, versuchte sie sich zu beruhigen. *Gleich geht die Tür auf. Weshalb mache ich mir nur solche Sorgen?*

Sie fuhr sich an die pochende Brust. »Ich kann nicht warten. Ich werde jetzt losgehen.« Sie stürmte aus der Hütte und rannte laut seinen Namen rufend in den Wald.

»Milosz?« Sie knickte Äste aus dem Weg, zerschnitt sich das Gesicht an Dornen und stolperte über dichtes Wurzelgeflecht. Ihr Gefühl sagte ihr, dass etwas nicht stimmte. »Milosz?«

Ihre Stimme war heiser vom vielen Rufen. Der Wolpertinger sprang kreuz und quer vor ihr her. Von Lobnas Rufen wurde er nur noch aufgekratzter.

»Wohin sollen wir laufen? Woher weiß ich, dass er nicht Richtung Gipfel gegangen ist?«

Das Hasentier nahm ihr die Entscheidung ab, indem er die Ohren anlegte, die Federn auf seinem Rücken aufstellte und Richtung Bergspitze preschte.

»Warte!«, rief sie und eilte hinter ihm her.

Nachdem sie einige Höhenmeter zurückgelegt hatten, wurde er langsamer. Lobna sank hinter ihm auf die Knie und stützte sich auf dem gefrorenen Schnee ab. »Warte … Bitte. Ich kann nicht mehr.« Sie sah in den Himmel. Die Sonne stand inzwischen hoch über ihnen und brannte mit der Stärke einer Wintersonne auf ihr schwarzes Haar. Es musste schon Mittag sein und noch immer war von Milosz nichts zu sehen. Die Sonne brachte den unberührten Schnee auf diesem lichten Fleck zum Glitzern. Bis auf eine Stelle.

»Was ist das?« Sie fuhr mit den Fingerspitzen in eine Kerbe im Schnee. »Das muss Blut sein!« Sie hob den Kopf und sah sich hektisch um. »Milosz? Wenn du es bist, sag etwas!«

Sie folgte der Tropfenspur, die unregelmäßig auf dem Weiß zu sehen war.

»Milosz?« Ihr Herz klopfte vor Aufregung bis in ihre Ohren.

Etwas regte sich. Schnee stob auf.

Sie eilte zu der Stelle. Doch statt Milosz fand sie nur einen verletzten Raben mit blauem Gefieder.

»Waleska!« Sie packte den Vogel am Hals und hob ihn in die Luft. »Wenn du etwas mit Milosz' Verschwinden zu tun hast, werde ich dich eigenhändig köpfen!«

Wild flatterte der Rabe mit einem Flügel und krähte herzzerreißend. Die andere Schwinge hing schlapp an seinem Körper herab.

»Warte … Seit wann besitzt du so viele blaue Federn?« Sie strich dem Tier über die Brust. »Du bist nicht Waleska. Aber du bist auch kein gewöhnlicher Rabe.« Sie überlegte, ihn im Schnee zurückzulassen und weiter nach Milosz zu suchen. Doch sie brachte es nicht übers Herz. Hier draußen würde sie das Tier dem Tod überlassen.

»Was auch immer du bist, ich werde dir helfen.« Mit Bedacht strich sie über den tauben Flügel.

»Der ist gebrochen. Ich werde dich mitnehmen und pflegen. Aber du wirst mir als Dank helfen, Milosz zu finden, sobald du wieder fliegen kannst.«

Als Antwort bekam sie ein Krächzen.

16. Kapitel

Ohne sich zu wehren, ließ sich der Rabe zur Hütte bringen.

»Halt still!« Sie band ihm ein Stück Schnur um das rechte Bein und befestigte das andere Ende an der Stuhllehne. »Damit du mir nicht die Hütte durcheinanderbringst.«

Der Rabe protestierte nicht.

Sie ließ sich auf das Bett plumpsen und streifte die Schuhe von den Füßen. Sie wackelte mit den Zehen, die trotz Leder und Fell feucht und kalt geworden waren. Den schweren Umhang ließ sie geradewegs auf das Bett gleiten. »Du bist nicht das, wonach ich gesucht habe, aber ohne dich, werde ich meinen Milosz wohl nie mehr finden. Ich weiß, du verstehst mich. Du bist blau wie die Räbin und auch sie ist der menschlichen Sprache mächtig.« Lobna sah ihn eindringlich an.

Er antwortete nicht, aber das war auch nicht nötig. Sie hatte ihn durchschaut. »Sobald du wieder gesund bist, wirst du über das Land fliegen und ihn suchen.«

Lobna griff nach dem Salbenrest, der noch übrig war, und tupfte ihn dem Raben vorsichtig auf den Fittich.

»Du musst jetzt ganz stillhalten.« Sie nahm ein Stöckchen und band es mit einem Stofffetzen um den Flügel herum. »So kann er besser verheilen. Versprichst du, ruhig zu sein? Dann lasse ich dich auch im Bett schlafen. Du brauchst Wärme, damit die Salbe ihre Wirkung entfalten kann.«

Der Rabe schwieg.

»Ich deute das als ein Ja.«

Kaum hatte sie ihn losgebunden, hüpfte er auf das Kopfkissen.

»So ist's brav.« Sie legte sich neben ihn und strich über seinen Kopf. »Ich habe meinen Milosz gesucht. Er muss doch irgendwo sein. Der Berg verschlingt niemanden. Morgen werde ich bergabwärts in südliche Richtung gehen. Am liebsten würde ich gleich wieder losziehen, aber dann verpasse ich ihn vielleicht, wenn er doch wiederkommt. Und bei Nacht ist die Suche zu riskant. Ich werde aber nicht aufgeben, bis er wieder bei mir ist. Aber wieso erzähle ich dir das?«

Sie schloss erschöpft die Augen.

Undeutlich nuschelte sie: »Dieser Mann raubt mir den Verstand … und mein Herz.«

Andächtig rückte der Rabe ein Stück näher.

Das Kratzen des Wolpertingers an der Tür weckte sie. Wie jeden Morgen scharrte er ungeduldig am Holz.

»Schon gut. Ich komm ja schon. Köttel mir bloß nicht in die Hütte.«

Sie warf die Decke zurück und stieg über Milosz hinweg. Mit leisen Schritten, um ihn nicht zu wecken, tappte sie verschlafen zur Tür.

»Pst, er schläft.« Sie hielt sich den Zeigefinger vor die Lippen und gähnte. »Moment mal.« Erkenntnis weitete ihre Augen. Dann drehte sie sich zum Bett um, während sie die Tür einen Spalt öffnete, durch den sich der Hase drängend hindurchquetschte.

»Milosz?« Sie rieb sich die Augen. *Er ist es wirklich!* Sie rannte zum Bett. »Milosz!«

Nackt und regungslos lag er vor ihr. Weinend warf sie sich ihm um den Hals und vergrub ihr Gesicht in seiner Halsbeuge.

»Wo warst du? Wann bist du …?« Schluchzend wischte sie sich Tränen aus dem Gesicht.

Er stöhnte schmerzerfüllt auf.

»Entschuldige!« Sie ließ sich auf den Hintern fallen. »Ich wollte dir nicht wehtun.« Ihre Hände schwebten schützend über seinem Körper.

»Bist du verletzt? Was ist passiert? Wo ist der … Rabe?« Ihre Stimme versiegte. Erst jetzt nahm sie seinen Körper richtig wahr. Die schwarzen Flecken reichten über Brust und Arme, bis hin zu seinen Händen. Seine Finger waren zu Klauen verformt und überall ragten blaue Federn aus seiner Haut.

»Milosz …«

Er öffnete die Augen zu Schlitzen. Tonlos formte er das Wort Decke. Er war so geschwächt, dass er zu mehr nicht fähig war.

»Oh!« Lobna errötete. Er lag splitterfasernackt vor ihr und war nicht in der Lage, sich zu regen.

»Hier!« Etwas zu hektisch warf sie ihm die Bettdecke über und drehte sich um. Peinlich berührt, vergrub sie das Gesicht in den Händen. Abgesehen von Mirek hatte sie noch nie einen nackten Mann gesehen.

»Hmhm…«, murmelte es hinter ihr.

»Was sagst du?« Sie wagte einen Blick. »Huch!«

Sie hatte ihn unter dem Leinen begraben.

»Es tut mir leid, so leid«, faselte sie und zog die Decke ein Stück zurück. »Ich wusste nicht, dass du dich nicht bewegen kannst. Ich meine … ich weiß gar nichts. Der Rabe … du … Was verheimlichst du vor mir?« Sie zog die Decke so weit zurück, bis seine Brust frei lag. Sanft strich sie über die glatten Federn, die metallisch glänzten. »Ich sollte Angst vor dir haben. Aber ich fürchte mich nicht vor dir.«

Nach und nach kehrte Leben in ihn zurück. Erst bewegte er die Klauen, dann ließ er den Kopf kreisen. Als er sich aufsetzen wollte, hielt sie ihn zurück.

»Nicht.« Sie drückte ihn an den Schultern sanft zurück ins Kissen. »Ruh dich aus. Du bist verletzt. Dein Arm ist gebrochen.«

»Lass das! Fass mich nicht an. Ich sagte doch, dass ich ein hässliches Biest bin. Du hättest mich nicht suchen sollen.« Er drehte das Gesicht zur Wand, aber sie konnte die Träne sehen, die ihm aus dem Augenwinkel perlte. »Ich hätte mich still verhalten sollen. Dann wäre ich erfroren und du hättest mich in guter Erinnerung behalten. Aber ich war feige. Ich fürchtete mich davor, was passiert, wenn ich sterbe und deinen Anblick nicht mehr genießen darf.«

Lobna beugte sich über ihn, legte eine Hand an seine Wange und zwang ihn, sie wieder anzusehen. Sie sah ihm tief in die Augen. *Jetzt oder nie.* »Ich war noch nie verliebt, Milosz. Ich habe nie an die Liebe geglaubt. Sie war ein Gespenst für mich, bis ich dich traf. Du warst so mürrisch, störrisch und grob. Trotzdem wollte ich bei dir bleiben. Was war es wohl, das mich dazu trieb, wenn nicht Liebe? Und ich liebe dich mit Haut, Haaren und Federn.«

Er sah sie an, als wäre sie das Schönste, was er je gesehen hatte. »Ich würde dein Gesicht so gern in meine Hände nehmen und dich für jedes deiner Worte küssen.« Tränen rollten ihm übers Gesicht, als er seinen Blick auf seine Klauen richtete.

»Dann tu es.«

»Ich kann nicht. Ich bin abstoßend.«

»Du bist nicht abstoßend.« Sie führte ihre Finger zwischen seine Krallen und legte sie um ihr Gesicht.

Er zitterte. »Ich habe Angst, dich zu verletzen, Lobna.«

Sie schüttelte den Kopf. »Das wird nicht geschehen.« Ihre Lippen näherten sich den seinen und trotz Schmerzen kam er ihr die letzten Zentimeter entgegen. Er streifte ihre Lippen nur ganz sanft, wie eine Sommerbrise. »Ich muss dir etwas sagen«, begann er und sank wieder ins Kissen.

»Du hast mich angelogen«, nahm sie ihm seine Beichte vorweg. Ein Knoten schnürte sich in ihrem Magen, als ihr bewusst wurde, was die Federn an seinem Körper bedeuten mussten.

»Ja.« Er schloss die Augen.

»Du machst also doch Geschäfte mit der Räbin.« Sie presste die Lippen aufeinander und versuchte die Tränen zurückzuhalten. So sehr sie ihn auch liebte, sie konnte nicht mit dem Mann zusammen sein, der Unheil über ihr Dorf und ihre Familie brachte.

»Nein.« Er öffnete die Augen wieder und sah sie an. »Keineswegs.«

»Aber die Federn? Du bist kein Mensch. Du bist wie sie.«

»Hilf mir bitte.« Er versuchte, sich aufzusetzen. Sofort klopfte sie Kissen und Decken hinter ihm auf, damit er sich bequem an die Wand lehnen konnte. Seine Wangen waren gerötet und kalter Schweiß rann ihm über die Schläfen. Mühsam schnappte er nach Luft.

»Du hast Fieber.« Sie strich ihm besorgt über die Stirn. »Warte.« Sie lief zum Bottich, schöpfte kaltes Wasser und tunkte einen Lumpen hinein, mit dem sie ihm den Kopf kühlte.

Er lachte leise. »Vor dir sitzt ein Monster, der Räbin gleich, und du versuchst es zu retten.«

»Du bist kein Monster. Erzähl mir, was wirklich mit dir passiert ist. Wie ist es dazu gekommen?«

Er wich ihrem Blick aus. »Das ist eine lange Geschichte. Mein Name ist nicht Milosz. Ich bin Dariusz.«

Ihr Herz setzte für eine Sekunde aus.

»Du bist mein Verlobter?«

»Ja.«

Sie ließ die Informationen einen Moment sacken und malte sich aus, was das bedeutete. »Wir könnten längst im Dorf sein. Weshalb hast du es nicht gleich gesagt, als ich dich nach ihm … nach dir, gefragt habe?«

»Weil ich dich nicht heiraten werde. Ich dachte, ich könnte dich mit der Lüge abspeisen und du würdest wieder verschwinden.«

Zum zweiten Mal für diesen Tag setzte ihr Herz aus. Diesmal aus Enttäuschung. »Du willst mich nicht? Dabei kann ich doch kochen und backen und den Haushalt erledigen. Und ich dachte, du empfindest …«

»Pst, nicht weinen.« Er schüttelte langsam den Kopf. »Versteh mich nicht falsch. Ich wünschte, ich könnte es. Ich würde dich selbst dann heiraten, wenn du aus einer Kartoffel ein Stück Kohle braten würdest.«

Sie rang sich zu einem Lächeln durch. »Was ist es dann?«

»Waleska hat mich als Junge verflucht. Ich bin nun wie sie. Ich kann die Gestalt eines Raben annehmen, aber mit jedem Mal, verwandele ich mich mehr und mehr in einen Vogel. Allmählich verliere ich meine menschliche Gestalt.« Zornig rupfte er sich eine Handvoll Federn aus.

»Nicht!« Sie hielt seine Hände fest. »Hör auf! Tu dir nicht weh!«

»Ich würde alle Qualen dieser Welt ertragen, wenn ich nur ein normaler Mensch sein könnte.«

»Wieso tust du es dann? Wieso verwandelst du dich, wenn es dich zu dem macht, was du nicht sein willst?« Sie sah ihn verständnislos an.

»Ich muss. Blaue Raben haben eine Aufgabe. Sie schützen die Kinder und Erwachsenen vor Albträumen.«

»Das ist nicht wahr. Erst Waleska brachte uns die Albträume. Als sie verschwand, hat sie alle verflucht.«

»Nein.« Er schüttelte energisch den Kopf. »Blaue Raben sammeln nachts bis zum Morgengrauen die Albträume, bevor sie auch nur einen Schlafenden erreichen können. Wir schweben durch alle Fantastereien und picken die Schlechten heraus.«

»Das verstehe ich nicht.«

»Nachdem Waleska von deinem Vater betrogen wurde, verließ sie das Dorf. Sie konnte das Glück von Mikolaj nicht erdulden. Auch die süßen Träume von ihm und seiner neuen Frau, die Nacht für Nacht zwischen all den Albträumen umherschwebten, schmerzten sie sehr. Es war ihr irgendwann nicht mehr möglich, ihrer Bestimmung nachzugehen, ohne selbst daran zu zerbrechen. Also zog sie tief in die Wälder und überließ das Dorf jahrelang seinen düsteren Nachtgeistern.«

»Wir haben aber das Rabenfest. Jeden Monat vertreiben wir die Unglücksraben mit Fackeln und Gesängen aus dem Dorf und werden seitdem von Albträumen verschont. Das kann doch kein Zufall sein.«

»Ich bin derjenige, der Nacht für Nacht die Albträume sammelt und weit fortträgt. Seitdem ich die Bestimmung in mir trage, gehe ich ihr nach. An dem Tag, als ich aus dem Dorf ausriss, um im Wald zu leben und die Leute zu beschützen, rief Manteia das Fest ins Leben. Sie glaubten, Waleska hätte etwas mit meinem Verschwinden zu tun. Weshalb hätte ich sonst in den Wald rennen sollen, in dem sie ihr Unwesen treibt? Alle glaubten, dass man nun auch mit Magie handeln müsse, bevor weitere Unglücke geschehen.«

Lobna legte den Kopf auf seine Brust und lauschte seinen Herztönen.

»Ich wusste, dass tief in dir ein weicher Kern steckt. Du magst die Menschen doch. Aber wieso ausgerechnet du?«

Er schloss seine Arme um sie und die Federn kitzelten auf ihrer Haut.

»Ksawery …«

»Du kennst ihn?«, unterbrach sie ihn.

»Natürlich. Er ist so alt wie ich. Und da ist noch etwas. Lobna, mein Name ist Dariusz Pawlak. Ich bin der Sohn des Geheimrats Olaf Pawlak.«

Überrascht hob sie den Kopf. »Du bist Olafs Sohn? Ich wusste nicht, dass er einen Sohn hat. Ich habe mir gar keine Gedanken darum gemacht, zu welcher Familie du gehört haben musst.«

»Man hat mich wohl vergessen.«

»Nun verstehe ich, weshalb Pawlak so erpicht darauf war, dass ich dich suche. Er vermisst dich noch immer.«

»Tatsächlich?«

»Ja, aber erzähl weiter. Was ist dann passiert?«

»Ksawery war schon immer der Liebling meines Vaters. Obwohl er nur sein Mündel war, hat er ihn stets bevorzugt. Ksawery lernte von ihm alles aus erster Hand, während ich nur hinter angelehnten Türen lauschen konnte.« Dariusz wirkte verbittert und kräuselte die Lippen. »Er war kein guter Vater. Nicht für mich zumindest.«

Er rupfte sich eine weitere Feder aus. »Immer, wenn ich dabei sein wollte, hieß es, ich sei kein Thronfolger und das Wissen sei nicht für meine Ohren gemacht. Selbst bei Tisch bekam er das beste Stück Fleisch, damit er groß und stark wurde. Wenigstens in der Hinsicht konnte ich ihn immer übertrumpfen. Ich war größer, stärker und schneller als er.«

»Ich weiß, wie es ist, wenn man das schwarze Schaf der Familie ist. Aber lass mich dir sagen: Manchmal bildet man es sich nur ein, weil man die Wahrheit nicht sieht.«

Gern hätte sie ihm von Olaf Pawlaks Plan erzählt, der ein Motiv für sein Verhalten war, aber sie schwieg. Nicht sie war ihm eine Erklärung schuldig, sondern sein Vater.

»Jedenfalls bin ich Ksawery eines Tages in den Wald gefolgt, wo er den Schwertkampf üben sollte. Auf Wunsch meines Vaters ist er mit Wiatscheslaw auf die Lichtung, um zu trainieren.«

»Wiatscheslaw … Ich mochte ihn noch nie.«

»Ich bin auf eine Tanne geklettert und habe ihnen zugesehen. Fast jeder von Wiatscheslaws Hieben erwischte ihn. Ksawery konnte von zehn Schlägen vielleicht einen parieren. Ich wusste, ich könnte es besser.« Einen Moment sammelte er sich. Die Erzählung hatte ihn aufgebracht. Sein Herz schlug schneller und fester. »Dann ist sie aufgetaucht. Ich hatte schon viele unheimliche Geschichten von der Räbin gehört und hatte Angst, sie könnte mich sehen. Also bin ich dichter an den Stamm gerückt. Sie war eine imposante Erscheinung. Ein schwarzer Schleier schleifte meterlang hinter ihr durch den Schnee. Auf dem Kopf trug sie eine Krone aus gewundenen Ästen, mit Moos und Tannenzapfen gespickt. Um die Handgelenke hingen kronenförmige Armbänder mit blauen Federn. Ihr Körper war fast gänzlich mit Federn bedeckt. Aber sie war alt geworden. Nicht die junge Frau, die man aus den Erzählungen kannte. Ja. Alt und runzlig. Als hätte sie viele Lebensjahre verschenkt.«

Lobna schauderte es bei der Vorstellung.

»Wiatscheslaw zerrte Ksawery am Ärmel. Er wollte fortrennen, aber Ksawery blieb stehen. Er hob stolz sein Kinn und schwang das Schwert lässig über die Schulter. Er drohte ihr, im ganzen Dorf zu erzählen, die Räbin würde voller Gram und Verbitterung durch die Wälder irren. Er trieb sie in die Enge. Sie hätte ihm leicht den Garaus machen können, aber sie willigte in seine Forderungen ein. Er wollte Macht, um den Thron zurückzuerlangen, und im Gegenzug würde er schweigen.«

»Mein Vater hat mir erzählt, dass Pawlak alles daran setzt, um Ksawery an die Krone zu bringen. Das Dorf verlor nach dem Überfall der Russen kurz vor meiner Geburt allen Wohlstand. Ohne König und Handel versiegt dort auch bald die letzte Quelle. Pawlak sieht darin auch seine Chance, wieder als Geheimrat mit guter Bezahlung tätig werden zu können. Mein Vater hat sich ebenfalls dafür eingesetzt, weil Pawlak ihn erpresst.«

»Erpresst womit?«

»Er war der Schatzmeister und hat Geld gestohlen, um mich und meine Mutter freizukaufen. Ksawery wird ihn köpfen lassen, wenn er es je erfährt und an die Macht gelangt.«

»Hm …« Dariusz nickte zustimmend. »Das ist ihm zuzutrauen. Waleska hat ihm schließlich die Geschicke des Raben verliehen, oder wollte es zumindest. Ich hatte solche Angst, erwischt zu werden, dass ich mich hinter den Stamm presste. Dabei brach die Rinde. Ich rutschte ab und stürzte hinunter. Ich landete direkt vor ihren Füßen.« Er schnaubte. »Dieser Moment hat mein Leben ruiniert, aber auch das vieler Menschen gerettet.«

»Was meinst du damit?«

17. Kapitel

»Sie hat die Geschicke auf uns drei aufgeteilt. Ksawery bekam die Kraft des Flügelschlags. Es ist die stärkste Kraft. Er kann zerstörerische Orkane erschaffen. Die Kraft beschwört laut der Räbin aber auch unbändige Wut herauf, die wie ein Wirbelwind durch die Gefühle des Beschenkten fegt. Das wiederum stachelt den Orkan weiter an. Es ist ein Teufelskreis, der nicht zu beherrschen ist, wenn man nicht über magisches Blut verfügt. Wiatscheslaw wurde das alles sehende Auge zuteil. Hoch in den Lüften kann er auch über weite Distanzen alles erkennen. Und ich … ich bekam das.« Er strich sich grob durch das Gefieder. »Ich kann mich in einen Vogel verwandeln.« Wütend schlug er gegen den Holzrahmen der Pritsche. »Was soll das für eine Gabe sein? Sie hat mich verhöhnt! Ich erinnere mich noch genau an ihre Worte. Sie sagte, jemand der so plump aus den Ästen fällt, sollte lieber Flügel haben, um nicht so hart zu landen.«

»Konntest du die Fähigkeit nicht ablehnen?«

»Nein. Es war schließlich kein Geschenk, sondern ein Fluch, den sie uns auferlegte. Bis auf Ksawery ist uns das schnell bewusst geworden. Niemand im Dorf hätte uns geduldet, wenn sie davon erfahren hätten. Besonders nicht bei meiner Fähigkeit. Du weißt doch sicherlich, wie sie Waleska gemieden haben, aufgrund ihrer Gestalt. Mir wäre es nicht besser ergangen. Also schwiegen wir. So konnte Waleska sicher sein, dass niemand von uns Ksawery verpfiff. Wir hätten uns damit nur selbst ins Fleisch geschnitten.«

»Ich verstehe nicht, wieso dieser Fluch gleichzeitig Leben gerettet hat.«

»Die Kräfte der beiden entfalten sich erst, wenn sie selbst Rabengestalt annehmen. Was nützt die Kraft des Flügelschlags ohne Schwingen? Und was nützt ein alles sehendes Auge, wenn man nicht hoch über den Köpfen anderer schwebt? Das ist ihnen nur möglich, wenn wir uns verbünden. Und sollte das geschehen, wird Ksawery ganz Czarny Kruku ins Unglück stürzen und alle Bewohner seiner Macht untergraben, um die Herrschaft zu erlangen.«

»Bist du auch deshalb fortgelaufen? Um das zu vermeiden?«

»Ja. Wegen der Bestimmung, Ksawerys Gier nach Macht und weil mich Albträume plagten. Nacht für Nacht träumte ich davon, wie ich mich in einen Raben verwandelte und über den Wolken verloren ging. Im Schlaf verwandelte ich mich tatsächlich und schon bald wurde offensichtlich, dass etwas mit mir nicht stimmte. Also bin ich ausgerissen. Außerdem wurde mir meine Bestimmung mit jedem Traum bewusster und ich entschied mich, Waleskas Platz einzunehmen. Es ist schon merkwürdig. Ich bin der Einzige von uns dreien, der seine Fähigkeit nutzen kann. Manchmal bilde ich mir ein, dass die Räbin doch keine böse Hexe ist und ihr etwas daran lag, die Dorfbewohner durch mich zu beschützen, obwohl die Leute so garstig zu ihr waren.«

»Hat man dich denn nicht gesucht? Du musst noch ein Kind gewesen sein. Acht Jahre alt, wenn ich mich nicht täusche.«

»Oh doch. Ksawery allen voran. Hier oben konnte ich mich allerdings gut vor ihnen verstecken. Vor allem in Rabengestalt hatte ich leichtes Spiel. Bis auf ihn haben es irgendwann alle aufgegeben. Und Ksawery wird es nie aufgeben. Im Gegenteil. Er wird immer vernarrter in die Idee, mich zu fangen und sich mit mir zu verbünden. Inzwischen ist er alt und stark genug, um auf den Thron zu steigen.«

»War er es, der dich verletzt hat?« Sie strich ihm sachte über den Arm. Die Wunde war auch in seiner Menschengestalt noch vorhanden. Hatte sie sich vorher über den halben Flügel erstreckt, zog sie sich nun von seiner Schulter bis zur Elle.

Er nickte. »Er hat mich erwischt. Ich war unachtsam.«

»Wieso hat er dich nicht mitgenommen, als du vom Himmel gefallen bist?«

»Ich habe mich unter den Schnee gegraben. Ich glaube, er hat mich einfach nicht gefunden.«

»Was ist mit der Hütte? Wenn er dich schon seit Jahren sucht, hätte er sie doch irgendwann entdecken müssen.«

»Er hat sie entdeckt. Und er hat sie durchsucht. Schon im Jahr meines Verschwindens. Allerdings, bevor ich sie gefunden habe. Als er hier ankam, bin ich ihm gefolgt und habe ihn aus sicherer Entfernung beobachtet. Erst danach habe ich sie bezogen und stets darauf geachtet, nicht mit Rauch oder Licht auf mich aufmerksam zu machen. Nachts war ich ohnehin immer fort.«

»Wer vor dir wohl hier gelebt hat?«

»Die Gerippe eines Mannes lagen noch hier, als ich eingezogen bin. Der Name Milosz Olczak stand auf einem Brief in seiner Tasche. Ich habe ihn hinter dem Schuppen beerdigt.«

»Deshalb also Milosz …«

»Genau. Ksawery muss jedenfalls gedacht haben, dass ich die Hütte entweder nicht kenne, oder aber nur noch als Vogel lebe und ein Nest vorziehe. Er hat sie nämlich schon seit Jahren nicht mehr aufgesucht.«

Lobna bereitete am Abend aus dem Mark von Vogelrippen, Kräutern und Gemüse eine deftige Brühe zu.

»Sie wird dich stärken«, sagte sie und stellte eine Schüssel auf den Tisch. Fettaugen schwammen auf dem Sud.

Dariusz setzte sich an die Kante der Pritsche und legte seinen verwundeten Arm vorsichtig auf dem Tisch ab. Er war noch immer nackt, bis auf die Decke über seinem Schoß.

»Wo sind eigentlich deine Kleider?«, fragte sie und blickte beschämt in die Suppe.

»Im Wald. Ich habe den Wolpertinger schon losgeschickt. Er wird sie mir bringen. Ein Rabe mit Stiefeln wäre ein sonderbarer Anblick.«

Sie kicherte. »Ja, das stimmt.« Sie nahm einen Löffel und pustete vorsichtig in die Suppe hinein. »Ich habe nachgedacht, Dariusz.« Sein wahrer Name klang ungewohnt, wie er sich so über ihre Zunge rollte. »Ich verstehe nun, warum du nicht ins Dorf zurückkehren kannst und dich verstecken musst. Und ich werde hierbleiben. Bei dir. Für immer.«

»Kommt nicht infrage. Dein Leben ist bei deiner Familie und nicht hier im Wald.«

»Es ist bei dir, wo auch immer du steckst. Ich habe dich gewürfelt und so soll es sein.«

»Ich glaube nicht, dass es Zufall war. Die Rabin wird es irgendwie eingefädelt haben.«

»Sie war nicht dabei.«

»Das muss sie auch nicht. Ich traue ihr alles zu. In ihren Adern fließt Magie. Findest du es nicht merkwürdig, genau in dem Jahr, in dem ich heiraten sollte, würfelt jemand meinen Namen? Sie war es. Ganz sicher. Sie wollte die Vereinigung vorantreiben. Inzwischen ist Ksawery schließlich alt genug, um König werden zu können. Sie muss gewusst haben, dass ich mich in dich verliebe. Wahrscheinlich hat sie geglaubt, ich würde dir dann blind folgen, aber nein …« Er schüttelte den Kopf. »Den Gefallen werde ich ihr nicht tun.«

»Dann ist es also beschlossene Sache. Ich bleibe bei dir. Du kannst mich nicht zwingen zurückzukehren.« *Vater wird denken, dass ich mein Wort nicht gehalten habe, aber was soll ich tun? Ich kann Dariusz nicht alleine hier zurücklassen. Ich liebe ihn.*

»Du bist mir nichts schuldig und dieses Würfelspiel verpflichtet zu nichts. Nur einfältige Bauern lassen sich davon beeindrucken.«

»Es beeindruckt mich auch nicht. Ich habe mich in dich verliebt, egal ob durch Zufall oder Schicksal.«

»Du müsstest deine Familie für immer verlassen. Bist du dir dessen bewusst?«

Sie nickte. »Für die Liebe lässt man auch manchmal lieb Gewonnenes zurück.«

»Lieb gewonnen. Tz … mach dir nichts vor. Du liebst deine Familie.«

»Vielleicht sitze ich zwischen den Stühlen. Aber ich weiß, dass meine Eltern einander haben und auch meine Schwestern versorgt sind. Du nicht.«

»Schlaf ein paar Nächte drüber, Lobna.«

»Das muss ich nicht. Der Sommer kann nur schöner werden und wir haben genug Zeit, die Hütte frosttauglich zu machen. Apropos Nächte … Du kannst so keinen Albträumen hinterherjagen.« Sie zeigte auf den Verband.

Er versuchte, seinen Arm zu heben, aber es war ihm nicht möglich. Unter Schmerzen legte er ihn wieder ab. »Die Dorfbewohner werden wohl eine Weile ohne meine Dienste auskommen müssen.«

»Mussten sie schon öfter. Sie werden es überleben.«

»Was sagst du da?«

»Als ich dich gewürfelt habe und mich nicht gleich auf die Suche gemacht habe, da kamen Raben und die Albträume. Hatte dich Ksawery da auch erwischt?«

»Nein.« Seine Pupillen verengten sich. »Waleska … Wusste ich's doch. Sie muss vor mir Albträume gesammelt und über dem Dorf abgeworfen haben, nachdem ich weggeflogen war. Ich hatte mich noch gewundert, dass es so wenige waren im Vergleich zu sonst. Nun wird mir alles klar. Ich Dummkopf.« Er schlug sich gegen die Stirn.

»Sachte! Mach dir keine Vorwürfe.« Sie hielt seine Hand fest.

»Doch. Ich hätte viel eher Verdacht schöpfen müssen. Sie hat das Treffen zwischen uns provoziert. Wahrscheinlich spielen wir ihr längst in die Hände. Wir müssen die Vereinigung auf jeden Fall verhindern. Koste es, was es wolle. Lobna, es wäre das Beste für alle, wenn du zurück ins Dorf gehst.«

»Das kannst du nicht von mir verlangen.«

»Und was, wenn man dich sucht und hier findet? Du bist schon viel zu lange fort. Man wird sich längst Sorgen machen.«

»Dann werde ich mir etwas ausdenken. Erzählen, dass ich die Hütte gefunden habe und hier ausharre, weil ich den Weg zurück nicht mehr finde. Aber so weit hier oben wird mich niemand suchen. Wenn ich nur ein paar Kleider mehr hätte, könnte ich sie auch am unteren Waldrand verteilen und alle glauben lassen, dass mich die Wölfe gefressen haben.«

»Das kannst du deiner Familie nicht antun.«

»Kommt Zeit, kommt Rat«, sagte Lobna.

Keine Idee war wirklich erfolgversprechend und so ließen sie das Thema vorerst ausklingen.

***

Drei Tage nach dem Angriff konnte Dariusz seinen Arm unter Schmerzen zumindest auf und ab bewegen.

»Du solltest dich wirklich noch ausruhen«, insistierte Lobna und wickelte den Verband ab. Die Wunde war verkrustet, aber immer noch gerötet und geschwollen. »Der Bruch darunter wird nicht so schnell heilen.«

»Es geht nicht. Es ist meine Aufgabe. Ich muss in die Luft.« Er stand auf und ging nach draußen. Er trug nur seine Hose, die der Wolpertinger inzwischen wieder gebracht hatte. Auf Kutte und Hemd verzichtete er, weil jede zusätzliche Last schmerzte.

»Was hast du vor?« Sie folgte ihm und beobachtete ihn vom Türrahmen aus.

Der eiskalte Wind störte ihn nicht. Dariusz war abgehärtet. Er ballte die Hände zu Fäusten und schloss die Augen. Er schien sich zu konzentrieren und kurz darauf umgab seinen Körper eine blaue Aura.

»Was ist das? Willst du dich etwa verwandeln?« Sie eilte zu ihm, um ihn aufzuhalten, aber noch bevor sie bei ihm ankam, wurde die Aura schwächer.

»Verflucht!« Das Licht erlosch. »Ich bin zu schwach.«

»Du solltest dich wirklich noch …«

»Nein. Gleich noch mal.« Wieder erzeugte er den Schein. Diesmal wurde das Licht gleißend hell und er verwandelte sich tatsächlich. Mit aller Kraft schlug er mit dem gesunden Flügel, aber er schaffte es nicht, sich in die Luft zu erheben. Dumpf schlug er auf dem Boden auf, als ihn die Kräfte verließen.

»Hör auf mit dem Unsinn.«

Er krächzte.

»Das hast du davon. Nun hast du wahrscheinlich nicht einmal mehr die Kraft, dich zurückzuverwandeln. Nach dem Unglück hast du eine ganze Nacht gebraucht.«

Sie sammelte die Hose ein und brachte ihn zurück in die Hütte. »Hier bleibst du nun und ruhst dich aus. Ich hole nur schnell Holz. Beweg dich ja nicht vom Fleck.«

Kaum war sie hinter dem Schuppen angekommen, sah sie einen hellen Schein hinter dem Fenster. Dann hörte sie die Vordertür quietschen.

»Dariusz?«

Als sie sich umdrehte, huschte er, so wie Gott ihn schuf, an ihr vorbei.

»Dariusz! Wirst du wohl sofort wieder zurückkommen!«

Sie hörte nur noch das Rascheln der Tannen.

»Kletterst du etwa gerade da hinauf?« Es war schon zu dunkel, um ihn sehen zu können.

»Ja!«, rief er und erklomm wenig später die Spitze, die sich unter seinem Gewicht bog und hin und her schaukelte.

»Tu es nicht! Du bringst dich noch um!«, brüllte sie so laut, sie konnte. Ihr Herz wummerte vor Angst. »Wenn du es wagst, werde ich dich verlassen!«, drohte sie ihm. Vom Boden aus erkannte sie die blaue Aura.

»Das ist die einzig richtige Entscheidung«, entgegnete er. Kurz flammte die Aura auf, dann versiegte sie. Er hatte wieder die Vogelgestalt angenommen. Mit einem lauten Krächzen stürzte er sich in die Tiefe, breitete die Fittiche aus und ließ sich gleich darauf von einer Windböe in die die Höhe tragen. Wenige Flügelschläge genügten, um ihn voranzutreiben.

»Dariusz!« Sie stöhnte und zerknüllte wütend ihre Schürze. »Verflucht!« *Der Kerl ist doch lebensmüde.*

Ein lautes Krächzen durchschnitt die Nacht.

»Dariusz!?«

Er war verschwunden.

Etwas stimmte nicht.

***

War er einfach nur abgestürzt? Oder hatte man ihn vom Himmel geholt? Wusste Ksawery, dass er angeschlagen und somit leichte Beute sein würde?

Sie rannte ins Haus, schnappte sich die Armbrust und stolperte durch den Schnee hangabwärts.

»Dariusz?«

Sie blieb stehen und presste sich eine Hand auf den Mund. Wenn Ksawery hier war, dann schreckte er sicherlich nicht davor zurück, ihr ein Leid anzutun. Vorsichtig ging sie einen Schritt nach dem anderen, als sie sich der Stelle näherte, wo er abgestürzt sein musste. Sehr viel weiter konnte er noch nicht gekommen sein. Wachsam blickte sie immer wieder nach allen Seiten. Die Armbrust im Anschlag schlich sie zwischen den Tannen umher und verfluchte dabei den Schnee, der hart gefroren unter ihren Schuhen knirschte.

Wenige Meter vor ihr lag Dariusz und flatterte mit dem gesunden Flügel. Weit und breit war kein Feind zu sehen. Sie rannte zu ihm und legte ihn in die Kitteltasche ihrer Schürze.

»Du hättest sterben können, du Dummkopf! Ich dachte schon, Ksawery wäre hier.« Sie stapfte zurück zur Hütte, legte die Waffe weg und brachte ihn vors Feuer. Erst dort verwandelte er sich in seine menschliche Gestalt zurück.

»Genug für heute. Es hat keinen Sinn«, gestand er sich ein.

Lobna warf ihm seine Hose zu. »Zieh dir was an«, maulte sie, verschränkte die Arme vor der Brust und drehte sich beschämt um. »Hast du dich verletzt?«, fragte sie dann doch besorgt, als er hinter ihr aufstöhnte.

Als Antwort knackste er mit der Schulter. »Nein, schon gut. Bis auf ein paar Kratzer habe ich mir nichts getan.«

»Lass mich sehen.« Sie drehte sich zu ihm um und tastete ihn ab. »Tut das weh?« Vorsichtig drückte sie auf eine Prellung an seinem Rücken.

»Nur ein wenig. Nicht der Rede wert.«

Sie holte tief Luft und ließ ihre Stirn gegen seine Schulter sinken. »Dann bin ich beruhigt.« Sie küsste die Stelle, die sich bereits lila verfärbte und ihm in den kommenden Tagen sicherlich noch Schmerzen bereiten würde. Zärtlich strich sie über die muskulösen Wölbungen an seinem Rücken. »Für heute keine Flugversuche mehr. Einverstanden?«

»Einverstanden. Aber lass mich dir etwas zeigen. Ich muss mich ablenken, sonst treibt es mich noch in den Wahnsinn, dass ich nicht in die Luft kann.« Er legte sich die Kutte um und zog die Kapuze über. »Zieh dir etwas an. Wir gehen in den Wald.«

»Aber du …« Sie hob verständnislos die Arme und ließ sie wieder fallen.

»Keine Flugversuche. Versprochen. Komm.«

Sie verdrehte die Augen und folgte ihm.

18. Kapitel

Er nahm sie bei der Hand und zog sie in den Wald. Sie liefen nach Süden und näherten sich einer Talschneise.

»Wohin gehen wir?«

»Abwarten. Es wird dir gefallen.«

Nach einer Weile gelangten sie auf eine Lichtung. Der Schnee war hier nahezu geschmolzen und das Gras saftig grün. Erste Schneeglöckchen hatten sich einen Weg durch die gefrorene Erde gebahnt.

»Frühlingsboten«, freute sich Lobna.

»Pst.« Er hielt einen Finger vor den Mund und winkte ihr, ihm zu folgen »Komm.«

Hinter einem umgestürzten Stamm einer Eiche kauerte er sich nieder und zog sie in die Hocke, sodass sie nur knapp über den Stamm hinwegschauen konnten.

»Was tun wir hier?«

»Sieh hin.« Er zeigte auf die Lichtung.

Etwas regte sich auf der anderen Seite im Gebüsch. Es raschelte und welke Blätter fielen zu Boden. Dann sah sie es. Eine Herde Eishirsche betrat das freie Fleckchen. Die männlichen Artgenossen trugen zu ihren opulenten Geweihen dichtes, zotteliges Brustfell. Die Weibchen waren kleiner und zierlicher. Ihr Fell war etwas bläulicher als das der Männchen. Es glitzerte allerdings ebenso wundervoll. Zwischen ihnen tollten Hirschkälber umher. Sie wagten erste Sprünge und rammten sich gegenseitig mit ihren Geweihen in spielerischer Manier. Die erwachsenen Tiere zupften an den Gräsern.

»Sie kommen in den Wintermonaten jeden Abend hierher«, erklärte Dariusz strahlend.

»Sie sind wunderschön. In der Nacht, als du mich gefunden hast, musste ich mit ansehen, wie ein Eishirsch von Wölfen gerissen wurde«, flüsterte sie.

»Ich weiß. Ich hab's gesehen. Es ist kein schöner Anblick, aber es ist der Lauf der Natur.«

»Mag sein. Trotzdem sind sie mir lebendig lieber.«

Er starrte auf die Lichtung. »Schau. Gleich kommt sein großer Auftritt.«

»Auftritt? Wessen Auftritt?«

Wieder raschelte es im Gebüsch und der kleine Wolpertinger kam zum Vorschein, der ihnen gefolgt war.

Dariusz grinste breit und musste mit Mühe ein Lachen unterdrücken.

»Was ist los? Wieso grinst du? Und was tut er da?«

»Schau es dir an. Siehst du da drüben«, er wies auf die andere Seite der Lichtung, »die anderen Wolpertinger?«

Sie verengte die Augen und spähte hinüber. »Ja. Ich sehe zumindest die Ohren.«

»Das sind Weibchen«, erklärte er.

»Und ist unser Wolpertinger ein Männchen?«

»Genau. Jetzt pass auf.«

Der Wolpertinger hoppelte auf die Hirschkälber zu. Er schlug ein paar Haken, um die Aufmerksamkeit auf sich zu lenken. Schon bald lugten ihm die Kleinen mit großen, stahlblauen Augen hinterher. Sie fanden Interesse an dem Geschöpf, spitzten die Lauscher und beschnupperten die Erde, über die er zuvor noch gehoppelt war. Als der Wolpertinger dies bemerkte, reckte er sein Hinterteil in die Luft und wackelte kampflustig damit hin und her. Eines der Kälber verstand es als Aufforderung zum Kampf und näherte sich dem Hasentier. Sie standen sich gegenüber und umkreisten sich Schritt für

Schritt, bis sich ihre Geweihe ineinander verhakten. Der Wolpertinger begann zu drücken, aber das Hirschkalb musste nur kurz den Kopf bewegen und schon lag der Wolpertinger auf der Seite und flüchtete in die nächste Hecke. Als er sich von seiner Niederlage erholt hatte, wollte er es jedoch nicht bei dem einen Versuch belassen und näherte sich wieder. Erneut verhakten sie die Geweihe und wieder verlor der Kleine und wieder flüchtete er mit angelegten Ohren.

»Wieso tut er das? Er ist doch viel schwächer«, überlegte sie.

»Er will den Weibchen imponieren.«

»Sollte er sich dann nicht lieber seinesgleichen suchen?«

»Schon. Aber einen Hirsch zu besiegen, macht doch viel mehr her.«

»Aber er schafft es nicht. Er wird es nie schaffen.«

Er sah sie an. »Das ist auch nicht das Problem. Das Problem ist: Er macht sich trotz aller guter Absichten lächerlich, indem er flüchtet. Er dürfte nicht wegrennen. Keines der Weibchen wird ihn je als Partner wählen, wenn er feige davonläuft.«

Lobna wurde das Gefühl nicht los, dass es einen Grund gab, warum er sie hierhergebracht hatte.

»Wieso sind wir wirklich hier? Du wolltest mich doch nicht bloß zum Lachen bringen, oder?«

»Stimmt. Wir sind hier, weil ich wie der Wolpertinger bin. Deshalb mögen er und ich uns auch. Wir sind beide feige. Ich verstecke mich vor der Räbin und das für immer. Keine Frau will einen Angsthasen.«

»Du bist kein Angsthase. Du tust das, was für alle am besten ist. Das ist ein Unterschied.«

»Ich wünschte, ich könnte das auch so sehen.«

»Es reicht, wenn ich es dir jeden Tag sage. Denn ich werde bei dir bleiben.«

Vor ihnen tobte noch immer ein Kampf zwischen Hirschkalb und Wolpertinger.

»Sieh ihn dir an«, sagte Lobna. »Mag sein, dass er wegläuft. Aber er kommt immer wieder. Er gibt nicht auf. Und ist dir schon aufgefallen, dass er es jedes Mal mit einer anderen Taktik versucht? Er greift ihn nie vom gleichen Fleck an. Er ist klug und rennt nicht blind drauflos. Und noch etwas: Im Gegensatz zu den anderen Männchen, die nur gegen ihresgleichen kämpfen, traut sich unser Freund gegen ein Tier anzutreten, dessen Geweih viel größer und stärker ist als seins. Das Kalb ist ihm überlegen und trotzdem traut er sich. Sollte ihm das nicht genug Anerkennung von wenigstens einem Weibchen einbringen, das über einen Sieg hinwegblickt und erkennt, was wirklich in dem Teufelskerl steckt? Es kommt immer nur auf den Blickwinkel an. Die Kunst liegt darin, über das Offensichtliche hinwegzusehen. Wer außer dir, würde der Räbin wohl die Stirn bieten? Niemand.«

Er sah sie an. Faszination spiegelte sich in seinen Augen.

Ehe er antworten konnte, wendete sie sich wieder dem Kampf zu. Der Wolpertinger wollte gerade Anlauf nehmen, da hoppelte eines der Weibchen auf die Wiese und richtete ein Ohr auf. Er hielt inne und sah sie an. Sie hoppelte zwei Schritte auf ihn zu und schnupperte mit der Nase.

»Ich glaube, das Mädchen mag ihn«, flüsterte Lobna und sah den beiden hinterher, wie sie im Dickicht verschwanden.

Dariusz ließ sich mit dem Rücken gegen den Stamm sinken und winkelte die Beine an. »Siehst du mich wirklich so? Bist du die eine Ausnahme, die mich mit anderen Augen sieht?«

Sie nickte.

Er rubbelte sich übers Gesicht, als wäre er nicht mehr bei klarem Verstand. »Ich müsste es an dieser Stelle beenden. Dich fortjagen. Ich will nicht dein Leben ruinieren. Du müsstest dein ganzes Leben mit mir hier fristen. Es wäre nicht einmal möglich, dass du hin und wieder zu deiner Familie zurückkehrst. Man würde dir folgen und mich finden. Es ist viel zu riskant. Für dich, für mich, für alle. Wenn Ksawery an die Macht gelangt, wird er es nicht bei Czarny Kruku belassen, glaub mir.«

»Das macht nichts.« Sie legte den Kopf an seine Schulter. »Ich liebe meine Familie und ich vermisse sie. Ich sehne mich natürlich nach ihnen, aber nach dir würde ich mich ebenso sehnen. Du bist meine Bestimmung, mein Schicksal. Blut verbindet die Menschen automatisch miteinander, aber uns verbindet etwas, das darüber hinausgeht.« Sie hielt ihm ihre offene Handfläche entgegen.

»Ich würde dich gerne davon abbringen, Lobna.« Trotzdem verflocht er seine Hände mit ihren.

»Willst du das wirklich? Mich loswerden?«

»Nein. Ich möchte den Rest meines Lebens mit dir verbringen. Seit du da bist, komme ich meist noch vor dem Morgengrauen zurück, weil ich mich an deine Seite legen möchte. Ich liebe dich. Ich wünschte nur, ich könnte dir ein normales Leben bieten. Und ich wünschte, ich hätte nicht das Gefühl, dass wir gerade nach der Räbin Pfeife tanzen.«

***

Am nächsten Abend war Dariusz nicht mehr davon abzubringen, trotz der Schmerzen loszufliegen. Er wollte bereits in der Dämmerung aufbrechen, um den Überfluss an Albträumen aus dem Weg zu schaffen, der sich in den vergangenen Tagen angehäuft haben musste.

»Versuch mich doch zu verstehen«, flehte er sie an. »Ich fühle mich mit dem Gefieder abstoßend. Die Möglichkeit, damit zumindest die Dorfbewohner vor bösen Träumen zu bewahren, gibt mir das Gefühl, etwas wert zu sein. Es ist meine Bestimmung.«

»Reichen dir meine Gefühle etwa nicht?«

»Natürlich tun sie das.« Er nahm sie bei den Händen und küsste ihre Fingerknöchel. »Aber ich tue das auch für unsere Sicherheit. Wenn nach deinem Verschwinden plötzlich Schwärme von Albträumen über das Dorf kommen, wird es die Bewohner verunsichern und sie vielleicht noch viel eher zu uns in den Wald treiben. Es wäre das Beste, wenn alles so normal wie nur möglich wäre.«

»Aber was, wenn dir etwas geschieht? Stell dir vor, dich verlassen deine Kräfte und du stürzt über dem Dorf ab. Du trägst viel mehr blaue Federn als Waleska. Man wird dich sofort enttarnen und dir den Kopf abschlagen. Nicht auszudenken, was passiert, wenn du Ksawery in die Hände fällst. Das hast du selbst gesagt.«

»Ich weiß …«

Eine Sekunde hatte sie das Gefühl, er würde einlenken. Aber dann stand er auf, drückte ihr einen Kuss auf die Lippen und sagte: »Ich werde heil wiederkommen. Gib mir auf den Wolpertinger acht.«

Er verließ die Hütte, ohne sich umzudrehen.

»Nein! Du bleibst gefälligst hier!« Sie riss an seinem gesunden Arm. »Du musst dich noch ausruhen!«

»Lass los! Es ist meine Aufgabe! Ich fühle mich stark genug!« Er schüttelte sie ab.

»Trotz! Das ist die pure Sturheit, die aus dir spricht.« Sie stapfte wütend mit dem Fuß auf.

Er ballte seine Hände zu Fäusten und blaues Licht umgab ihn. Wenige Sekunden später verschwand er Flügel schwingend im Abendrot.

»Ich hasse dich für deine Dickköpfigkeit! Ohne dich hätte ich es wirklich leichter!«, schrie sie ihm aufgebracht hinterher. »Ich hätte dich niemals suchen sollen!«

Als er nicht mehr zu sehen war, ging sie zurück in die Hütte.

»Unmöglich! Ich kann ihm nicht einmal folgen, um ihn aufzufangen, wenn er abstürzt. Einen Tag … Einen einzigen Tag hätte er doch noch warten können.«

Ihr Magen rebellierte bei dem Gedanken an einen möglichen Absturz über dem Dorf.

Um sich abzulenken, schnappte sie sich den leeren Korb neben dem Feuer und lief hinter den Schuppen, um ihn mit Feuerholz zu füllen.

Da hörte sie das Knacken von Ästen ganz in ihrer Nähe.

Und Schritte.

Sie hielt den Atem an und rührte sich keinen Zentimeter mehr. Das konnte unmöglich Dariusz sein. Er war schon viel zu weit weg, als dass er hätte so schnell zurückkommen können.

»Dariusz?«, hörte sie eine Männerstimme rufen.

Wer ist das?

Der Mann klang aufgebracht. Die Stimme kam ihr seltsam vertraut vor.

Sie hörte das Quietschen der Tür. Er musste einfach so hineingegangen sein. Sie spähte durch das Fenster, aber die Vorhänge verdeckten ihr die Sicht.

»Lobna, bist du da?«

Sie schrak zusammen und rempelte den Holzstapel an, Scheite fielen zu Boden. Sie versuchte, die Scheite aufzufangen, um den Lärm Einhalt zu gebieten, aber es war zu spät.

Hinter ihr ertönten bereits Schritte.

»Da bist du ja!«

Sie stand mit dem Rücken zu dem Fremden und konnte seine Stimme nicht zuordnen. Langsam drehte sie sich um, das Holzstück in ihren Händen fest umklammert, um sich wehren zu können.

Vor ihr stand Wiatscheslaw.

»Was hast du hier zu suchen?«, fuhr sie ihn an.

»Wo ist Dariusz?«

»Woher weißt du, dass er hier lebt? Wem hast du es sonst noch erzählt?« Drohend richtete sie den Holzscheit auf ihn, wovon er sich nicht beeindrucken ließ.

»Beruhig dich. Keiner weiß es, außer mir.«

Nun wurde ihr auch klar, warum sie seine Stimme nicht erkannt hatte. Er redete anders als sonst. Er lallte nicht. »Bist du nüchtern?«, fragte sie irritiert. Das sah ihm überhaupt nicht ähnlich.

»Ich bin immer nüchtern«, entgegnete er.

»Lügner! Du torkelst doch schon morgens zur Schmiede!«

»Das ist alles nur gespielt. Ich trinke nicht. Dariusz und ich arbeiten zusammen. Was glaubst du wohl, wo all die Zutaten für deinen Kuchen herkamen?«

Sie verstummte und blickte ihn fragend an. Er konnte unmöglich von dem Kuchen wissen, wenn Dariusz ihn nicht eingeweiht hatte. »Hast du etwa …?«

»Ja. Ich bringe ihm die nötigsten Sachen vorbei. Seit Jahren tue ich das.«

Er musste die Wahrheit sagen und scheinbar gab es auch einen dringenden Grund, warum er plötzlich hier auftauchte. Er wirkte abgehetzt und seine Locken klebten ihm schweißgetränkt an der Schläfe.

»Komm mit rein. Ist dir jemand gefolgt?« Skeptisch lugte sie in den Wald hinein.

»Nein. Keine Sorge.«

Er folgte ihr nach drinnen und nahm Platz. Am Tisch saßen sie sich gegenüber wie bei einem Verhör.

»Wenn ihr gemeinsame Sache macht, wieso wolltest du während der Hochzeitszeremonie verhindern, dass ich ihn suche? Du wusstest, dass er hier lebt und die Chance bestand, ihn zu finden«, ergriff Lobna das Wort, während er sich die Stirn mit einem Tuch trocken tupfte.

»Genau das wollte ich vermeiden. Ich bin weder blind noch blöd. Ich habe genau gesehen, dass es beim Würfelspiel nicht mit rechten Dingen zuging. Manteia hatte ihre Finger im Spiel. Ich weiß nicht, in welcher Verbindung sie zur Rabenfrau steht, ob es überhaupt eine gibt, aber mir ist ihr starrer Blick auf deinen Glücksstein nicht entgangen. Die Sache stinkt gewaltig. Hat dir Dariusz schon von den Geschicken erzählt, die man uns vermacht hat?«

»Ja.«

»Ich bin genauso wie er daran interessiert, sie niemals in Ksawerys Hände fallen zu lassen. Ich war mir nicht sicher, ob du, wenn du

Dariusz findest, im Dorf davon berichten würdest. Ihn vielleicht sogar ins Dorf schleppen würdest. Die Gefahr wollte ich von vorneherein verhindern.«

»Weshalb die Schauspielerei als Trunkenbold?« Sie konnte noch immer nicht fassen, dass er allen etwas vorgemacht hatte.

»Um Ksawery loszuwerden. Nach dem Zusammentreffen mit der Räbin vor zehn Jahren wollte er mich auf seine Seite ziehen. Ich sollte Dariusz mit ihm suchen, weil ich ein viel besserer Jäger und Kämpfer bin als er. Je älter ich wurde, desto aufdringlicher wurde er. Es wurde ihm immer wichtiger, endlich an die Geschicke zu kommen und König zu werden. Also habe ich mir überlegt, dass ich ihm als Trinker keine Hilfe mehr sein würde. Mein Plan ging auf. Er verlor das Interesse an mir. Ich war nur noch ein Klotz, der ihm im Wald hinterherstolperte und mit meinen lauten Suffgesängen die Raben samt Dariusz vertrieb.«

Sie nickte. »Verstehe. Ich muss mich bei dir entschuldigen. Ich habe dich mit völlig falschen Augen gesehen.«

»Nicht der Rede wert. Ich sehe es als Kompliment, wenn du nicht hinter meine Fassade blicken konntest.«

Beide schwiegen einen Moment, bis Wiatscheslaw tief Luft holte.

»Hör zu. Ich war dir eine Erklärung schuldig und ich hoffe, du kannst mir nun vertrauen, aber jetzt muss ich zu Dariusz. Wo steckt er? Ich muss dringend mit ihm reden«, durchbrach er die Stille. Noch immer rann Schweiß von seiner Stirn. Er musste den Weg hochgerannt sein. Oder aber etwas zehrte an seinen Nerven.

»Er ist nicht da. Er ist heute schon früh losgeflogen, um die Albträume zu sammeln, die sich in den letzten Tagen angesammelt haben.«

»War er verletzt?«

»Er ist es immer noch. Dieser Sturkopf … Ich hoffe, er verliert seine Kräfte nicht über dem Dorf. Er ist noch immer geschwächt. Ksawery hat ihn böse erwischt. Ein Flügel ist gebrochen.«

»Ksawery …«, murmelte Wiatscheslaw und eine Zornesfalte bildete sich auf seiner Stirn.

»Ja. Er hat ihn gejagt und getroffen. Zum Glück konnte sich Dariusz schnell genug verstecken.«

»Nicht schnell genug.« Er sah sie ernst an.

19. Kapitel

»Warum? Was ist passiert?«

Wiatscheslaw schüttelte den Kopf und suchte händeringend nach den richtigen Worten. »Ich will dich nicht beunruhigen.«

»Das tust du aber gerade. Raus mit der Sprache!«

»Du bist nicht wiedergekommen. Alle haben sich Sorgen um dich gemacht. Sie befürchteten das Schlimmste.«

»Das wäre?«

»Dass Dariusz ein Hexer ist und dich gefangen hält. Die Raben und die Albträume haben alle verunsichert.«

»Blödsinn!«

»Das habe ich auch gesagt. Ich sagte, du wärst wahrscheinlich gestürzt und in der Schlucht umgekommen. Vielleicht von Wölfen zerfetzt worden. Ich wollte die Leute davon abhalten, den gesamten Wald nach dir zu durchkämmen. Aber niemand will an einen Unfall glauben. Alle haben sie denselben Albtraum: Dariusz, der dich gemeinsam mit Waleska zu Tode foltert.«

»Oh nein …«

Er schlug die Augen nieder. »Sie sind alle sehr betroffen und ihre Stimmung wechselt stündlich zwischen Trauer, Angst und Hoffnung.«

Einen Moment stellte sie sich vor, was sich wohl gerade in ihrem Elternhaus abspielte. Doch jetzt war keine Zeit, um Trübsal zu blasen. »Niemand darf Dariusz je finden.«

»Deshalb bin ich hier. Man suchte bereits nach dir und Dariusz. Dein Vater ist vor ein paar Tagen mit einigen Männern losgezogen.

Natürlich fanden sie dich nicht. Keiner glaubte, dass du es so weit den Berg hinaufgeschafft haben könntest. Stattdessen suchten sie bis in die späten Abendstunden den Abhang ab. Nur Ksawery konnte es nicht dabei belassen.« Wütend schlug er die Faust auf den Tisch. »Ich habe ihn Nacht für Nacht aus dem Haus schleichen sehen. Ich wusste, er geht in den Wald. Ich war jedes Mal heilfroh, wenn er ohne dich und Dariusz heimkehrte.«

»Was ist dann passiert?« Sie lauschte ihm angespannt.

»Gestern saß ich in der Schmiede. Ich habe für Zocha eine Kette mit Herzanhänger gegossen.« Er schloss die Lider und schmunzelte. »Sie gibt nicht viel auf diesen romantischen Kitsch, aber irgendwie muss ich ihr ja meine Liebe zeigen.«

Lobna lächelte ihn an. »Du magst sie wirklich.« Obwohl es ein ungünstiger Zeitpunkt für solche Gespräche war, freute sie sich, zu hören, dass es ihrer Schwester gut ging.

»Ich liebe sie. Zocha ist zäh und packt an und ich weiß, sie wird eines Tages eine herausragende Mutter für unsere Kinder sein.« Er schüttelte den Kopf, um sich wieder auf den Grund, warum er hier war, zu besinnen. »Jedenfalls hat jemand auf dem Marktplatz das Horn geblasen. Du weißt, die letzten Male als das passiert ist, brachte es keine guten Neuigkeiten. Sofort habe ich alles stehen und liegen lassen und bin hinausgeeilt. Sogar die Arbeiter von den Feldern kamen gerannt. Olaf Pawlak stand mit Ksawery auf der Tribüne. Als sich alle versammelt hatten, berichtete Ksawery, dass er jagen war und dabei Dariusz getroffen hat. Angeblich sei er mit Waleska durch die Wälder gestreift und dich hätten sie an einer Eisenkette durch den Schnee geschleift. Er bestätigte damit die Albträume aller. Die Götter sollen verdammt sein, aber ich hasse diesen Lügner!«, brüllte er und Blut wallte ihm durch Wangen und Ohren. »Ich wusste, dass es nicht stimmt, aber was sollte ich tun? Also stand ich da und habe zugehört. Du ahnst nicht, wie sehr ich mich zügeln musste. Aber es war nötig, um zu erfahren, was vor sich geht. Ksawery erzählte, dass Dariusz und Waleska ihn töten wollten, als er dir zur Hilfe eilen wollte. Er hätte sich gerade noch in Sicherheit bringen können.«

»Haben ihm die Leute geglaubt?«

»Dein Vater, ja. Er hat es sogar unwissentlich noch schlimmer gemacht. Er sagte, Waleska hätte Ksawery sicherlich niemals gehen lassen, wenn sie nicht gewollt hätte, dass Ksawery heimkehrt und ihm davon berichtet, wie die beiden dich quälen. Er meinte, sie wolle sich damit an ihm rächen. Mit diesem Argument hatte er sofort die Hälfte aller Bauern auf seiner Seite, die deinem Vater helfen wollen.«

»Und die andere Hälfte?«

»Die armen Irren haben den Köder geschluckt, den Ksawery ihnen anschließend zuwarf. Er packte zwei blaue Federn aus. Er muss sie gefunden haben, als er Dariusz verletzt hat. Ich muss dir nicht sagen, was das für einen Aufstand gab. Zwei Federn! Jeder weiß, dass die Räbin nur eine besitzt. Es war für alle der Beweis, dass die Geschichte mit Dariusz, dem Hexer, stimmt. Und Ksawery konnte sich als großer Held aufspielen, der ritterlich versucht hat, dich zu befreien.«

»Widerliches Schwein!«, fluchte Lobna. »Was wollen sie tun? Hat mein Vater etwas gesagt?«

»Deshalb bin ich hier. Uns läuft die Zeit davon. Sie haben einen Fackelzug geplant. Alle wollen mitgehen!«

»Aber wie wollen sie Dariusz dadurch finden? Sie müssen doch ahnen, dass er als Vogel weit über ihren Köpfen fliegen kann.«

Wiatscheslaw druckste herum. »Hör zu. Sie wollen jeden Zentimeter dieses Waldes durchkämmen und wenn sie dich nicht lebend finden, werden sie alles niederbrennen. Selbst ein Vogel kann nicht endlos in der Luft verweilen.«

»Sind die denn von allen guten Geistern verlassen? Das können sie nicht machen!«

»Sie können! Das Ackerland liegt auf der anderen Seite des Sees. Das Feuer wird nicht um das Wasser herumkommen. Und Wild gibt es im nördlichen Wald genügend.«

»Die spinnen! Wir müssen handeln. Ich muss etwas tun, um sie aufzuhalten.«

»Da ist noch etwas.«

»Mach mich nicht schwach. Das Ganze ist schon schlimm genug.« Sie stützte die Ellbogen auf den Tisch und raufte sich die Haare. Das war zu viel für sie.

»Ksawery hat Zocha. Sie wollte Bozena nach der Ansprache auf dem Marktplatz besuchen und fragen, ob das alles wahr ist. Da hat er sie in seine Gewalt gebracht. Er ist nicht dumm. Er hat alles genau durchdacht.«

»Was will er damit bezwecken?«

»Er muss gewusst haben, dass ich schon lange in Zocha verliebt bin. Ich Idiot habe es in der Schenke auch einfach zu oft hinausposaunt. Also will er mich mit ihr erpressen. Er kam zu mir und sagte, wenn ich Dariusz auch nur ein Sterbenswörtchen erzähle, fließt Blut. Welches, wirst du dir denken können.«

»Aber du sagtest doch, dass er keinen Verdacht schöpft, weil du dich immer als Betrunkener getarnt hast?«

»Wie sehr er mich mit Zocha tatsächlich unter Druck setzt, ahnt er auch nicht. Zumindest glaube ich das. Wenn er von den Treffen zwischen Dariusz und mir gewusst hätte, wäre er mir sicherlich eines Tages gefolgt und hätte sich Dariusz geschnappt. Mit der Drohung wollte er mich bloß nebenbei in meine Schranken verweisen, bevor ich auf dumme Gedanken komme. Der eigentliche Grund für die Gefangennahme bist du. Wenn der Fackelzug erfolglos bleibt, will er dich mit Zocha erpressen. Dariusz im Tausch gegen Zocha. Ksawery weiß, dass man dich finden wird. Du kannst dich ja nicht verwandeln. Aber was Dariusz angeht, ahnt er, dass er auf deine Hilfe angewiesen ist.« Er schüttelte den Kopf. »Er hat damit gleich zwei Fliegen mit einer Klappe geschlagen. Ich bin machtlos. Es ist schon zu viel, dass ich überhaupt hier bin. Ich muss schnellstmöglich zurück ins Dorf, bevor er herausfindet, dass ich tatsächlich mit Dariusz unter einer Decke stecke.«

»Dieser verdammte Mistkerl! Die Götter sollen ihn holen und mit Blitz und Donner in tausend Stücke zerbersten lassen!«

»Zügele deine Wut. Wir brauchen einen Plan.«

»Das sagst du so leicht. Sieh dich doch um! Hier gibt es nichts, was uns im Kampf gegen eine Horde Männer helfen könnte. Die Armbrust tötet vielleicht einen Habicht, aber keine fünfzig Mann.«

»Selbst, wenn du hundert Mann und Waffen hättest, würdest du niemals das ganze Dorf ausrotten. Dafür kenne ich dich zu gut, Lobna. Es muss einen anderen Weg geben.« Nachdenklich tippte er sich ans Kinn.

»Die Wahrheit können wir nicht preisgeben, Wiatscheslaw. Es würde Ksawery zwar als Lügner bloßstellen, aber auch Dariusz' und deine Fähigkeiten enttarnen. Ich traue den Bewohnern nicht. Sie würden euch steinigen, auch wenn ihr niemandem etwas zuleide tut.« Sie ließ den Blick durch den karg möblierten Raum wandern. »Es sei denn …« Sie lief zur Truhe, in der auch ihr Jutesack lag. Sie nahm ihn heraus und hielt ihn in die Luft. »Wir kommen ihnen zuvor. Sie wollen Dariusz tot sehen? Können sie haben!«

»Mach mir keine Angst. Was ist da drin?«

Sie drehte den Sack auf den Kopf und ließ das Skelett in seinen Einzelteilen auf den Boden fallen. Der Schädel rollte vor Wiatscheslaws Füße und starrte ihn aus leeren Augenhöhlen an.

Wiatscheslaw schluckte schwer bei dem Anblick.

»Will ich wissen, wie du da ran gekommen bist?« Er gab dem Schädel einen Tritt, sodass er zurück zu ihr rollte.

»Sagen wir es so: Herr Sargnagel legt nicht allzu viel Wert auf die ewige Ruhe.«

»Ich verstehe. Aber … Das hier sind nur Knochen. Wie willst du ihnen weismachen, dass er so schnell verwest ist? Vergiss nicht: Ksawery hat ihn vor Kurzem erst gesehen.«

»Sieh zu und lern.« Sie sammelte die Knochen ein und warf sie in die Asche im Kamin. »Ich werde behaupten, ihn in einem unachtsamen

Moment ins Feuer gestoßen zu haben.« Mit einem Schürhaken sorgte sie dafür, dass die Knochen mit genug Kohlestaub bedeckt wurden.

»Das könnte tatsächlich funktionieren.« Er nickte anerkennend und half ihr, die geschwärzten Knochen wieder in dem Beutel zu verstauen. »Wir müssen uns aber beeilen, wenn wir die Meute aufhalten wollen.«

»Dann nichts wie los.«

Den Weg ins Dorf rannten beide mehr, als dass sie ihn liefen. Lobna hatte für den Aufstieg vom Dorf aus fast einen Tag gebraucht. Wie weit Dariusz sie noch bis zur Hütte getragen hatte, wusste sie nicht. Ein Grund mehr, sich zu beeilen, bevor der Fackelzug womöglich die Hütte fand. Wiatscheslaw hatte ihr den Jutebeutel abgenommen, damit sie schneller vorankam.

»Kannst du noch?«, fragte er.

»Ja. Ich muss.« Sie war außer Puste, aber sie durfte nicht aufgeben. Was war eine Pause, wenn sie sich dafür ihr Leben lang vorwerfen müsste, Dariusz auf dem Gewissen zu haben? Sie legte noch einen Zahn zu und schloss zu Wiatscheslaw auf, der ein paar Meter vor ihr herlief und Dornen zur Seite knickte. Von überall her hörte man das Heulen von Wölfen. Es war mitten in der Nacht und stockfinster, was den Abstieg zusätzlich erschwerte. Jeder Ast, der unter ihren Füßen brach, krachte laut. Keine Vögel und kein Lüftchen schluckten die Geräusche, die sie verursachten. Es war leichtsinnig bei Nacht durch die Wälder zu streifen. Die Gefahr, als Beute von Raubtieren umzingelt zu werden, war ungemein groß, wie sie selbst erfahren hatte. Obwohl sie sich nach Schlaf sehnte, war es ein Grund mehr, durchzuhalten. Sie bereute, die Armbrust nicht mitgenommen zu haben. Wiatscheslaws Schwert, das mit jedem Schritt neben seinem Bein vor- und zurückschwenkte, würde im Zweifelsfall niemals allen Angreifern Einhalt gebieten können. Lobna hoffte, dass ihr Plan nicht von irgendwelchen Raubtieren zunichtegemacht werden würde.

»Wann soll der Fackelzug beginnen?«, hakte sie nach.

»Sie müssten längst auf dem Weg sein. Deinen Vater hielt nichts mehr, als Ksawery erzählte, wie die beiden dich angeblich durch den Wald geschleift haben.«

Wie auf ein Stichwort hörte Lobna Zweige brechen.

»Pst!« Sie drückte ihm eine Hand auf die Brust, damit er stehen blieb.

»Was ist los?«

»Hör hin.«

Noch mehr Äste knickten. Stimmengemurmel wurde laut. In einiger Entfernung war nun auch das rötliche Leuchten von Feuer zu erkennen.

»Da sind sie!«, flüsterte sie und zerrte ihn am Ärmel in die Richtung, aus der die Stimmen kamen.

»Warte!« Er zog eine Fackel aus dem Jutebeutel. »Sie dürfen uns nicht zusammen sehen. Es darf nicht auffallen, dass ich nicht mit den anderen losgezogen bin. Wir würden uns nur verdächtig machen. Geh zu ihnen. Jeder wird auf dich achten. Ich laufe derweil den Hang hinab und schließe mich ihnen von hinten an. Wir treffen uns im Dorf.

»Lass dich nicht erwischen.«

»In Ordnung.«

Sie wartete, bis er außer Sichtweite war »Hallo! Hier bin ich!«, rief sie dann und stolperte mit dem Sack auf die Fackelträger zu. »Hier drüben!« Sie winkte mit einem Arm und schleifte den Beutel hinter sich her.

Die Stimmen wurden lauter, ihr Name wurde gebrüllt und die Fackeln näherten sich immer schneller.

»Lobna!«

Sie erkannte die Stimme ihres Vaters, der den Fackelzug anführte.

»Vater! Hier drüben!«

Er steuerte auf sie zu und scherte sich dabei nicht um die Dornenranken und Äste, die ihm ins Gesicht peitschten. »Mein Kind!«

Stürmisch umarmte er sie und zerquetschte sie fast, so fest hielt er sie. Sie roch den Geruch seines muffigen Bärenfells, so tief steckte ihre Nase durch seine kräftige Umarmung in seinem Pelz. »Ich dachte, du wärst tot. Ksawery hat uns alles erzählt. Er hat versucht, dich zu retten, aber es war ihm unmöglich. Beinahe hätten die Räbin und ihr Abschaum ihn getötet. Nachdem ich davon erfahren habe, haben wir alle uns sofort auf die Suche nach dir begeben.«

Sie knirschte mit den Zähnen. Die Wahrheit wollte aus ihr heraussprudeln, aber sie musste mitspielen, wenn sie Dariusz und ihre Familie schützen wollte.

Ksawery und Olaf Pawlak traten zu ihnen heran und auch die anderen versammelten sich im Kreis um Lobna. Auch Wiatscheslaw befand sich darunter. Er wankte von links nach rechts und rempelte seine Nebenmänner an, während er sich einen Flachmann an den Mund führte. Er war wirklich ein begnadeter Schauspieler.

Hoffentlich gelingt mir das auch. Sie wandte sich an Ksawery.

»Ist das wahr? Du wolltest mich retten?« Schluchzend fiel sie ihm um den Hals. Sie spürte, wie er sich verkrampfte. Mit dieser Reaktion hatte er offenbar nicht gerechnet. Unbeholfen tätschelte er ihren Rücken.

»Ja. Natürlich. Es ist mir nur leider nicht gelungen.«

»Oh doch! Ist es!« Sie schaute ihn von unten herauf mit großen Augen an. »Wenn du nicht gewesen wärst, hätte man sich nie auf die Suche nach mir gemacht.«

»Nicht der Rede wert. Du hast schließlich selbst zu uns gefunden.«

»Das ist nicht wahr. Meine Rettung ist allein dir zu verdanken.« Sie umklammerte ihn noch immer, um ihre Dankbarkeit zu unterstreichen. Am liebsten hätte sie ihn von sich gestoßen und angespuckt. Er hatte all die Aufmerksamkeit nicht verdient, und der Gedanke, dass sie ihn für den Rest ihres Lebens als Retter feiern musste, widerte sie an. »Die Räbin hat dich belauscht. Sie wusste von dem Fackelzug. Sie hat es diesem Dariusz, der nicht mehr als ihr Handlanger war, erzählt.«

»Also ist es wahr? Du hast meinen Jungen gefunden?«, mischte sich Pawlak ein.

»Ja, das habe ich. Eine grässliche Rabengestalt. Hinkte der Räbin stets wie ein Diener hinterher.« Sie wollte nicht näher darauf eingehen und widmete sich wieder Ksawery. »Sie hat ihn dazu verdonnert, mich zu bewachen, während sie sich aus dem Staub gemacht hat. Sie hat irgendetwas von Krakow gefaselt. Ich glaube, die kommt nie wieder.«

»Und was ist mit Dariusz?«, hakte Ksawery nach und verengte seine Augen zu Schlitzen. Ihm war deutlich anzusehen, dass er sich nicht sicher war, ob sie gerade die Wahrheit sagte oder ihn nur an der Nase herumführte. Schließlich wusste er besser als alle anderen, dass er gelogen hatte und die Wahrscheinlichkeit, dass sich dennoch alles genau so abgespielt hatte, verschwindend gering war.

»Er wurde panisch, als er bemerkte, dass er alleine für mich verantwortlich ist. Er war noch nie alleine mit einer Frau und wusste nicht recht, was er tun sollte. Er wollte höflich sein und mir Suppe anbieten.« Sie legte eine Pause ein. Alle hörten ihr gebannt zu. »Als er mir eine Schale füllte, habe ich ihn ins Feuer gestoßen.«

Sie löste sich von Ksawery und schleifte den Jutesack vor ihre Füße. »Da drin sind seine Überreste.« Sie fischte einen langen Röhrenknochen heraus und hielt ihn in die Luft. Ein Raunen ging durch die Menge. »Wir können heimkehren. Wir werden die Räbin und Dariusz nie wieder fürchten müssen«, verkündete sie.

»Soso …«, flüsterte ihr Vater hinter ihr.

Sie blickte kurz zu ihm.

Er hielt ihrem Blick stand. Er wusste, dass es nicht Dariusz' Knochen waren. Er selbst hatte ihr den Sack überreicht und das Geschäft mit Herrn Sargnagel ausgehandelt.

Bitte halt den Mund. Schlag dich nur dieses eine Mal nicht auf Ksawerys Seite, flehte sie innerlich. Sie wusste, dass das Gelingen von ihrem Vater abhing und davon, ob er sie an Ksawery verriet oder ihr die Treue hielt.

20. Kapitel

»Vater, ich möchte nur noch nach Hause«, sagte sie bestimmt. Sie hoffte, er verstand, dass seine Meinung gerade nicht gefragt war.

Er schien zu überlegen. »Dann soll es so sein«, erwiderte er nach einem Moment des Schweigens, beäugte sie aber noch immer misstrauisch.

Nach und nach löste sich der Menschenauflauf um sie herum auf und kehrte um. Der Rückweg wurde begleitet von fröhlichen Liedern über die Jagd und über schöne Maiden. Lobna gab sich einen Ruck und stimmte in die Gesänge mit ein. Sie musste schließlich zum Ausdruck bringen, wie glücklich sie über ihre Heimkehr war, um keinen Verdacht zu wecken. Dabei war ihr nur nach weinen zumute. Mit jedem Schritt, den sie sich von der vertrauten Hütte entfernte, schlug ihr Herz einen Takt langsamer. *Was wird Dariusz denken, wenn er heimkommt und mich nicht findet?*

Als sie kurz vor dem Morgengrauen im Dorf eintrafen, war alles still. Nur die Mühle ließ ihr Rad durch den Bach plätschern und eine schwarze Katze huschte geduckt in einen Heuschober. Die Fensterläden der umliegenden Häuser waren zugezogen. Niemand erwartete sie, denn keiner hatte damit gerechnet, dass die Männer schon so früh zurückkehren würden. Noch dazu erfolgreich.

»Wir sollten sofort das Horn blasen und die frohe Kunde verbreiten«, schlug Pawlak vor. Übermut lag in seiner Stimme. Er hatte glasige Augen. Gezeichnet von Müdigkeit und Alkohol. Mit jedem seiner Worte schlug ihr eine Fahne von Kräutern und Hochprozentigem entgegen. Auf dem Rückweg hatten sich die Männer mit Schnaps zugeschüttet, den sie sich für die kalten Nächte im Wald eingesteckt hatten. Nachdem Lobna aufgetaucht war, hatten sie ihn kurzerhand zum Feiern zweckentfremdet.

Sie ahnte, weshalb er möglichst schnell die guten Nachrichten im Dorf verbreiten wollte. Ksawery wäre der Retter. Der Held. Und wer wollte nicht gerne einen strahlenden Mann auf dem Thron wissen, der keine Mühen und Gefahren scheute?

»Herr Pawlak, ich weiß, dass ich Ihrem Sohn mein Leben zu verdanken habe, und alle sollen es erfahren. Meine Schwester kann sich glücklich schätzen, einen solchen Mann an ihrer Seite zu haben. Ich wette, jede Frau im Dorf wird sich wünschen, einen Mann wie ihn zu bekommen. Jede Mutter und jeder Vater einen Sohn wie Ksawery.«

Pawlak nickte eifrig und fühlte sich in seinem Vorhaben bestätigt.

»Aber gönnen sie mir etwas Ruhe. Die letzten Tage waren die reinste Folter. Der Abstieg beschwerlich. Ich brauche dringend Schlaf. Wenn Sie es jetzt kundgeben, wird man mich ausfragen wollen. Dazu fehlt mir die Kraft. Später ist noch genug Zeit. Vor allem kann die Kundgebung dann gleich in ein prachtvolles Fest übergehen.« Sie schmierte ihm so viel Honig ums Maul, dass es triefte.

Sie wollte sich Zeit verschaffen und durchdenken, was sie den neugierigen Bewohnern erzählen wollte. Sie durfte keinen Fehler machen. Die kleinste Ungereimtheit konnte ihre Lüge auffliegen lassen.

Ein wenig enttäuscht ließ er die Schulter hängen. »Du hast recht. Ruh dich aus, Mädchen. Wir werden später eine große Sache daraus machen. Leg dich erst einmal schlafen. Vielleicht kannst du danach den Leuten gleich aus erster Hand schildern, wie es sich zugetragen hat.«

»Vielen Dank.« Sie knickste und ging ins Haus, bevor er es sich anders überlegen konnte. Ihr Vater folgte ihr. Sie spürte seine Blicke in ihrem Rücken. Seitdem sie das Skelett als das von Dariusz ausgegeben hatte, hatte er sie nicht mehr aus den Augen gelassen. Er wusste, dass etwas faul war. Er schloss die Tür und holte Luft, um sie auszufragen. Da schoss auch schon ihre Mutter auf sie zu und schloss sie fest in die Arme.

»Mein Kind! Mein Baby! Mein Herz!« Sie wurde nicht müde, ihre Tochter mit Küssen zu übersähen und bei allen Kosenamen zu rufen, die ihr einfielen. »Du lebst!«

»Ja. Ich lebe.« Sie lächelte. »Ich bin allerdings sehr erschöpft. Ich würde gern schlafen.«

»Natürlich! Natürlich! Du musst wieder zu Kräften kommen. Ruh dich aus.« Ihre Mutter schaute mit wässrigen Augen ihren Mann an. Ihre Augen strahlten vor Freude und vor Überwältigung stand ihr der Mund offen. »Unsere Tochter ist zurück. Kannst du das glauben? Du hast sie mir tatsächlich wieder gebracht. Ich habe dir Unrecht getan.« Sie fiel ihm dankbar um den Hals und säuselte Liebesschwüre in seine Halsbeuge.

Lobna nutzte die Chance und kletterte die Leiter zum Dachboden hinauf. Sie hatte noch keine Idee, wie sie ihren Vater davon überzeugen wollte, dass es tatsächlich Dariusz' Knochen waren. Oder sollte sie sich ihm anvertrauen? Konnte sie ihm trauen?

Seit ihrer Abwesenheit hatte sich nichts verändert. Außer, dass ihre Schwestern ihr Hab und Gut hatten abholen lassen und abgesehen von den drei Betten nichts mehr darauf hindeutete, dass jemand hier oben wohnte. Sie strich über Zochas Schlafstätte. *Hoffentlich liegst du schon wieder in Wiatscheslaws Armen.*

Sie hoffte inständig, dass Ksawery ihr die Lüge abgekauft hatte und nun auf anderem Wege versuchen würde, zu Ruhm, Ehre und der Silberkrone zu gelangen. Sie hatte ihm schließlich die beste Vorlage geboten, um als angesehener Mann zur Macht zu gelangen. Morgen würden sich alle um den Helden Ksawery reißen und es wäre ein Leichtes, die Leute mithilfe von Mikolaj und Olaf Pawlak zu überzeugen, dass er als König Czarny Kruku wieder großmachen konnte. Sie gönnte es ihm zwar mit keiner Faser ihres Körpers, aber immerhin wäre seine Gier nach Macht damit gestillt und er besäße dennoch nicht die vernichtenden Geschicke des Raben.

Gähnend fiel sie auf ihr altes Bett. Das Stroh unter dem Leinen war viel weicher als die harte Holzbank in der Waldhütte, aber trotzdem nicht annähernd so gemütlich. Ihr fehlte die Geborgenheit, die Dariusz ihr Nacht für Nacht geschenkt hatte. Auch den kleinen Wolpertinger vermisste sie. Sie fasste auf die Stelle neben ihrem Bein, wo er die letzten Tage immer geschlafen hatte. Das Laken war leer und kalt. Ohne es aufhalten zu können, rannen ihr Tränen die Wangen hinab. Ohne den Trubel um ihre Person spürte sie zum ersten Mal, was es hieß, wieder im Dorf zu sein: Sie würde beide nie wiedersehen. Das wurde ihr erst jetzt richtig bewusst. Am liebsten wäre sie aufgesprungen und sofort wieder zurück in den Wald gerannt. In die Hütte, die ihr so vertraut geworden war und die sie zu einem kleinen Zuhause gemacht hatten. Sie stellte sich vor, wie sie dort auf Dariusz warten würde, der ihr mit einem breiten Lächeln seine neuste Beute präsentieren würde. Diese Momente würde es fortan nur noch in ihrer Fantasie geben. Wenn sie gleichzeitig Dariusz und ihre Familie mitsamt den Dorfbewohnern vor Ksawery beschützen wollte, musste sie eine Lüge leben. Es war das zweite Mal in ihrem Leben, dass sie aus Liebe und zum Schutz derer, die sie liebte, ihre eigenen Bedürfnisse zurückstellte. Doch dieses Mal war es viel schmerzhafter. Sie liebte Dariusz und dieses Gefühl brachte sie schier um den Verstand. Ihr Herz krampfte sich zusammen, ihr Magen schlug Salto und jeder ihrer Gedanken drehte sich um ihn. Das musste die Liebe sein, von der Manteia ihr erzählt hatte. Die Liebe, die angeblich so erfüllend war. Trotz dem Leid, dass ihr nun zuteilwurde, wusste sie, dass sie auch nicht eine Sekunde davon würde rückgängig machen wollen. Für den Rest ihres Lebens würde sie sich an die wenigen Tage mit Dariusz erinnern. Unter Tränen lächelte sie, als ihr bewusst wurde, dass gerade sie, die steif und fest behauptete, die Liebe nicht zu brauchen, nun diejenige war, die diese

Liebe selbst unter Schmerzen nicht einbüßen wollte. *Ich werde meinen Geliebten nie wiedersehen.*

Der Gedanke ließ sie nicht mehr los. Immer mehr Tränen sickerten aus ihren Augen und sie zog die Decke enger um sich. Kein Luxus dieser Erde würde ihr Dariusz' Nähe ersetzen können. Nie mehr. Sie fragte sich, wie sie den Rest ihres Lebens ohne ihn auskommen wollte. Solange Ksawery lebte, würde sie sich nicht heimlich mit Dariusz treffen können. Das Risiko war zu hoch. *Vielleicht kann ich Wiatscheslaw über Zocha Briefe zukommen lassen, die er an ihn weiterreicht?*

Wie oft trafen sich die beiden überhaupt? Würde es nach diesem Tumult überhaupt noch Treffen geben? Wie sie Dariusz einschätzte, zog er es wahrscheinlich vor, allen Gefahren aus dem Weg zu gehen und sich völlig zurückzuziehen, vielleicht sogar den Wald verlassen.

Wieder krampfte sich ihr Magen zusammen. Ohne ihn wäre der Wald nur noch ein Wald.

Was musste er überhaupt von ihr denken? Ihre letzten Worte waren gewesen, dass sie es ohne ihn leichter hätte. Dariusz ahnte nichts von Wiatscheslaws Besuch. *Wahrscheinlich denkt er, ich habe ihn verlassen.*

Die Erkenntnis traf sie wie ein Schlag. Wimmernd krallte sie sich ins Kissen und unterdrückte ein Schluchzen. Er hatte nie daran geglaubt, dass ihn jemand wirklich lieben könnte und mit ihrem überstürzten Aufbruch, hatte sie ihm genau das vermittelt.

Die Vorstellung, wie sehr er womöglich litt und wie er nun über sie denken musste, zerriss sie in ihrem Innern. Lieber wollte sie sterben, als ihm weiszumachen, dass sie ihn nicht liebte und verlassen hatte. Aber wenn sie ihren Gefühlen nachgab und zu ihm zurückkehrte, würde alles wie ein Kartenhaus in sich zusammenfallen. Ksawery würde ihr folgen und Dariusz in seine Gewalt bringen. Er würde mit den Geschicken des Raben alle unterdrücken. Sie musste sich die Konsequenzen ins Gedächtnis rufen, um nicht schwach zu werden.

Zocha … Wie ging es überhaupt ihren Schwestern?

Obwohl sie erschöpft war und ihre Augen vom Weinen geschwollen, konnte sie nicht schlafen. Der Gedanke an Dariusz, ihre Schwestern und Ksawerys Machenschaften brachten sie um ihren wohlverdienten Schlaf. Stunde um Stunde zog der Nachtwächter mit seiner Laterne am Haus vorbei und verkündete die volle Stunde. Seit vier Uhr harrte sie am Fenster aus und wartete auf die Morgendämmerung. Sie wollte, so schnell es ihr nur möglich war, zu Zocha. Sie musste sehen, ob sie unversehrt war. Mit den ersten Sonnenstrahlen verließ sie sofort das Haus. Sie war die Erste in den Straßen. Ab und an hörte man Fensterläden, die aufgeklappt wurden. Langsam erwachte das Dorf zum Leben. Sie beeilte sich, um nicht Ksawery oder Olaf in die Hände zu laufen, die sicherlich schon auf ihren großen Moment heischten.

Erst vor der Schmiede verlangsamte sie ihre Schritte. Es war eine offene, lediglich mit Reet überdachte Schmiede, die nachts mit einem Gatter umzäunt wurde. Sie lief zum Haus daneben, das Wiatscheslaw von seinen Eltern geerbt hatte, und schlug dreimal mit dem Türklopfer gegen das Holz der Tür. Der wuchtige Klang des eisernen Bärenkopfes war in der ganzen Straße zu hören. Hektisch sah sie sich um.

Ein weiterer Fensterladen wurde aufgestoßen und eine Taube von ihrem Nachtquartier verscheucht.

Mach schon auf.

Sie wollte erneut klopfen, da wurde mit einem Quietschen von innen die Klinke nach unten gedrückt. Die Tür öffnete sich einen Spalt und Wiatscheslaw schielte mit einem Auge nach draußen.

»Was machst du hier?«, zischte er ihr zu, streckte den Kopf nach draußen und zerrte sie in die Stube, während er sich umsah. Schnell verschloss er die Tür. »Hat dich jemand gesehen?« Er rannte zum Fenster und spähte hinaus.

»Nein. Niemand.«

»Und deine Eltern? Sie werden sich fragen, wo du steckst.«

»Sie werden denken, ich sei zu Manteia gelaufen, wie ich es immer getan habe.«

»Trotzdem war es leichtsinnig.«

»Ich musste zu euch. Ich muss wissen, ob es Zocha gut geht.« Sie sah sich um. »Wo ist sie? Schläft sie noch?«

Er sagte nichts. Stattdessen setzte er sich an einen Tisch und rieb sich mit den Handflächen übers Gesicht. Bei genauerem Hinsehen, bemerkte Lobna, wie erschöpft er aussah. Er wirkte viel blasser, faltiger und ausgezehrter als sonst.

»Was ist mit dir? Wo ist Zocha?«, fragte sie noch einmal.

Er lehnte sich zurück und schlug mit der flachen Hand nervös auf den Tisch.

»Nicht bei mir«, knurrte er.

»Was soll das heißen?«

»Ksawery hat noch immer nicht das, was er wollte. Also hält er sie weiterhin gefangen.«

»Aber er hat etwas Gleichwertiges. Das Ansehen, das er durch meine angebliche Rettung erlangt, ist doch viel bedeutender als die Geschicke des Raben. Mit dieser vermeintlich ritterlichen Tugend und der Unterstützung meines Vaters und Pawlaks wird er leicht den Thron erlangen können.«

»Aber das genügt ihm nicht. Er will mehr Macht. Macht, die ihm niemand mehr absprechen kann.«

»Weshalb sitzen wir dann noch hier rum? Wir sollten längst bei Zocha sein und sie befreien.« Sie war im Begriff zur Tür hinauszustürmen.

»Warte«, entgegnete er. »Erst denken, dann handeln.« Er wies auf den Stuhl gegenüber. »Setz dich.«

Sie verspürte nicht den Wunsch nach Ruhe. Sie wollte zu ihrer Schwester. Jetzt. Sofort. »Wiatscheslaw, ich kann nicht länger warten.«

»Hör zu. Zocha geht es gut.«

»Gut? Wie soll es ihr in den Händen dieses Mannes gut gehen?«

»Zocha lebt derzeit im Gästezimmer in Ksawerys und Bozenas Haus. Sie ist dort gut versorgt. Ihr fehlt es an nichts. Noch nicht, jedenfalls. Sie wird zwar gegen ihren Willen festgehalten, aber ich durfte sie kurz sehen und sie hat mir versichert, dass ich mich nicht um sie sorgen muss.«

»Aber was sagen die Leute? Sie müssen doch bemerken, dass Zocha plötzlich nicht mehr in eurem Haus ein und ausgeht?«

»Dafür hat Ksawery vorgesorgt. Er erzählt überall, dass wir uns gestritten hätten, weil ich ständig betrunken bin und Zocha deshalb vorerst Unterschlupf bei ihrer Schwester gesucht hat. Wenn Bozena auf den Markt geht, nimmt sie sie auch mit, damit keiner auf falsche Ideen kommt.«

»Auf den Markt? Dann könnte sie doch flüchten!« Es war ihr unbegreiflich, dass sie dennoch bei ihm blieb.

»Und was würde dann mit Bozena geschehen?«

»Daran habe ich gar nicht gedacht. Bozena … Ich verstehe nicht, warum er nicht einfach sie als Druckmittel einsetzt. Das wäre doch weniger umständlich für ihn.«

»Zum einen könnte er mich mit Bozena nicht in Schach halten. Mit meiner Zocha hingegen schon. Zum anderen glaube ich, dass sich dieser Narr tatsächlich in deine hübsche Schwester verliebt hat und ihr kein Haar krümmen möchte. Oder er will im Zweifelsfall gleich an jeder Hand eine Geißel haben.«

»Was sollen wir nun tun?«

»Abwarten und dem Schicksal in die Hände spielen.«

21. Kapitel

Kurz darauf ertönte das Horn. Sie und Wiatscheslaw gehörten zu den Ersten, die den Marktplatz erreichten. Um keinen Verdacht aufkommen zu lassen, hatten sie nacheinander das Haus verlassen und waren zu unterschiedlichen Zeiten und aus gegensätzlichen Richtungen auf den Marktplatz gestoßen. Wiatscheslaw ging wieder in seiner Rolle auf und rieb sich wankend die Augen, als wäre er gerade erst aus seinem Suff erwacht.

Pawlak, Ksawery und Lobnas Vater standen schon auf dem Podest. Ksawery warf ihr und Wiatscheslaw von oben herab abwechselnd einen argwöhnischen Blick zu. Er traute ihnen nicht. Sein Blick huschte zwischen ihnen hin und her.

Ihr Vater winkte Lobna zu. »Komm mit auf das Podest. Die Leute werden dich sehen wollen.«

Widerwillig suchte sie sich einen Weg an den Bürgern vorbei, die bereits in der ersten Reihe standen und stellte sie sich an Ksawerys Seite.

Nach und nach strömten die Bewohner aus ihren Häusern und versammelten sich um das Holzgestell herum. Die Leute tuschelten und wollten wissen, was geschehen war. Kaum einer hatte mit ihrer Rückkehr gerechnet.

Pawlak räusperte sich.

»Liebe Bürger und Bürgerinnen. Wie schön, dass ihr so zahlreich erschienen seid.«

Lobna blickte durch die Reihen und sah einen nach dem anderen an. *Alle bis auf Manteia.* Sie blickt zu dem schiefen Häuschen hinüber. Der Schornstein qualmte. *Wieso kommst du nicht, um mich zu sehen?*

Sie dachte an die Worte, die Wiatscheslaw gesagt hatte. Manteia hatte ihre Finger im Spiel und dabei stand sie allem Anschein nach nicht auf ihrer Seite. Mit Manteia würde sie noch ein Hühnchen rupfen müssen, aber zuerst musste sie Zocha in Sicherheit bringen.

»Wie ihr sehen könnt, ist unsere lieb gewonnene Lobna wieder da. Dank Ksawery konnten wir sie aus den Händen der Räbin und ihres Gehilfen befreien.« Er stellte sich zwischen sie beide und legte Lobna und Ksawery je eine Hand auf die Schulter.

Bei diesen Worten biss Lobna die Zähne zusammen. Pawlak schmückte die Geschichte unnötig aus. Jeder der Männer wusste, dass Lobna ihnen entgegengelaufen war. Niemand hatte sie befreit. Selbstverständlich schwiegen alle. Die Gauner wollten sich im Glanz dieses Erfolgs sonnen und von ihren Frauen umgarnen und feiern lassen. Den meisten von ihnen konnte es Lobna nicht verdenken. Es waren alles arme Bauern und Bürger, die hart arbeiteten und sich mit Mühe und Not über Wasser hielten. Ein bisschen Anerkennung konnte ihnen nur guttun. Trotzdem schmerzte es sie, dass dies auf Dariusz' Kosten geschah. Sie schaute durch die Reihen in die lächelnden Gesichter und blieb an den Gesichtern ihrer Schwestern hängen. Zocha und Bozena standen zwischen den anderen.

Lobna konnte nicht mehr an sich halten, sprang von der Tribüne und stürmte auf die beiden zu. Die Menge teilte sich in der Mitte und ließ sie passieren. In einer herzlichen Umarmung fielen sie sich um den Hals. Die Leute jubelten und applaudierten.

Lobna wusste, dass sie damit Ksawery in die Hände spielte, aber es war ihr in diesem Moment egal. »Wie geht es euch?«, sie sah abwechselnd von einer zur anderen, umfasste ihre Gesichter und sah ihnen in die Augen, als suchte sie darin nach der Wahrheit. Behandelte Ksawery die beiden wirklich angemessen? Äußerlich schien es den Zwillingen jedenfalls an nichts zu mangeln. Ihre Wangen waren rosig und die Kleidung sauber.

»Wie es dir geht, sollten wir fragen«, scherzte Zocha in altbekannter Manier.

Sie und ihre Schwestern sahen sich an, musterten sich gegenseitig. Jede von ihnen schien zu wissen, was hier gespielt wurde.

»Mir geht es blendend!«, rief Lobna, damit es jeder hören konnte. »Das alles habe ich Ksawery zu verdanken!«

Wieder jubelten die Leute.

Pawlak räusperte sich erneut, um Aufmerksamkeit zu bekommen. »Wir wollen Lobnas Rückkehr als Anlass nehmen, ein Fest zu geben. Morgen Abend wollen wir uns alle im Festsaal einfinden und gemeinsam den Beginn einer neuen Ära feiern.«

»Neue Ära?«, raunte es durch die Menge. Manchen Bauern schien der Ausdruck nicht einmal geläufig zu sein, so verwirrt wiederholten sie das Wort.

»Ihr habt richtig gehört. Ein Neuanfang für Czarny Kruku! Denn die Räbin ist fort. Sie ist geflohen. Ksawery hat sie in die Flucht geschlagen. Und der Hexer ist tot!« Beim letzten Wort brach seine Stimme und er blinzelte die Tränen fort. Lobna entging die Traurigkeit nicht, die in ihm aufkeimte. Zu gerne hätte sie ihm erzählt, dass es Dariusz gut ging und er kein böser Magier war, aber sie durfte es nicht. Es war zu gefährlich.

Pawlak atmete tief. »Einen tosenden Applaus für Ksawery, der zu einem edlen Mann gereift ist, wie sein Vater, König Kamil, es war!«, rief er.

Alle klatschten so laut sie konnten, und stampften zusätzlich mit den Füßen auf den Boden.

»Wisst ihr«, begann Pawlak, als die Letzten aufhörten zu applaudieren. »König Kamil hätten wir nie die Krone weggenommen. Er stand Ignacy in nichts nach. Beide waren große, starke Männer, die uns kleinen Leuten zu wahrer Größe verholfen haben. Die beiden haben uns immer unterstützt. König Kamil ist selbstlos für sein Dorf und seine Leute gefallen. Ksawery war nach Kamils Tod natürlich noch zu jung, um die Krone zu erhalten, aber nun«, er zeigte auf ihn, »ist er ein stattlicher Mann. Er ist bereit, sein rechtmäßiges Erbe anzutreten.«

Die Menge murmelte durcheinander. Skeptische Blicke wurden ausgetauscht.

»Aber wir wollen keinen König mehr«, rief eine Bäuerin und stemmte die Hände in die Hüften. »Ein König führt zu Aufmerksamkeit. Wir sind den Russen nur knapp von der Schippe gesprungen. Wir wollen nicht wieder angegriffen werden. Wenn die nur König hören, denken die doch, es gäbe was zu holen.«

»Aber wollt ihr in Armut leben?«, erwiderte Pawlak.

»Wer redet denn von Armut?«, konterte sie. »Wir sind vielleicht nicht reich und wir müssen hart arbeiten, aber wir leben und sind nicht von Hungersnöten gezeichnet.«

»Noch nicht«, mischte sich Lobnas Vater ein. »Wie ihr wisst, war und bin ich der Schatzmeister über das rechtmäßige Erbe von Ksawery. Dem Gold und Geld, das König Kamil gemeinsam mit den Bewohnern des Dorfes angehäuft hat. Leider ist uns nach dem Angriff nicht mehr viel geblieben. Olaf und ich hielten es für besser, euch nicht damit zu verunsichern. Wir dachten, die Töpfe würden sich schon wieder füllen, wenn jeder wieder seinen Zloty einzahlt. Aber sie füllten sich nicht. Allmählich ist es an der Zeit zu handeln. Der Handel mit anderen Städten ist längst versiegt. Ohne einen König lassen sie uns die Stadttore nicht mehr passieren. Wir sind nicht mehr als Herumtreiber für sie. Aber wir brauchen den Warenaustausch. Die Schatzkammer schmälert sich von Tag zu Tag. Ständig kommt jemand und bittet um ein paar Zloty, um sein Dach reparieren zu können oder den Kutschwagen. In Kamils Sinne wurde euch auch noch nie eine Bitte abgeschlagen. Immerhin ist es ja auch euer Geld, das in der Kammer liegt. Aber wenn wir nichts tun, wird bald jeder nur noch das haben, was er selbst erwirtschaften kann. »Wiatscheslaw«, er zeigte auf ihn, »wie willst du Hufeisen für die Bauern schmieden, wenn dein Werkzeug kaputt ist und du kein Neues auftreiben kannst? Und Kolja … Wie willst du Brötchen backen, wenn dir die Bauern ohne beschlagene Pferde keinen Weizen mehr liefern können?« Er blickte wieder in die Runde. »Es gibt etliche Beispiele. Ob ihr es euch eingestehen wollt oder nicht: Wir brauchen wieder einen König.«

Die Menge schien noch nicht überzeugt zu sein. Manche schoben unsicher die Unterlippe vor, andere zuckten mit den Achseln, als wäre es ihnen gleichgültig.

Ich muss ihnen Ksawery schmackhaft machen. Wenn er erst einmal auf dem Thron sitzt und seine Macht spürt, werden ihm die Geschicke egal sein und Zocha frei. Lobna holte tief Luft. Sie würde nun etwas tun, was gegen alles war, woran sie glaubte. »Leute, hört her!« Sie streckte die Hände in die Luft und winkte.

Alle Augen richteten sich auf sie.

»Mein Vater hat recht. Handel wird uns guttun. Das kann niemand bestreiten. Natürlich riskieren wir, dass wir erneut angegriffen werden, aber ist die Alternative etwa besser? Allmählich hier in Armut zu verhungern? Ihr müsst außerdem bedenken, dass ein Angriff unwahrscheinlich geworden ist. Die Russen sind damals über das gesamte Land hergefallen. Haben blind alles an sich gerissen. Inzwischen haben sie aber so viel Land unter ihrer Flagge, dass sie sich wohl kaum für ein abgelegenes kleines Dorf wie dieses interessieren werden. Wäre Kamil damals nicht für Polen in die Schlacht gezogen, hätte es den Feind vermutlich gar nicht in unser Gebiet verschlagen.«

Immer mehr Bewohner nickten.

»Und seht euch Ksawery an. Er ist selbstlos wie sein Vater losgezogen, um mich unbedeutende Frau zu suchen. Er hat sein Leben für mich riskiert. Wer wäre würdiger als er?«

Mit dieser Rede konnte sie offenbar einige überzeugen. Sie hasste sich dafür, aber es war die einzige Lösung, die ihr in den Sinn kam. Wenn Ksawery verstand, dass er auch ohne die Geschicke die Macht bekam, die er wollte, würde er vielleicht endlich von Dariusz ablassen und Zocha freigeben. Er wäre dann zwar König, aber ohne die Geschicke konnte er wenigstens kein allzu großes Unheil anrichten, dass nicht von einer wütenden Meute unterdrückt werden konnte, wenn er auf dumme Gedanken kam.

»Weise Worte spricht sie da!«, tönte Pawlak und eilte unterstützend an ihre Seite. »Wollen wir ihn nicht gleich morgen Abend krönen? Es wäre ein glorreicher Beginn eines neuen Zeitalters für Czarny Kruku.«

»Er hat recht«, stimmte Natan zu und trat aus der Menschenmenge hervor, damit man ihn besser sehen konnte. Wie immer war seine Schürze mit Blut besudelt und in seiner Rechten hielt er noch immer das eckige Schlachtermesser. »Mein Stall quillt über vor Schweinen, aber keiner kauft sie. Inzwischen fressen sie mir die Haare vom Kopf und ich muss schon eins nach dem anderen in den Räucherofen schieben, damit ich mir die Horde überhaupt leisten kann. Das Dorf ist zu klein. Es fehlt an Abnehmern. Ich könnte zwanzig auf einen Schlag verkaufen. Damit würde ich genug Geld kassieren, um auch etwas davon in den Trog für die Allgemeinheit zu werfen. Herr Sargnagel, bei Ihnen tropft es doch schon seit geraumer Zeit durch die Decke. Oder denkt an den Brunnen. Die Quelle versiegt allmählich. Ein Neuer müsste her.«

Nun nickten fast alle Bewohner. Das grün-trübe Wasser wollte niemand mehr trinken. Vom Boden des Brunnens drang für jeden, der einen Blick hinunterwarf, ein Quakgesang herauf. Inzwischen war das Wasser fast nicht einmal mehr zum Putzen gut.

»Sehr schön!«, rief Pawlak, der in das Nicken zu einem neuen Brunnen auch gleich das Einverständnis zur Krönung hineininterpretierte. »Dann wollen wir uns morgen Abend treffen und gemeinsam feiern. Ich werde mich gleich in die Vorbereitungen stürzen.«

Fast alle applaudierten. Nur ein paar schüttelten verwirrt die Köpfe und wussten nicht, wie ihnen geschah.

Mit einem Ruck zog Wiatscheslaw sie zur Seite. Er duckte sich, damit Ksawery ihn nicht sehen konnte.

»Ich werde mir etwas ausdenken«, versprach er Lobna, bevor er sich mit der Menge auflöste.

Obwohl die meisten doch überrumpelt wirkten von dieser schnellen Entscheidung, und schulterzuckend zurück an die Arbeit gingen, war es beschlossene Sache. Ksawery würde König werden.

Lobna wartete ab, bis alle gegangen waren und nur noch ihr Vater, Ksawery und Pawlak übrig blieben. Sie standen noch immer auf der Tribüne und beratschlagten sich.

»Kann ich mit dir reden?«, fragte sie Ksawery, der sie verdutzt anschaute.

»Natürlich.« Er sprang vom Podest und stellte sich ihr mit verschränkten Armen gegenüber.

Pawlak warf ihr einen skeptischen Blick zu. »Gibt es ein Problem?«

»Ich möchte kurz den neuen König entführen, um mich bei ihm zu bedanken«, erklärte sie und hängte sich bei Ksawery ein.

»Ah! Na dann. Stellt mir bloß keine Dummheiten an. Wir wollen doch nicht, dass Ksawerys Frau bei zu viel Dankbarkeit eifersüchtig werden muss.« Pawlak lachte lauft auf und zwinkerte Lobna zu.

»Keine Sorge.« Sie zwinkerte zurück. Ihr Magen rebellierte bei dem Gedanken.

Gemeinsam schlenderten sie über den leer gefegten Platz.

»Ich habe gehört, Zocha wohnt bei euch. Sie hätte sich mit ihrem Mann gestritten, weil er zu viel trinkt. Ich frage mich bloß, ob das stimmt. Zocha wusste, dass er gerne zum Krug greift. Ist das wirklich die Wahrheit?«, fragte sie, als sie sicher war, Pawlak und ihr Vater konnten sie nicht mehr hören.

»Natürlich nicht. Zocha ist bei mir, damit ich dich aus der Reserve locken kann. Bring mir Dariusz und du kannst deine Schwester wiederhaben. Ich werde ihr kein Haar krümmen. Versprochen.«

»Was geschieht, wenn ich dir Dariusz nicht ausliefere?«

»Dann werde ich sie töten.«

»Warum?«

»Weil ich noch nicht habe, was mir zusteht.« Er sagte es in ruhigem Tonfall und völlig abgeklärt. Damit erinnerte er sie an die Wölfe im Wald, die in aller Ruhe und siegessicher ihre Beute umzingelten.

»Du willst die Krone und Macht. Beides wirst du morgen erhalten. Du wirst in die Fußstapfen deines Vaters treten. Alle sehen in dir nun den warmherzigen, selbstlosen Königssohn, der dem Land wieder zu Ruhm und Ehre verhelfen wird. Wenn du es klug anstellst, werden dir alle aus der Hand fressen. Was willst du noch?«

»Ich weiß nicht, was von dem, das du sagst, Lüge ist und was nicht.« Er überlegte scheinbar, wie viel er ihr verraten konnte. »Was weißt du über die Geschicke des Raben?«

»Alles. Ich weiß, dass sie auf dich und zwei andere Männer aufgeteilt wurden. Einer davon ist Dariusz.« Wiatscheslaw wollte sie nicht erwähnen. Sie wollte Ksawery so lange wie möglich in dem Glauben lassen, nichts über ihn zu wissen.

»Genau. Deren Geschicke sind in Wahrheit meine. Meine allein. Die Räbin hat sie nur auf uns drei aufgeteilt, weil die beiden Idioten zugegen waren. Wären sie nicht gewesen, hätte ich all die Macht bekommen.«

»Was schert dich diese Macht jetzt noch? Du wirst die Krone auch so bekommen. Und noch dazu hohes Ansehen genießen. Ist es nicht besser, Untertarnen zu haben, die dir freiwillig dienen als solche, die nur aus Angst unterwürfig sind und sich vielleicht eines Tages gegen dich richten?«

Er grüßte winkend einen Mann, der zuvor noch euphorisch applaudiert hatte, bevor er antwortete. »Du bist so naiv, Lobna. Es geht nicht bloß um Czarny Kruku. Es geht um alle Ländereien, die von den Russen eingenommen wurden. Ich will mich nicht mit diesem Fleckchen zufriedengeben. Es geht mir ja nicht einmal darum, ein Volk zu unterdrücken. Ich will meinen Vater rächen! Die Russen vertreiben. Ohne die Geschicke komme ich aber nicht gegen die Heerscharen an.«

»Aber Dariusz ist tot. Du hast seine Knochen gesehen. Sein Geschick ist verloren, also gib Zocha frei.«

»Er lebt. Ich weiß es.«

»Reicht dir sein Skelett etwa nicht als Beweis?«

Er lachte höhnisch. »Ich habe mir die Geschichte über dich, Dariusz und die Räbin bloß ausgedacht. Aber das weißt du ja. Vielen Dank dafür, dass du mitgespielt hast. Aber glaubst du wirklich, dass du mich mit meiner eigenen Lüge verunsichern kannst?«

»Nein. Aber wie es der Zufall so will, ist er trotzdem tot. Er hat mich nicht gefoltert, aber er wollte sich an mir vergehen. Ich konnte mich in letzter Sekunde retten, indem ich ihn getötet habe.«

»Tzz, tzz, tzz.« Er schüttelte sich grinsend blonde Fransen aus dem Gesicht. »Hast du schon ein Auge zugetan, seit du wieder hier bist?«

»Nein, aber was hat das mit Dariusz zu tun?«

»Wag es ruhig. Du wirst süße Träume haben. Wer, wenn nicht er, sorgt wohl dafür? Die Räbin hat dieser Aufgabe schon lange abgeschworen.«

Daran hatte sie nicht gedacht. Dariusz war in der Nacht ihrer Rückkehr losgezogen, um seine Aufgabe zu erfüllen. Natürlich hatte Ksawery eins und eins zusammengezählt und den richtigen Schluss gezogen.

»Habe ich dich beim Lügen ertappt.« Er entledigte sich ihres Arms. »Wer weiß, wie hinterhältig du noch sein kannst. Zocha wird vorerst bei mir bleiben, bis du mir Dariusz bringst.«

»Er wird nicht freiwillig zu dir kommen.«

»Dann überrede ihn, wenn du deine Schwester lebend wiedersehen willst. Ich gebe dir Zeit bis zur Krönung und keine Minute länger. Sobald die Krone auf meinem Haupt sitzt, will ich meine Kräfte besitzen.« Er wandte sich zum Gehen und lief auf Pawlak und ihren Vater zu, die schon auf ihn warteten und mit einem schwunghaften

Nicken in Richtung von Pawlaks Haus andeuteten, er solle sich beeilen.

»Komm, Junge. Wir haben viel zu erledigen«, rief Pawlak ihm zu und klatschte in die Hände.

»Bin schon auf dem Weg.« Er joggte zu ihnen hinüber, nahm den Platz zwischen ihnen ein und legte beschwörend seine Arme um die Schultern der beiden Männer, während sie gemeinsam vom Markt schlenderten.

Lobna sah ihnen hinterher, wie sie schulterklopfend ihren Erfolg genossen und alles für die große Zeremonie planten. Als sie außer Sichtweite waren, drehte sie sich um und eilte zu Wiatscheslaws Haus. Nach dem Gespräch mit Ksawery türmte sich all die Anspannung in ihr zu einem unüberwindbaren Berg auf. In nicht einmal vierundzwanzig Stunden würde Ksawery dafür sorgen, dass ihre Schwester ihren letzten Atemzug tat, wenn sie ihm nicht Dariusz lieferte. Gern wäre sie zu Manteia gerannt, hätte sie um Rat gefragt und angefleht, ihr die Zukunft vorherzusagen, aber in der derzeitigen Situation war es besser, so wenige Leute wie möglich einzuweihen. Vor allem keine Hexe, die das Unglück vermutlich erst in die Wege geleitet hatte. Außerdem musste sie Wiatscheslaw informieren, dass Zocha noch immer in Gefahr war. Nun noch mehr als zuvor.

Sie klopfte leise gegen seine Haustür, aber er öffnete nicht.

»Ich bin es. Mach schon auf«, flüsterte sie durch eine Ritze im Holz. Als er sich nach dem dritten Schlag noch immer nicht regte, schlich sie ums Haus herum und spähte durch ein Fenster. Er war nicht da. Zu gerne hätte sie auf ihn gewartet, aber zwei Nachbarsjungen beäugten sie bereits neugierig. Sie hatten aufgehört mit ihrem Ball zu spielen und sahen zu ihr herüber. Lobna durfte nicht riskieren, mit Wiatscheslaw in Verbindung gebracht zu werden.

»Wenn der Schmied wiederkommt, richtet ihm aus, dass die Schelle an unserem Waschzuber gebrochen ist. Ich komme wieder und bringe sie ihm.«

Die Knaben nickten.

Sie nickte ebenfalls nachdrücklich, bevor sie ging.

Wo steckt er bloß? Wir müssen Zocha retten!

Sie streifte durch die Gassen und hoffte, ihn irgendwo zu entdecken – möglichst nicht in der Schenke, wo er seiner Rolle nachging. Aber dort war er nicht. Sie schlich auch um Ksawerys Heim herum, weil sie glaubte, er könnte längst auf eigene Faust versucht haben, Zocha zu befreien. Von Wiatscheslaw war jedoch keine Spur zu sehen. Ernüchtert kehrte sie zu ihrem Elternhaus zurück. Sie war auf den Mann ihrer Schwester angewiesen. Er und Dariusz hielten Ksawery schließlich schon seit Jahren in Schach. Sie wollte nicht voreilig handeln, sondern sich erst mit Wiatscheslaw absprechen.

22. Kapitel

»Lobna, da bist du ja! Ich dachte schon fast, ich hätte mir deine Rettung nur eingebildet!«, rief ihre Mutter, als Lobna das Haus betrat. Sie war gerade dabei, Teig zu kneten, ließ aber alles liegen, um Lobna zu umarmen.

»Seit du wieder hier bist, haben wir uns noch gar nicht unterhalten.« Sie klopfte auf einen Stuhl. Lobna setzte sich, während ihre Mutter sich wieder am Teig zu schaffen machte. Mehlstaub wirbelte jedes Mal auf, wenn sie den Teigballen in die Luft warf und auf die hölzerne Arbeitsplatte knallen ließ. »Ksawery hat uns allen erzählt, was die Hexe und dieser Dariusz mit dir angestellt haben. Ich wusste, es war ein furchtbarer Entschluss, dich in den Wald zu schicken. Ich werde mir nie verzeihen, dich gehen gelassen zu haben.«

Sie fluchte auf Romani und wischte sich mit dem Unterarm eine Träne von der Wange, während sie weiter den Teig knetete.

Lobna wollte Einwand erheben, aber sie ließ sie nicht zu Wort kommen. Wie ein Wasserfall sprudelte alles aus ihr heraus.

»Wenigstens hat es dein Vater eingesehen und sich sofort auf die Suche nach dir gemacht.« Ihre Mutter gab die Geschichte genauso wieder, wie man sie sich im Dorf erzählte und wie sie am märchenhaftesten klang.

Lobna widersprach nicht. So konnte sie sich wenigstens nicht verplappern. Ab und an nickte sie oder lächelte zur Abwechslung, während sie aus dem Fenster starrte und auf Wiatscheslaw hoffte. Ihre

Mutter bemerkte zum Schluss nicht einmal, dass sie kein einziges Wort dazu gesagt hatte.

»Ich würde mich gerne ein wenig ausruhen«, entschuldigte sie sich bei ihrer Mutter, die auch dann noch immer von Ksawerys Heldentat schwärmte, als das Brot bereits zum Auskühlen auf der Fensterbank stand. Das Essen war fast fertig und ihr Vater musste gleich heimkommen. Nicht nur, dass Lobna die Lobeshymnen nicht mehr länger hören konnte, sie wollte auch ihrem Vater noch nicht Rede und Antwort stehen müssen, weshalb sie wegen des Skeletts gelogen hatte.

Sie kletterte auf den Dachboden und positionierte sich hinter dem Fenster. Sie hoffte, Wiatscheslaw würde endlich auftauchen. Sie wollte zumindest einen Plan hören, an den sie sich klammern konnte. Die Zeit lief ihr davon. Trotzdem war sie in ihrem Tun wie gelähmt. Sie konnte weder Zocha für Dariusz opfern, noch Dariusz für Zocha.

Inzwischen war es Abend geworden. Noch immer harrte sie hinter der Scheibe aus, die unter ihrem Atem kreisrund beschlug. Sie durfte Wiatscheslaw auf keinen Fall verpassen. Der einzige Weg zur Schmiede führte an ihrem Haus vorbei.

Mit jeder Minute bröckelte ihre Hoffnung auf ein gutes Ende. Immer wieder sprach sie sich Mut zu, dass es ihre Stärke war, viel ertragen zu können und dass sie das auch schaffen würde, wenn sie nur fest daran glaubte. Sie wiederholte Manteias Worte wie ein Mantra. Als sie eine Stunde später Wiatscheslaw noch immer nirgends entdecken konnte und ihr die Augen immer wieder zufielen, musste sie sich eingestehen, dass sie schon zu lange auf den Beinen war und mit dieser Schwere in Kopf und Körper ohnehin niemandem eine Hilfe war. Seit dem Rückweg von der Hütte hatte sie kein Auge zugetan und langsam spielten ihr ihre Gedanken Streiche. Sie bildete sich ein, Wiatscheslaw zu sehen, der allerdings weit und breit nicht zu sehen war. Erschöpft ließ sie sich ins Bett fallen. Ihre Arme und Beine zuckten, während sie innerhalb weniger Sekunden eindöste.

Als sie aufwachte, staunte sie nicht schlecht. Sie hatte bis in den Tag hinein geschlafen.

Nein! Abrupt setzte sie sich auf.

»Wie konnte ich bloß so lange schlafen?« Dariusz.

»Was sagst du?«, rief ihre Mutter von unten. Sie klapperte mit Töpfen.

»Nichts.« Zwei Sprossen auf einmal nehmend, eilte sie zu ihr in die Küche.

»Gut geschlafen, Schlafmütze?« Ihre Mutter zwinkerte ihr zu.

»Zu gut. Wieso hast du mich nicht geweckt?« Lobna war völlig außer sich. Sie konnte doch nicht seelenruhig schlafen, während Zocha von Ksawery gefangen gehalten wurde.

»Beruhig dich. Die Krönung ist erst in ein paar Stunden. Du hast noch genug Zeit, dich hübsch zu machen.«

»Jaja …«, wiegelte sie ab. Ihre Mutter hatte ja keine Ahnung! Sie schlüpfte in die Stiefel und war drauf und dran aus dem Haus zu eilen, als ihre Mutter sie am Kragen packte.

»Nicht so schnell! So verlässt du mir nicht das Haus. Sieh dich doch bloß an. Das Kleid schmutzig, die Haare ungekämmt. Geh und zieh dir etwas Anständiges an. Nur weil du ein paar Tage unter den Wilden im Wald gehaust hast, musst du nicht zu einem Erdwichtel verkommen.«

Es wäre sinnlos gegen sie anzureden. Also kletterte sie in Windeseile die Leiter hinauf, bürstete sich grob das Haar und stülpte sich ein sauberes Kleid über den Kopf. Sie band sich gerade die Schürze mit einer Schleife zu, da vernahm sie ein leises Krähen.

Lobna wirbelte herum.

Auf der Fensterbank saß Dariusz in Rabengestalt. Sie musste nur seine goldenen Augen sehen, um ihn zu erkennen. Sein Gefieder glänzte blau im Sonnenlicht. Bevor ihn jemand entdeckte, öffnete sie schnell das Fenster und holte ihn herein.

»Ich habe dich so vermisst.« Sie hauchte ihm einen Kuss auf den Kopf. »Was tust du hier? Ich dachte, du denkst, ich hätte dich verlassen. Ich hatte geglaubt, wir würden uns nie wiedersehen.« Sie flüsterte so leise, wie sie nur konnte, damit ihre Mutter sie nicht hörte. Ihr Herz raste. Auf einen Schlag kehrte all ihre Hoffnung zurück.

Wie einst die Räbin, ließ auch er seine Stimme vom Wind tragen. Er sagte: »Das dachte ich auch zuerst. Ich dachte, du hättest dich doch für ein Leben bei deiner Familie entschieden.«

»Es gab einen Fackelzug. Alle sind sie gekommen, um mich zu suchen und dich zu töten. Ich musste schneller sein als sie, um dich zu beschützen. All die Jahre, die du im Wald gelebt hast, dürfen nicht umsonst gewesen sein. Ich habe ihnen das Skelett gezeigt und weisgemacht, das wäre deins.«

»Ich habe den Fackelzug nicht sehen können. Ich war zu schwach und musste eine Pause einlegen. Dafür hatte ich mir ein abgelegenes Fleckchen gesucht. Ich hätte auf dich hören sollen.«

»Aber woher wusstest du dann, dass ich dich nicht im Stich gelassen habe? Ich habe böse Dinge gesagt. Dass ich es ohne dich leichter hätte. Ein jeder hätte geglaubt, ich hätte dich verlassen.«

»Ich bin heute Nacht mit neuen Kräften wieder losgezogen, um die Albträume zu sammeln. Ich wollte nicht egoistisch wie Waleska sein, weil du mich verlassen hast. Als ich in der Nacht hoch über den Wolken flog, habe ich deine Träume gehört. Deine Ängste und Sehnsüchte. Deine Anspannung war so groß, dass ich sie unmöglich überhören konnte. Da wusste ich, du hast mich nicht verlassen. Du wolltest mich retten. Wiatscheslaw hat mir meine Ahnung bestätigt.«

»Er war bei dir?« Ihr ging ein Licht auf. »Dahin ist er also verschwunden. Er hat mir versprochen, sich etwas auszudenken. Ich dachte nur nicht, dass er dich wieder aufsuchen würde. Er ist ein großes Risiko eingegangen. Ksawery hält Augen und Ohren offen.«

»Welche Wahl hatte Wiatscheslaw? Ich weiß, dass Ksawery deine Schwester gefangen hält. Wenn ich mich ihm nicht stelle, wird er sie töten. Vielleicht sogar beide. Ich muss mich mit Ksawery treffen, wenn kein Unglück geschehen soll.«

»Das kannst du nicht tun. Du bist noch immer verletzt. Mit der Wunde bist du viel schwächer als er. Er ist dir überlegen.«

»Ich weiß. Deshalb habe ich mich auch mit Wiatscheslaw verbündet. In mir steckt nun auch seine Kraft.« Er schloss kurz die Augen und öffnete sie wieder. Das Gold wich einem Himmelblau. Wiatscheslaws Iris. Ein weiteres Blinzeln und sie waren wieder golden.

»Das alles sehende Auge?«

»Ja. Aber auch seine Energie. Wir sind zu einem verschmolzen. Ich besitze nun die Kraft von zwei Männern.«

»Ich glaube dennoch nicht, dass das genügt. Du bist schließlich nur ein Rabe und er ein ausgewachsener Kerl.«

»Wir werden sehen. Eine andere Möglichkeit haben wir nicht. Heute Abend wollen wir ihn vor der Krönung überraschen. Halt dich bis dahin einfach von Ksawery fern. Wenn er bemerkt hat, dass Wiatscheslaw verschwunden ist und Verdacht schöpft, ist er unberechenbar. Er wird ahnen, dass ich dich holen komme.«

»Das werde ich. Pass bitte auf dich auf. Verschwinde so schnell du kannst, ehe dich jemand sieht.« Sie öffnete das Fenster und ließ ihn fliegen.

Sie suchte die Fenster der umstehenden Häuser nach neugierigen Blicken ab. Aber niemand schien den blauen Raben bemerkt zu haben.

Dann werde ich Zocha wohl nicht besuchen können. Eigentlich hatte sie ihr einen Besuch abstatten wollen, um sich davon zu überzeugen, dass es ihr und Bozena gut ging. Wenn sie Ksawery jedoch nicht über den Weg laufen sollte, würde das warten müssen. Im Haus ausharren wollte sie jedoch auch nicht. Sie war viel zu nervös, um untätig herumzusitzen.

Vielleicht sollte ich Manteia doch aufsuchen. Ich muss ihr ja nicht alles erzählen. Aber wenn ich mich gar nicht blicken lasse und sie doch nichts mit der Sache zu tun hat, denkt sie womöglich, ich hätte sie vergessen.

Allein die Vorstellung, wie sie einsam vor dem Kamin saß und nicht verstand, warum sie ihr keinen Besuch abstattete, tat ihr in der Seele weh. Sie schnappte sich ihren Pelz und verließ das Haus. Vor der Haustür wurde sie jäh gestoppt. Abrupt prallte sie gegen Ksawerys Brust.

»Nicht so eilig«, sagte er. »Wo willst du denn hin?«

Auch das noch.

Gerade erst hatte sie Dariusz versprochen, sich von ihm fernzuhalten, und nun lief sie ihm geradewegs in die Arme. Sie sah in den Himmel, um zu überprüfen, ob Dariusz noch zu sehen war und ob Ksawery ihn womöglich gesehen hatte. Doch bis auf die graue tief hängende Wolkendecke und einen Schwarm Schwalben war nichts zu sehen.

»Ich wollte Manteia besuchen und nach dem Rechten sehen. Sie hat mich seit meiner Ankunft noch nicht gesehen.«

»Deine Schwester sitzt in meinem Haus fest und du schaust lieber nach einem alten Mütterchen?« Er zog misstrauisch eine Braue hoch.

»Meine Schwestern werde ich heute Abend hoffentlich bei deiner Krönungsfeier sehen.«

»Natürlich. Wir wollen ja nicht, dass Gerüchte aufkommen. Aber denk dran: Wenn du mir Dariusz nicht bringst, rollt ihr Kopf. Ich werde es einfach Wiatscheslaw in die Schuhe schieben. Im Rausch aus Eifersucht ermordet. Klingt plausibel, wenn du mich fragst.« Er grinste selbstgefällig.

»Wie stellst du dir das vor? Dariusz macht einen großen Bogen ums Dorf. Außerdem hasst er mich. Er denkt, dass ich abgehauen bin. Er wird niemals wiederkommen.«

»Und wieder lügst du mich an.« Er kniff die Augen zu Schlitzen zusammen. »Du bist ganz schön durchtrieben.«

»Was unterstellst du mir? Ich bin keine Lügnerin.« Ihre Ohren glühten.

»Dariusz ist hier. Wie es der Zufall will, bin ich gerade hier vorbeigegangen, als ich sah, wie er aus deinem Fenster flog. Du willst ihn mir nicht bringen. Allmählich beginne ich daran zu zweifeln, ob dir deine Schwester wirklich so viel bedeutet.«

Ihr Herz wummerte. »Natürlich tut sie das!«

»Wer sagt mir, dass du nicht schon wieder flunkerst?«

Sie hielt seinem Blick stand, aber er wirkte nicht überzeugt.

»Komm mit mir«, forderte er sie auf.

»Ich werde nirgendwo mit dir hingehen.«

»Ach nein?« Blitzschnell zog er einen Dolch aus seiner Jackentasche und presste ihn ihr an den Hals. Weit und breit war niemand zu sehen, der ihr helfen konnte.

»Geh ins Haus«, zischte er.

»Das wirst du bereuen«, entgegnete sie und spuckte ihm ins Gesicht.

Er grinste boshaft, als ihm der Speichel über seine Wange rann. »Geh!«, wiederholt er noch einmal und drückte die Schneide fester gegen ihre pulsierende Halsschlagader.

Rückwärts stolperte sie ins Haus.

War ihre Mutter nicht gerade noch hier gewesen?

»Du brauchst dich nicht umzusehen. Sie hat vor dir das Haus verlassen. Wir zwei sind ganz allein.«

Lobna suchte den Raum nach einer geeigneten Waffe ab, aber bis auf einfache Möbel und Geschirr auf der anderen Seite des Raumes, war da nichts. Sie musste sich seinem Willen fügen, wenn sie nicht an Ort und Stelle sterben wollte.

»Na schön. Was willst du?«

»Du wirst mit mir kommen und keine Anstalten machen, wegzulaufen oder um Hilfe zu rufen. Habe ich mich klar ausgedrückt?«

Sie nickte und spürte die Klinge unter ihrem Kinn.

»Gut. Dann werden wir jetzt gemeinsam zu meinem Haus gehen. Lass dir bloß nichts anmerken. Denk dran. Die Klinge ist zu jeder Zeit auf dich gerichtet.«

Sie verließen das Haus.

»Nimm mich beim Arm«, wies er sie an. Sie gehorchte. Für andere musste es aussehen, wie ein vertraulicher Spaziergang zwischen Schwager und Schwägerin. Dabei wies der Dolch unter seinem Mantel direkt auf ihre Leber. Bei jedem Schritt pikte die Spitze gegen ihre Rippen.

»Weshalb soll ich mit zu dir gehen?«

»Weil ich dir nicht traue. Du liebst Dariusz. Vielleicht sogar so sehr, dass du deine Schwester für ihn opfern würdest.«

»Was willst du bezwecken, wenn du mich ebenfalls gefangen nimmst? Das ist es doch, was du vorhast, nicht wahr?«

»Ein kluges Köpfchen hast du. Das muss man dir lassen.« Er schaute sie von oben herab an und nickte anerkennend. »Jedenfalls liebt dich Dariusz ebenfalls. Seine Liebe ist so groß, dass er trotz der Gefahr, mir in die Arme zu laufen, ins Dorf gekommen ist. Bloß um dich für einen Moment zu sehen. Du würdest vielleicht deine Schwester für ihn opfern – aber er würde sich für dich opfern. Da bin ich mir sicher.«

Sie erreichten sein Haus. Zocha und Bozena schauten neugierig hinter den Gardinen hervor und winkten.

Er öffnete die Tür, schubste Lobna hinein und verriegelte das Schloss von außen.

»Warte! Wo gehst du hin?« Sie hämmerte von innen gegen die Tür und blinzelte durch einen schmalen Schlitz. Ksawery schaute ebenfalls hindurch. Sie sahen sich Auge in Auge.

»Ich werde nebenan warten. Macht bloß keinen Tumult. Ich sehe alles«, wisperte er in bedrohlich tiefem Tonfall.

»Er wird niemals kommen!«, zischte sie. Sie ließ von der Tür ab.

»Lobi, komm zu uns«, rief Bozena vom Treppenabsatz.

Sie drehte sich zu ihr um. Zocha stand neben Bozena. Beide waren unversehrt.

»Geht es euch gut?«

Beide nickten. »Natürlich. Komm zu uns.«

Sie folgten ihnen nach oben ins Wohnzimmer. Es war im Vergleich zu ihrem Elternhaus wirklich herrschaftlich eingerichtet. Man hatte nicht an teuren Stoffen gespart. Die Stühle und Sessel waren mit rotem Samt bezogen. Die Vorhänge neben den Fenstern schmückten goldene Stickereien auf smaragdgrünem Satinstoff. Und zwischen all dem Reichtum der vergangenen Tage stand Bozena und richtete ein Spitzendeckchen.

»Bozena … Nach der Sache werde ich dafür sorgen, dass du dich ohne Schande von ihm scheiden lassen kannst«, versprach Lobna.

Bozena nahm schnaufend auf einem Sessel Platz. »Er behandelt mich wirklich gut. Ich will mich nicht scheiden lassen. Nur weil du ihn nicht magst, heißt das nicht, dass ich ihn auch nicht mögen darf.«

»Wie kannst du das sagen?« Lobna war entsetzt. »Er will Zocha köpfen!«

»Köpfen?«, schrie sie auf. »Was redest du da?«

Zocha starrte Lobna ebenfalls mit offenem Mund an. »Er will mich umbringen? Das glaube ich nicht.«

»Sagt bloß, das wusstet ihr nicht?«

»Nein.« Zocha ließ sich mit zitternden Knien auf einem Stuhl nieder und klammerte sich haltsuchend an der Armlehne fest.

»Also gut«, begann Lobna. »Ksawery will Dariusz. Er droht mir, dich zu töten, wenn ich Dariusz nicht dazu bringe, herzukommen.«

»Wir wussten, dass er diesen Hexer finden und töten will, um uns vor Unheil zu behüten. Aber nicht, dass er mich dazu sogar opfern würde«, sagte Zocha und fasste sich an die Kehle, als würde sie bereits den ersten Schnitt spüren. Sie war verunsichert.

»Dariusz ist kein Hexer. Ksawerys Geschichte ist eine Lüge. Dariusz hat eine gute Seele. Er mag zwar Kräfte von Waleska besitzen, aber ich schwöre euch, er tut niemandem etwas an. Ksawery will Dariusz' Kräfte, um seinen Vater zu rächen. Wenn er allerdings all die Macht besitzt, wird er sich nicht mehr unter Kontrolle haben und alle unterjochen. Er ist der Böse.«

»Wer sagt uns, dass das wahr ist? Vielleicht hat dich dieser Dariusz ja auch verhext«, erwiderte Zocha und musterte sie. »Ksawery hat uns vorgewarnt, dass du uns eine solche Geschichte auftischen könntest. Du stehst unter seinem Bann.«

»Was glaubst du, weshalb er dich hier gefangen hält?«, fragte Lobna aufgebracht. Sie konnte nicht fassen, dass Ksawery ihre Schwestern völlig eingelullt hatte.

»Gefangen?« Zocha schüttelte den Kopf. »Ich bin nicht gefangen. Ksawery hat uns erzählt, dass der Hexer uns entführen will, um dich zu erpressen, damit du zu ihm zurückkehrst. Wir sind hier in Sicherheit.«

Lobna konnte es nicht fassen. »Man erzählt im Dorf, du hättest Wiatscheslaw wegen der Trinkerei verlassen. Weißt du das?«

»Natürlich. Aber es ist doch nur zum Schutz aller. Ksawery sagt, die Wahrheit dürfe niemand erfahren. Er will das Dorf nicht in Angst und Schrecken versetzen. Wenn alles ausgestanden ist, kann er alles auflösen.«

»Wieso glaubt ihr ihm mehr als mir? Ich bin eure Schwester! Ich habe euch noch nie belogen!«

»Ich glaube dir«, erwiderte Bozena und sagte damit zum ersten Mal seit Minuten etwas.

»Wirklich?« Lobna musterte sie hoffnungsfroh.

»Ja. Ksawery redet im Schlaf. Er hat immer wieder etwas von Raben, Dariusz und Wiatscheslaw gemurmelt. Von einer Macht der drei.« Ihr Blick huschte über den Teppich, als würde sie versuchen, Puzzlestücke zusammenzusetzen.

»Zocha, was ist mit dir?«

»Ich weiß nicht. Ksawerys Geschichte klingt glaubwürdig. Er hat dich vor dem Hexer gerettet und du bist nicht bei Sinnen, weil er dich verwunschen hat. Ich meine, Raben haben uns immer nur Pech gebracht. Plötzlich behauptest du das Gegenteil. Es ist wahrscheinlicher, dass dieser Dariusz dich verhext hat.«

Lobna warf den Kopf in den Nacken. *Wie könnte ich dich Dickkopf nur überzeugen?*

Sie ließ die letzten Tage Revue passieren.

Der Unfall, Wolpertinger, Pilze, Fasan, Kräutersträuße, der Kuss, der Kuchen …

Der Kuchen …

»Ich hab's!«, rief sie. »Zocha, ist dir in den letzten Tagen etwas komisch an Wiatscheslaw vorgekommen? Hat er etwas getan, was er sonst nie tut?«

Zocha stützte ihr Kinn zwischen Daumen und Zeigefinger und überlegte.

»Hat er zufällig Essen aus eurem Haus entwendet oder Geld?«, half Lobna ihr auf die Sprünge.

»Ja, aber was hat …«

»Still! Es fehlen Zucker, Milch, Butter und Eier, nicht wahr?«

»Ja, woher weißt du das?«

»Weil Wiatscheslaw seit Jahren Dariusz versorgt. Er hat ihm diese Dinge gebracht, weil ich Dariusz einen Kuchen backen wollte.«

»Heißt das, Wiatscheslaw steckt mit Dariusz unter einer Decke?« Zocha hielt sich eine Hand vor den Mund.

»Ja, aber das ist gut!« Lobna schüttelte ihre Schwester bei den Schultern. »Dein Mann und Dariusz sorgen dafür, dass Ksawery nicht die Macht bekommt, die alle ins Unglück stürzen wird.«

Bozena hob die Hand und meldete sich zu Wort. »Ich glaube, Lobna sagt die Wahrheit. Alles, was sie sagt, passt zu dem, was Ksawery nachts brabbelt. Ich dachte, es wären nur wilde Träume, aber das kann kein Zufall sein.«

»Lasst es mich euch erklären!« Lobna holte weit aus und begann mit dem Tag, als sich ihr Vater von Waleska getrennt hatte.

»Was wirst du tun, um das zu verhindern?«, fragte Zocha, als Lobna geendet hatte. Nun war auch Zocha auf ihrer Seite.

»Nichts. Ich sitze mit euch hier fest. Ksawery hat seinen Plan geändert, seit er weiß, dass ich ihm Dariusz nicht ausliefern werde. Er denkt nun, dass Dariusz mich retten kommt. Dann will er zuschnappen.«

»Aber was geschieht, wenn er es nicht tut?«, erkundigte sich Bozena.

»Ich fürchte, dann wird Ksawery eine nach der anderen von uns töten, um ihn aus der Reserve zu locken.«

»Wird Dariusz dich hier finden?«, wollte Zocha wissen.

Lobna nickte. »Ja, er besitzt das alles sehende Auge deines Mannes. Ich hoffe nur, dass er klug genug ist, es nicht zu nutzen. Ich würde eher sterben, als Ksawery die Geschicke des Raben anzuvertrauen.«

Draußen wurde es dunkel. Die Krönungszeremonie rückte immer näher.

»Man wird uns vermissen, wenn er uns nicht auf das Fest lässt. Sein Plan wird auffliegen«, war sich Zocha sicher.

»Dann wird er uns mitnehmen müssen«, erwiderte Lobna. »Er tut nichts unüberlegt. Er ist ein gerissener Fuchs.«

»Hört auf, euch zu sorgen«, vernahm Lobna aus dem Nichts Dariusz' Stimme.

»Dariusz?« Sie horchte auf.

Etwas regte sich auf der Fensterbank. Sofort eilte sie zu ihm.

»Du musst verschwinden! Er lauert irgendwo. Er wartet nur darauf, dass du auftauchst.«

»Ich werde dich hier nicht sterben lassen«, hauchte seine Stimme mit einer Brise über sie hinweg. »Verschwinde. Bitte. Er wird dich entdecken.«

Plötzlich umgab ihn die blaue Aura.

»Dariusz, was geschieht mit dir?«

»Ich weiß es nicht. Ich muss fort. Seit ich ins Dorf gekommen bin, schwinden meine Kräfte. Ich kann meine Rabengestalt nicht aufrechterhalten. Ich werde wiederkommen und dich retten«, versprach er und flog los.

Im gleichen Moment traf ihn ein Stein am Kopf und er segelte blau leuchtend zu Boden.

23. Kapitel

»Dariusz!«, schrie Lobna, beugte sich über die Fensterbank hinweg und versuchte ihn am Flügel zu erwischen. Doch er fiel nur knapp vor ihren Fingerspitzen vom Himmel herunter und landete vor Ksawerys Füßen, der eine Steinschleuder in seine Hosentasche steckte.

»Habe ich nicht gesagt, er wird dich retten wollen?« Er grinste Lobna von unten herauf überheblich an. Dann schlenderte er auf Dariusz zu, packte ihn beim Fittich und riss ihn vom Boden los. Dariusz krächzte vor Schmerz und flatterte mit den Flügeln, aber er war Ksawery ausgeliefert.

»Halt still!«, keifte Ksawery ihn an und versetzte ihm einen Schlag auf den Kopf.

»Hör auf! Hör sofort auf!«, brüllte Lobna. Am liebsten wäre sie zu ihm auf die Straße gesprungen, aber es war zu hoch.

Ksawery lief zur Haustür und öffnete sie.

Sofort stürmte Lobna nach unten. »Was hast du getan?« Sie nahm ihm Dariusz weg und ich strich ihm über den Kopf. »Du bist verletzt.« Eine blutende Wunde zog sich von seinem rechten Auge über die Stirn. Sobald er sich verwandeln würde, musste der Schnitt mindestens zehn Zentimeter lang sein.

»Stellt euch nicht so an!«, mischte sich Ksawery ein. »Bring ihn nach oben.« Er stieg vor den beiden die Treppe hinauf. »Leg ihn auf das Bett«, wies er Lobna an. »Wir wollen doch nicht, dass er uns krepiert, bevor ich nicht seine Kräfte besitze.«

Widerwillig gehorchte sie. Sie befand sich in einem Raum mit den

Menschen, die ihr am liebsten waren, und einem Verrückten, der sich nicht scheute, einen nach dem anderen zu töten.

Ksawery kniete sich vor Dariusz und sah ihm in die Augen.

Lobna fixierte Ksawery. Sie war bereit, ihn jederzeit mit aller Kraft, die sie besaß, anzugreifen, wenn er Dariusz auch nur eine Feder krümmte.

Zocha und Bozena standen hinter ihr.

»Das sind nicht deine Augen«, stellte Ksawery fest. »Du hast goldene Augen. Diese sind blau. Himmelblau wie die Augen von Wiatscheslaw.« Er nickte überzeugt. »Ihr beide habt euch also gegen mich verbündet. Dachtet ihr etwa, ihr wärt dadurch stärker als ich? Habt ihr denn immer noch nicht verstanden, dass ich der Schlüssel bin? Meine Macht ist die Wichtigste. Ohne mich seid ihr nichts weiter als ein dummer Vogel. Wie habt ihr das gemacht? Muss ich euch einfach nur berühren?« Er legte beide Hände um den Raben, der sich mit Flügelschlägen heftig wehrte und versuchte, Ksawery in die Hände zu picken. Doch der ließ sich von den paar Kratzern nicht aufhalten.

Die blaue Aura begann um den Raben aufzuleuchten.

»Nicht!«, schrie Lobna und stürzte sich auf den Raben.

Bozena und Zocha versuchten ebenfalls einzugreifen und Ksawery von dem Tier zu lösen, aber er schleuderte alle drei zu Boden.

Die Aura ging auf ihn über und schon jetzt schien er dadurch übermenschliche Fähigkeiten zu besitzen. Das Licht tastete sich seine Arme entlang, breitete sich über seinen Oberkörper aus, bis es ihn völlig umgab. So hell wie jetzt, war es bei Dariusz nie gewesen. Wie ein Blitzschlag durchzuckte es das Zimmer – dann war Ksawery verschwunden.

»Wo ist er hin?«, fragten Zocha und Bozena wie aus einem Mund.

Lobna blickte auf den Raben, der plötzlich um einiges größer wirkte. Seine Schwingen waren viel länger als zuvor. Die Spannweite musste in ausgestrecktem Zustand zwei Meter betragen.

»Da ist er.« Sie wies auf den Raben.

»I–Ist er wirklich mit ihnen verschmolzen?«, stotterte Bozena ungläubig.

»Ja.« Lobna stand auf und näherte sich ihm vorsichtig. »Dariusz, wenn du mich hören kannst, dann sag mir, was ich tun soll.«

Ein windiges Rauschen zog am Fenster vorbei.

»Lobna …«, hörte sie Dariusz' Stimme, die von Ksawerys merkwürdig verzerrt wurde. »Töte den Raben.«

»Nein!« Erschrocken wich sie zurück.

»Es ist die einzige Möglichkeit.«

»Niemals! Damit töte ich auch dich und Wiatscheslaw.« Sie sah ihn an. »War etwa das die ganze Zeit dein Plan? Ich sollte dich umbringen?«

Er antwortete nicht.

»Ich kann es nicht. Ich schaffe das nicht, Dariusz.«

»Du hast dein eigenes Glück schon immer für das anderer hinten angestellt. Tu es noch dieses eine Mal«, flüsterte seine Stimme im Wind. »Wenn du es nicht tust, wird niemand je wieder glücklich werden können. Was ist schon unser Glück gegen das von Hunderten?«

»Nein! Du hast mein Herz zum Schlagen gebracht. Dieses eine Mal werde ich auf mein Herz hören. Ich kann dich nicht töten.« Sie schnappte sich den Raben und klemmte ihn sich unter den Arm. Er versuchte, sich zu wehren, und schlug mit den Flügeln.

Lobna hatte durch die Vereinigung mit einem Orkan gerechnet, aber nichts geschah.

»Warte …« Sie hob ihn sich vors Gesicht. »Wo bleibt der Wind? Mit der Kraft des Flügelschlags hättest du mich leicht außer Gefecht setzen können.«

Wieder wedelte der Rabe mit den Schwingen, aber mehr als eine kühle Brise brachte er nicht zustande.

»Vielleicht«, Bozena trat hinter sie, »kämpfen sie miteinander.« Sie zuckte mit den Achseln. »Ich meine, sie sind alle drei in diesem Körper gefangen. Es ist Ksawerys Kraft, aber Dariusz' Gestalt. Es könnte doch sein, dass Dariusz es verhindert.«

»Aber er wird nicht allzu lange dazu imstande sein. Wir müssen uns beeilen.«

»Aber was sollen wir tun?«, fragte Bozena.

»Zuerst einmal, müssen wir einen Ausweg finden. Ksawery hat uns hier eingesperrt.«

»Nicht mehr«, wandte Zocha ein und hielt einen Schlüssel in die Luft. »Bei seiner Verwandlung hat er nicht nur seine Kleider, sondern auch den Schlüssel fallen lassen.«

»Sehr gut! Dann werden wir uns auf den Weg zu Manteia machen.« Lobna war sich nicht sicher, ob das die richtige Entscheidung war, aber sie war ihre einzige Hoffnung. Vielleicht stand sie tatsächlich auf der Seite der Räbin, aber außer ihr, würde ihr niemand Antworten liefern können. Lobna versteckte den Raben unter ihrem Pelz.

Zu dritt marschierten sie zu Manteias Hütte.

»Babcia?« Zocha klopfte für sie kräftig gegen die Tür, damit sich der Rabe nicht aus Lobnas Griff befreien konnte. »Ich bin es. Lobna.«

Manteia antwortete nicht. Zocha und Bozena versuchten, die Tür zu öffnen, aber sie war verriegelt.

»Vielleicht ist sie schon zum Festsaal gegangen?«, überlegte Zocha.

»Da seid ihr ja!« Olaf Pawlak eilte auf die drei zu. »Was macht ihr hier? Wo steckt Ksawery? Die Zeit wird knapp. Er wird gleich gekrönt. Bozena, sag, hat er sich den Umhang umgelegt, den ich ihm gegeben habe?«

»Um–Umhang?«

Lobna trat ihr ans Bein.

»Ja, natürlich. Er trägt ihn. Er müsste schon vorgegangen sein«, antwortete sie.

»Dann ist ja gut.« Er strich sich über die Stirn. »Aber nun kommt. Es sollen alle dabei sein, wenn er zum König ernannt wird.« Er breitete die Arme aus und trieb sie, wie ein Hirte seine Schafe, zur Feierlichkeit.

Lobna packte den Raben noch etwas fester, bevor er sich bemerkbar machen konnte.

Im Raum herrschte bereits ausgelassene Stimmung. Bierkrüge wurden geschwungen, es wurde gelacht und stellenweise auch zu einem Tamburin getanzt. Natan hatte zur Feier des Tages vier Schweine geschlachtet, die nun goldbraun über Feuer gebraten, mit einem Apfel im Mund, als Spanferkel auf den Tischen thronten. Der köstliche Geruch verbreitete sich im ganzen Raum. Obwohl es dieses Jahr kaum Wein gab, hatte der Winzer Aleksander gut aufgetischt und überall Rotwein auf die Tafeln gestellt. Er hatte ihn zwar offensichtlich mit Wasser gestreckt, aber das schien niemanden zu stören. Die Krönung war noch nicht vollzogen, aber alle waren schon angeheitert und schwelgten in Fantastereien, was die Zukunft wohl bringen möge. An jedem Tisch, an dem Lobna mit ihren Schwestern und Pawlak vorbeilief, malten sich die Leute die schönsten Szenarien aus. Besonders die Frauen überlegten schon jetzt, welches Kleid sie sich als erstes gönnen wollten.

»Bozena, setz dich hier hin«, wies Pawlak seine Schwiegertochter an. »Deine Schwestern können natürlich an deiner Seite Platz nehmen. Es ist sicher noch ungewohnt für euch, nicht mehr unter einem Dach zu schlafen.«

Die drei setzten sich an einen runden Holztisch, direkt vor der Bühne. Pawlak stieg hinauf und bereitete alles vor: Urkunde, Krone, Zepter und ein Glas Wein, damit Ksawery mit seinen neuen Untertanen anstoßen konnte.

Lobna sah sich um. Manteia war weit und breit nicht zu sehen.

Pawlak klatschte in die Hände. »Dürfte ich um eure Aufmerksamkeit bitten!«

Es wurde still im Saal. Vereinzelt wurde gehustet.

»Wir sind heute hier zusammengekommen, um die Krönung von Ksawery Woźniak zu zelebrieren. Er wird hier und heute in die Fußstapfen seines Vaters und Großvaters treten.« Sein Blick huschte durch den Saal. Es war ihm anzusehen, dass ihn Ksawerys Abwesenheit verunsicherte. Sein Adamsapfel hüpfte auf und ab.

Lobna blickte zu ihrem Vater, der neben der Bühne stand und ebenfalls die Reihen nach dem Jungen absuchte.

Die beiden Männer tauchten einen Blick. Pawlak versuchte, die Rede in die Länge zu ziehen, um sich Zeit zu verschaffen. »Ich habe den Jungen mit Leib und Seele so erzogen, wie es sich sein Vater gewünscht hätte. Aber lassen wir seine Taten für sich sprechen. Er war es, der Lobna aus den Fängen der Räbin und ihres Handlangers gerettet hat. Er war es, der die Räbin vertrieb und er war es auch, der den Hexer an ihrer Seite unschädlich machte.«

Die Menge jubelte.

»Ich bitte dich, auf die Bühne zu kommen, Ksawery!«

Tosender Applaus erfüllte den Raum. Alle stellten sich hin und reckten ihre Hälse, um einen Blick auf den Thronfolger erhaschen zu können. Aber da war niemand. Der Gang zwischen den Bänken war leer.

»Ksawery!«, brüllte Pawlak. »Auf die Bühne!« Schweißperlen rannen ihm übers Gesicht, die er sich mit einem Tuch trocken tupfte.

Die Menge bemerkte, dass etwas nicht stimmte. Das Klatschen verebbte. Alle sahen sich fragend um und begannen zu tuscheln.

»Ksawery!« Pawlak stürmte ungehalten von der Bühne. Lobnas Vater lief ihm bereits entgegen.

»Wo steckt er bloß?«

»Beruhig dich«, sagte ihr Vater und legte ihm eine Hand auf die Schulter. »Er wird sich schon finden.«

Das Gespräch fand direkt vor Lobna und ihren Schwestern statt, sodass sie jedes Wort hören konnten. Der Rabe wurde zapplig.

»Aber was ist«, überlegte Pawlak laut, »wenn er sich anders entschieden hat? Er war schon immer ein Schwächling und feige im Vergleich zu seinem Vater. Das alles könnte ihm zu viel geworden sein.«

Ksawery musste es ebenfalls gehört haben, denn er flatterte ungehalten mit den Flügeln. Lobna presste ihn enger an ihren Körper. »Wirst du wohl still sein«, zischte sie ihn an.

Pawlak redete sich weiter in Rage. »Mein Sohn war immer viel stärker als er. Wäre er Kamils Sohn gewesen, hätte er sich dieser Aufgabe gestellt!«

Nun war der Rabe nicht mehr in Zaum zu halten. Er schlug unaufhörlich um sich, pickte mit dem Schnabel in Lobnas Arm und Rippen, bis sie ihn nicht mehr länger halten konnte. Der Rabe kämpfte sich unter ihrem Pelz hervor und flog flügelschwingend auf die Bühne. Verdutzt starrten ihn alle an.

Lobna befühlte ihren Körper, ohne den Raben dabei aus den Augen zu lassen. Das Biest hatte ihr kleine Löcher in die Haut gepickt, die nun bluteten.

Pawlak und ihr Vater sahen sie fragend an.

»Was ist hier los?«, wollte Ksawerys Ziehvater wissen. Er ignorierte den Vogel und fixierte stattdessen Lobna.

Als sie antworten wollte, schlug ein Fenster auf. Die Scheibe ging klirrend zu Bruch und ein heftiger Windstoß, der die braunen Cord Vorhänge aufbauschte, trug die Stimmen von Ksawery, Wiatscheslaw und Dariusz herein. Dariusz und Wiatscheslaw waren kaum zu verstehen. Ksawery musste die Oberhand gewonnen haben.

»Ich bin hier! Krönt mich!«, hörte man ihn rufen. Der Rabe hüpfte zur Krone und pickte an einem Zacken.

»Das gibt es ja nicht«, entfuhr es Pawlak, der leichenblass wurde.

Auch so manche Bäuerin strich sich über die Stirn und kippte um. Herr Sargnagel war sofort zur Stelle und tastete nach dem Puls in der Hoffnung auf Arbeit.

»Ja, ich bin es!«, rief Ksawery zur Bestätigung. »Endlich kann ich euch meine Macht demonstrieren!«

Die Menge rückte näher zusammen. Jeder wusste offensichtlich, dass hierbei nur die Räbin ihre Finger im Spiel haben konnte. Die Angst vor Ksawerys Macht stand in ihren Gesichtern geschrieben.

»Was geht hier vor sich?«, flüsterte ihr Vater.

Der Rabe visierte ihn an. Er verstand jedes Wort. Er war es auch, der statt Lobna antwortete.

»Vor vielen Jahren habe ich Waleska im Wald getroffen. Ich sagte ihr, ich würde ihren Ruf ruinieren, wenn sie mir nicht Kräfte verleiht, die mir helfen, zu Ruhm und Ehre zu gelangen und meinen Vater zu rächen. Und hier bin ich nun!«

Pawlak schleuderte die Krone auf den Boden. »Sieh dich doch an! Was bist du jetzt? Ein Rabe? Denkst du, jemand will einem Vogel gehorchen? Du hast nichts von deinem Vater! Im Grab würde er sich umdrehen!«

»Was weißt du schon, du alter Narr?«, fuhr Ksawery ihn an. »Du willst doch nur deinen Stand als Geheimrat zurück! Wer ich bin und was ich tue, ist dir dabei doch völlig gleich!« Er breitete die Flügel aus. »Ich besitze die Macht des Flügelschlags. Ich bringe Orkane über Land und Leute, wenn ihr nicht tut, was ich euch befehle! Ich werde alle eroberten Dörfer zurückgewinnen und noch ein viel wohlhabenderer König werden, als es mein Vater je war!« Erst langsam, dann immer schneller, schlug er mit den Flügeln. Wind heulte auf.

24. Kapitel

»Was passiert hier?«, fragte Bozena und klammerte sich an Zocha, die sich ängstlich umblickte. Mit einer Hand versuchte sie, ihre Augen vor dem Wind zu schützen.

»Ich weiß es nicht«, antwortete Lobna ehrlich. Sie hatte Mühe gegen den peitschenden Wind anzureden. Er verschluckte jedes Wort.

Mit einem lauten Knall flogen auch die übrigen Fenster und Türen auf. Der Wind verwandelte sich in einen Sturm und wirbelte Schnee gepaart mit gefrorenen Blättern und Glasscherben, durch den Saal. Die Bewohner duckten sich und suchten Schutz unter Tischen und Bänken, die ebenfalls bedrohlich ruckelten.

»Hör auf damit!«, brüllte Lobna und versuchte den Raben zu fangen. Aber er entwich ihr und setzte sich auf einen Holzbalken unter der Decke.

Dann durchschnitt ein helles, heimtückisches Lachen das Tosen des Sturms. Es war laut und gellend. Alle hielten sich die Ohren zu. Es kam mitten aus dem Auge des Sturms, der wie ein Tornado Pirouetten über den Boden drehte.

Erhobenen Hauptes schritt Waleska aus dem Sturm heraus und ließ ihn weiter hinter sich tänzeln.

Sie sah genauso aus, wie Dariusz sie beschrieben hatte. Sie trug gefiederte Kronen um ihre Handgelenke und eine Krone aus Ästen auf ihrem Kopf. Ihr meterlanger, schwarzer Schleier war mit Federn bedeckt. Nur ihr Gesicht war so alt und faltig, dass es aussah wie geschmolzenes Wachs, das sich in Lagen übereinanderlegte. Trotzdem hatte es nichts von einem liebevollen Großmütterchen, wie sie herrisch mit einem überlegenen Blick die Dorfbewohner abschätzte.

Sie hob zur Begrüßung die Arme, was eher einer Aufforderung glich aufzustehen und sich vor ihr zu verbeugen. Das taten auch alle gehorsam. Die Leute neigten ihre Häupter, nahmen ihre Mützen ab und zerknüllten sie in ihren zitternden Händen. In einer anmutigen Bewegung, die einem sanften Flügelschlag glich, ließ Waleska ihre Arme wieder sinken. Kaum ruhten ihre Hände wieder an ihrer Hüfte, legte sich auch der Wind. Er kroch wie samtiger Nebel über den Boden, bis er sich in Nichts auflöste.

Der Rabe ruderte noch immer mit den Flügeln, aber nichts geschah. So sehr er sich auch anstrengte, er konnte kein Lüftchen mehr heraufbeschwören.

Die Räbin sah zu ihm hinauf und schüttelte den Kopf.

»Ksawery … Ksawery … « Sie schloss für einen Moment die Augen. »Hast du wirklich geglaubt, ich lasse mich von einem dummen Buben an der Nase herumführen?«

Der Rabe krächzte. Selbst seine Stimme hatte sie ihm genommen.

»Ich wollte nichts weiter, als ein einsames Dasein führen, nachdem Mikolaj mich verschmäht hatte. Das war mein einziger Wunsch. Aber nein … ihr Jungen musstet ja immer tiefer in den Wald vordringen. Und dann hast du es auch noch gewagt, mir zu drohen! Hast du keine Sekunde daran gedacht, dass ich dich einfach hätte töten können? Es wäre mir ein Leichtes gewesen. Aber ich habe es nicht getan. Warum wohl?«

Sie wirbelte herum und warf einen abschätzigen Blick auf die Dorfbewohner, die sich in eine Ecke gekauert hatten. Niemand muckste sich.

»Nur durch Ksawery habe ich von diesem lächerlichen Rabenfest erfahren. Eurem Fackelzug … den Opfergaben. Und den Gerüchten, die ihr über mich verbreitet habt. Dabei habe ich niemals jemandem etwas zuleide getan!« Eine Zornesfalte bildete sich zwischen ihren

Brauen. »Nie! Nacht für Nacht bin ich losgezogen, um euch und eure Blagen vor Albträumen zu bewahren. Und was tut ihr? Habt nichts Besseres zu tun, als mich nach meinem Verschwinden für genau diese verantwortlich zu machen!«

Sie wandte sich wieder dem Raben zu.

»Du hast in mir die Eifersucht und den Hass auf die Menschen neu entflammt. Wo einst Liebe und Verletzlichkeit in mir ruhten, pochen heute nur noch Rachegelüste. Ihr jungen Männer wart mir gerade gut genug. Die Zeit im Wald und all der Kummer haben mich geschwächt. Schon lange war ich nicht mehr die, die ich einmal gewesen war. Um mich zu rächen, benötigte ich neue Energie. Eure jugendlichen Herzen kamen wie gerufen. Ich wusste, ihr würdet euch eines Tages zusammentun. Auf diesen Moment habe ich jahrelang gewartet.«

Sie hob die Arme und der Rabe fiel wie magnetisiert geradewegs in ihre Hände.

»Warte!«, rief Lobna. »Was wirst du tun? Dariusz hat nichts mit der Sache zu tun. Wiatscheslaw auch nicht. Es war alleine Ksawerys schuld.«

Waleska hob eine Augenbraue. »Sieh an. Sie spricht. Da hat sich wohl jemand in meinen hässlichen Rabenjungen verliebt. Aber all deine Liebe wird ihn nicht retten.« Sie sah sich nach den Bewohnern um. »Wird euch alle nicht retten! Ich werde zu alter Macht gelangen und dann werdet ihr am eigenen Leib erfahren, wie es sich anfühlt, verschmäht zu werden. Ich werde dafür sorgen, dass ihr in Elend und Leid unter meinem Zepter vergeht!«

Sie riss den Mund so weit auf, dass sich ihr Kiefer aushängte, packte den Raben und steckte ihn sich trotz all seiner Gegenwehr samt Gefieder und Schnabel in den Rachen.

»Nein!«, brüllte Lobna und rannte auf sie zu. »Dariusz!«

Waleska hob eine Hand und wirbelte Lobna mit einer kräftigen Windböe zu Boden. Lobna kam nicht gegen ihre Kräfte an und musste zusehen, wie die Räbin den Vogel vor ihren Augen zerkaute.

Das Knacken von Knochen war zu hören. Kleine Federn stoben aus ihrem Mund und ein blutiges Rinnsal tropfte an ihrem Kinn hinab.

Ihre Haut veränderte sich. Die Falten strafften sich.

»Was hast du getan?«, heulte Lobna.

Waleska wollte antworten, begann aber zu husten. Sie fasste sich an die Kehle.

Etwas stimmte nicht. Die Falten kehrten zurück. Ihr Gesicht lief blau an. Sie würgte und keuchte. Ihre Augäpfel quollen hervor und Äderchen darin platzten, bis das Weiß gänzlich blutunterlaufen war. Ihr Hals war so prall mit dem Raben gefüllt wie eine Anakonda, die soeben eine Ziege verschlungen hatte.

Als sie in sich zusammensackte, rannte Lobna zu ihr und kniete sich an ihre Seite. Waleska packte mit letzter Kraft Lobnas Hände und sah ihr in die Augen.

Sie brachte keinen Ton mehr heraus, aber der Wind flüsterte: »Liebe … vergiftet … mich.« Ihr letztes Wort war kaum mehr als ein Röcheln.

Lobna schüttelte den Kopf. »Du erstickst an deiner Sucht nach Liebe. Nicht an der Liebe selbst.« Sie schüttelte Waleskas Hände ab und griff nach einem Messer, das an Waleskas Gürtel befestigt war. Es war nur ein kurzer Dolch mit Schaft aus Ebenholz und gekrümmter Schneide, aber er genügte, um der Räbin den Hals aufzuschlitzen. Beherzt packte Lobna den Schnitt mit beiden Händen und riss die Hauthälften auseinander. Blut strömte heraus. Dazwischen erkannte sie blaues Gefieder.

Sie packte den Raben bei einem Flügel und zog ihn heraus. Er war über und über mit Speichel und Blut getränkt.

»Dariusz … Kannst du mich hören?«

Er regte sich nicht. Seine Augen starrten ins Leere.

»Bitte, Dariusz. Du musst kämpfen. Waleska ist tot.«

Ein Flügel zuckte. Die blaue Aura breitete sich um seinen kleinen Körper aus.

Lobna huschte ein Lächeln übers Gesicht.

Sie zog ihren Pelzmantel aus und legte ihn auf den Boden, bevor sie den Raben darauf absetzte. Das Leuchten wurde stärker, bis sie von einem gleißenden Licht geblendet wurde. Sie kniff die Augen zu und wandte sich ab.

Einen Moment später, war es schon wieder erloschen.

Vor ihr lagen Dariusz und Wiatscheslaw.

Lobna hüllte Dariusz in ihren Mantel und legte seinen Kopf auf ihren Schoß. Liebevoll strich sie ihm durch das Haar.

»Wach auf. Es ist vorbei.« Sie küsste seine Stirn. »Ich werde nicht von deiner Seite weichen, bis du erwachst.«

Neben ihr kümmerte sich Zocha um Wiatscheslaw.

Die Dorfbewohner wurden sich allmählich gewahr, dass Waleska tot war. Noch immer tröpfelte Blut aus ihrem Hals in die Lache unter ihr. Nach und nach versammelten sich die Leute um den Ort des Geschehens.

Bozena kniete ebenfalls auf dem Boden.

»Wo ist Ksawery?«, fragte Lobna, die zuerst vor lauter Aufregung nicht bemerkt hatte, dass er nicht da war.

»Er hat sich nicht verwandelt«, antwortete Bozena. In ihren Händen hielt sie schützend den Raben, dessen Brustkorb sich erschöpft hob und senkte.

»Wir sollten ihn verbrennen«, grummelte Pawlak.

»Nein!« Bozena drückte den Raben gegen ihre Brust. »Das dürft ihr nicht. Als Vogel kann er nichts mehr anrichten. Er besitzt keine dunklen Kräfte mehr. Ich werde mich um ihn kümmern.«

Zocha schüttelte den Kopf. »Typisch für dich.«

Aber niemand konnte ihr die Entscheidung übel nehmen. Ksawery war noch immer ihr rechtmäßig angetrauter Mann und sie trug die Verantwortung für ihn.

»Ich verstehe nicht«, Lobna verengte die Augen und fixierte Ksawery, »warum er sich nicht verwandelt hat.«

»Macht Platz!«, rief eine bekannte Stimme hinter ihr.

Manteia quetschte sich an den Schaulustigen vorbei und ging neben ihr in die Hocke.

»Da bist du ja. Ich habe dich gesucht«, sagte Lobna, ohne sie eines Blickes zu würdigen.

»Du willst wissen, warum Ksawery sich nicht verwandelt«, antwortete sie. Sie machte nicht den Eindruck, als würde sie auf Lobnas unterschwellige Anschuldigung eingehen wollen.

»Weißt du es?« Lobna schenkte ihr einen Blick.

Sie nickte. »Dariusz und Wiatscheslaw konnten die Kraft aufbringen, sich zu verwandeln, weil beide ein Ziel vor Augen hatten. Jede Verwandlung ist an einen Wunsch gebunden. Die beiden wollten zurück in eure Arme. Aber Ksawery? Sein Wunsch ist für immer verloren. Er wird niemals König werden und ohne Waleskas Kräfte wird er auch nie ein anderes Reich in die Knie zwingen können. Ihm fehlt die Kraft, wieder seine menschliche Gestalt anzunehmen.«

»Dariusz? Habe ich etwa den Namen meines Sohnes gehört?« Pawlak eilte herbei und ging vor ihm in die Knie. »Ist er es?« Er hob Dariusz' Kopf an. »Unverkennbar. Seine Gesichtszüge sind die seiner Mutter.« Seine Nase rötete sich und er begann zu schluchzen. »Mein Junge ist heimgekehrt. Er ist wieder da!«, rief er und drückte den noch immer erschöpften Dariusz an seine Brust. »Ich war ein Narr! Ich hätte dich suchen müssen. Immer weiter. Ich hätte die Hoffnung auch nach all den Jahren nicht aufgeben dürfen. Und was noch viel schlimmer ist: Ich habe dich der Hexerei beschuldigt.« Er weinte bitterlich.

Die Meute reckte interessiert ihre Hälse vor. Von überall her hörte man ein Raunen und Zischen. Dariusz' Name war in aller Munde.

»Wir sollten ihn und Wiatscheslaw hier wegbringen«, sagte Lobna. »Die beiden brauchen Ruhe.«

Pawlak, ihr Vater und zwei weitere Männer schafften Tragen heran, auf denen sie die beiden in Pawlaks Haus brachten.

25. Kapitel

Nach fünf Tagen gingen die Bewohner noch immer auffällig oft an Pawlaks Haus vorbei und warfen ungenierte Blicke durch das Fenster. Manche schirmten sogar ihre Augen mit den Händen vor der Sonne ab, in der Hoffnung, so einen besseren Blick auf Dariusz werfen zu können. Zu seinem Schutz hatte man ihn ins erste Stockwerk bringen lassen.

Wiatscheslaw wurde hingegen von Zocha in seiner Schmiede gepflegt.

Offiziell tat jeder das, was er immer tat, aber eigentlich wollte jeder wissen, wie es nun für Dariusz und das Dorf weiterging. Pawlak hatte sich höchstpersönlich darum gekümmert, den Bewohnern zu erklären, was vorgefallen war, damit niemand Gerüchte über seinen Sohn streuen konnte. Es wäre das Mindeste, was er nun tun könne, um seine Fehler der vergangenen Jahre wiedergutzumachen, sagte er. Überraschenderweise waren alle sehr angetan von Dariusz' selbstloser Art. Manche brachten sogar kleine Aufmerksamkeiten vorbei, wie Wurst, Käse oder Wein, damit er schneller genesen konnte. Inzwischen war er auch wieder zu Kräften gekommen. Er war noch immer blass um die Nase, aber er hatte einen gesunden Appetit. Wahrscheinlich würde er in einer Woche wieder ganz der Alte sein. Die Wunden, die er sich zugezogen hatte, verheilten auch allmählich. Manteia hatte eine Salbe vorbeibringen lassen, die ihm Linderung verschaffte.

Heute würde Lobna zu ihr gehen, um darum zu bitten, noch etwas davon anzurühren.

»Ich beeile mich«, versprach sie Dariusz und gab ihm einen Kuss.

»Finde heraus, was sie mit der Sache zu tun hat«, bat Dariusz.

Keiner konnte sich erklären, wie Manteia in die Geschichte verstrickt war. Noch nicht.

»Ja, das werde ich.«

Als sie auf Manteias Haus zusteuerte, verspürte sie ein mulmiges Gefühl. Es war lange her, dass sie zuletzt hier gewesen war. Im Gegensatz zu all den anderen Besuchen lag heute Unwissenheit in der Luft. Was hatte sie mit Waleska zu schaffen?

Noch bevor Lobna den Rasen vor dem Haus erreichte, öffnete sich die Tür einen Spalt.

»Komm rein«, rief Manteia von innen.

Lobna holte tief Luft. Sie hatte Angst, ein Geständnis zu hören, das ihr ihre babcia für immer entgleiten ließ. Wenn sie wirklich mit der Räbin Geschäfte gemacht hatte, würde sie sich von ihr abwenden müssen.

»Hallo.« Sie schloss die Tür hinter sich.

Manteia saß vorm Feuer und klopfte auf einen Schemel vor ihr. »Setz dich, Kind.«

Lobna zögerte. Aber dann gab sie sich einen Ruck und nahm Platz. »Ich bin hier, weil ich noch etwas von der Salbe benötige. Vielen Dank dafür. Die Wunden sind fast verheilt und es geht ihm schon viel besser.«

»Das freut mich. Er ist ein zäher junger Mann.«

»Ja, aber mir scheint, dass er seine Kräfte verloren hat. Natürlich ist er noch zu schwach, um sich zu verwandeln und es mit Sicherheit sagen zu können, aber er schafft es nicht einmal, das blaue Leuchten heraufzubeschwören. Und er sagt, er spürt, dass er sich nie mehr verwandeln wird.«

Manteia nickte. »So wird es auch sein. Mit Waleskas Tod starb auch ihre Magie.«

»Das ist nicht gut«, gab Lobna zu bedenken. »Wer wird das Dorf nun vor Albträumen beschützen?«

»Das werden die Dorfbewohner selbst tun. Sobald sich das Dorf von der Armut erholt, verschwinden sie von ganz alleine.«

»Was macht dich so sicher?«

»Ich habe es gesehen. Die Geschichte ist längst geschrieben, mein Kind. Sie steht schon lange im Äther.«

Draußen holperte Herr Sargnagel mit seinem Leichenkarren über den Platz und zog Lobnas Aufmerksamkeit auf sich. Er hatte ihn gestern, am Tag der Beerdigung von Waleskas sterblichen Überresten, auf dem Friedhof vergessen. Alle waren auf den kleinen Hügel über dem Dorf gekommen und hatten von ihr Abschied genommen. Auf der Wiese über ihr thronte einer der schönsten Grabsteine, die man in Czarny Kruku je gesehen hatte. Er war mit Raben und Blumen verziert. Nachdem ans Licht gekommen war, dass man Waleska Unrecht getan hatte, hatten alle etwas dazu beigesteuert, ihre Beerdigung möglichst feierlich zu gestalten. Jeder wollte sich durch diese Geste bei ihr auch nach ihrem Tod noch entschuldigen.

»Wie traurig«, seufzte Lobna. »Gestorben ohne einen Funken Liebe zu verspüren.«

»Sieh an, redet mein Kind etwa von Liebe?« Sie grinste zahnlos.

»Ja. Ich liebe Dariusz. Nun weiß ich, wie es sich anfühlt. Schade, dass Waleska diese Liebe nie fühlen durfte. Erstickt ist sie daran.«

»Wenn du dich da mal nicht täuschst.«

»Wie meinst du das? Rück wenigstens dieses eine Mal mit der Sprache raus.« Sie war müde geworden, was Geheimniskrämerei betraf.

»Kennst du deinen leiblichen Vater?«

»Nein.« Lobna schüttelte den Kopf. »Ich habe meine Mutter nur ein einziges Mal gefragt. Sie sagte, sie wisse es nicht. Seitdem habe ich mich damit abgefunden. Vielleicht war es jemand aus dem Zigeunerclan. Oder der Händler. Wer weiß das schon?«

»Nun … Ich weiß es. Waleska war rasend eifersüchtig auf deine

Mutter. Sie beneidete sie um ihre Schönheit; ihr Wissen darum, was in der Welt außerhalb von Czarny Kruku vor sich ging; und um die Liebe von Mikolaj. Sie hoffte, der Händler würde weiterziehen, Zuzanna mit sich nehmen, sodass Mikolaj sie vergaß. Aber es kam anders. Als Waleska erfuhr, dass Mikolaj Zuzanna freikaufen und heiraten wollte, hat sie ihre Magie genutzt. Lobna, du hast keinen leiblichen Vater. Waleska hat dich im Leib deiner Mutter entstehen lassen.«

»Das soll ein Scherz sein?« Entgeistert suchte sie in Manteias Augen nach dem Anflug eines Lachens.

»Nein. Es ist die Wahrheit. Waleska dachte, Mikolaj würde die Sklavin dann nicht mehr wollen, aber das Gegenteil war der Fall. Er beraubte sogar den König, um dich und Zuzanna freikaufen zu können. So sehr liebte er euch schon damals.«

»Aber … Was bedeutet das für mich?« Sie strich sich übers Gesicht, als würde sie sich jeden Moment in Luft auflösen. »Wer bin ich wirklich?«

»Du bist, wer du sein willst. Du bist Zuzannas und Mikolajs Tochter. Aber in deinen Adern fließt auch Waleskas Blut. Auch wenn sie an Dariusz' und Wiatscheslaws Liebe erstickt sein mag, durch dich hat sie sie doch erfahren. Du warst ihr größtes Geschenk in dieser kalten Welt. Deshalb wollte sie auch einen Raben über deinem Kopf wissen, der dich vor Albträumen behütet.«

Lobna wurde stutzig. »Woher weißt du das alles?«

Manteia holte tief Luft und ließ sie langsam aus ihren Lungen entweichen. »Waleska war meine Tochter. Mein Mann war ein Hexer. Waleska wurde bereits mit den Flügeln der Magie geboren. Sie setzte sich schon früh für das Glück des Dorfes ein und büßte dafür ihre Schönheit ein. Als Dank wurde sie von allen verschmäht. Das ist auch der Grund, weshalb ich mich von den Leuten hier fernhalte. Undankbares Volk! Keiner besaß die Größe, meine Tochter wirklich kennenzulernen. Erst jetzt, nach ihrem Tod, verspüren sie die Zuneigung, die Waleska zu Lebzeiten verdient hätte.« Manteia begann zu schluchzen und eine Träne rann ihr über die runzelige Wange.

»Oh meine geliebte babcia.« Lobna schloss sie in die Arme. »Wieso hast du das nicht schon früher erzählt?«

»Man soll dem Schicksal nichts vorwegnehmen. Es hätte alles vielleicht nur noch schlimmer gemacht.« Sie wischte sich die Tränen aus dem Gesicht.

»Und ich habe mich gefragt, wie es sein kann, dass du mit der Räbin Geschäfte machst.«

»All die Jahre habe ich mich von ihr ferngehalten. Fern von meiner Tochter. Sie hat einen Weg beschritten, den sie allein gehen wollte. Natürlich habe ich versucht, sie umzustimmen, aber sie hatte die Sturheit ihres Vaters geerbt. Also habe ich sie ziehen lassen. Doch dann hatte ich die Eingebung. Du erinnerst dich an den Wein? Rot wie Blut?«

»Ja.«

»Da habe ich es gesehen. Rot wie die Liebe und Blut so lebendig wie das Leben. Ich sagte dir ja bereits, dass man manchmal etwas genauer hinsehen muss, um die Wahrheit hinter manchen Dingen zu entdecken.« Sie schmunzelte.

»Du wusstest, dass ich Dariusz finden und mich in ihn verlieben würde.« Lobna schüttelte grinsend den Kopf.

»Dieses eine Mal habe ich dem Schicksal in die Hände gespielt und die Götter angefleht, den Stein auf den Richtigen fallen zu lassen.«

»Zu schade, dass du deiner Tochter nicht helfen konntest.«

»Ja. Diese Bitten wurden nicht erhört, aber es tut gut zu wissen, dass Rabenkinder niemals sterben.«

»Aber …«

»Jaja … Ich weiß. Waleska ist tot. Ihre Seele jedoch nicht. Sie wird wiedergeboren werden, als neuer Mensch mit neuen Chancen. Und vielleicht darf ich es sogar noch erleben.« Sie schmunzelte.

»Ich verstehe dich nicht. Du sprichst in Rätseln.«

»Du trägst Dariusz' Kind unter dem Herzen und es wird keine geringere Seele erben als die von Waleska. Schenk ihr mit dem ersten Schrei all die Liebe, die ihr in diesem Leben verwehrt blieb.«

Lobna legte eine Hand auf ihren Bauch. »Das werde ich. Versprochen.« Jetzt, da sie es wusste, bildete sie sich ein, sogar schon den Herzschlag ihres Kindes spüren zu können. »Dariusz wird sich freuen. Ich muss es ihm sofort erzählen. Vielleicht sollten wir unter diesen Umständen die Hochzeit doch früher veranstalten. Sonst passt mir ja überhaupt kein Kleid. Ich möchte doch so gerne deins tragen.«

Zum ersten Mal in ihrem Leben dachte Lobna mit Freude an die bevorstehende Hochzeit und das Leben, das ihr die Zukunft bieten würde.

»Ruhig Blut. Er wird es noch früh genug erfahren. Wo werdet ihr wohnen? Nun, da ihr ein Zimmer mehr braucht?«

»Oh ... Du weißt es noch nicht?« Lobna wirkte aufrichtig erstaunt.

»Einmal in diesem Leben möchte auch ich mich überraschen lassen. Es ist langweilig, wenn man sich immer alles durch die Glaskugel oder die Karten ansieht.«

»Der Hochzeitsbrauch wurde abgeschafft. Noch am gleichen Tag hat Kolja Bozena einen Antrag gemacht. Sie wird ihn heiraten und zu ihm ziehen. Die Feier soll in wenigen Tagen stattfinden. Dennoch wird sie sich weiterhin um Ksawery kümmern. Koljas Eltern haben einen Taubenschlag. Dort kann er fortan leben.«

»Das sieht deiner Schwester ähnlich.«

»Ja, nicht wahr? Sie hat ein gutes Herz. Dariusz und ich werden dann bei Olaf Pawlak einziehen. Ich mochte ihn nie, und jetzt, da schließe ich ihn fast in mein Herz. Jeden Tag zeigt er Dariusz mehr und mehr, wie sehr er ihn liebt und all die Jahre vermisst hat. Ich wusste nicht, dass ein vergrämtes Herz einen Menschen so hässlich machen kann. Ich bin froh, dass ich es nun besser weiß und alles ein glückliches Ende genommen hat.«

»Es wird noch ein viel glücklicheres Ende nehmen«, deutete Manteia an.

»Welche Überraschungen hält das Schicksal denn noch für uns bereit?«

»Dariusz wird sich für die Krone entscheiden. Ich habe es gesehen. Er wird auf den Thron steigen, den Handel in die Wege leiten und Czarny Kruku zu neuem Glanz verhelfen. Die Leute haben ihn schon jetzt ins Herz geschlossen. Kein anderer wäre bereits als Knabe so selbstlos in den Wald gezogen, um andere vor dem Untergang zu retten. Dein Dariusz hat einen guten Kern.«

»Dann werde ich dafür sorgen, dass Wiatscheslaw sein treuster Berater wird. All die Jahre hat er sich um Dariusz gesorgt. Ich stehe tief in seiner Schuld und das ist das Geringste, was ich für ihn tun kann. So, nun muss ich aber los! Ich muss Dariusz erzählen, dass er Vater wird!«

»Dann geh, geschwind!« Sie lachte. »Ihr jungen Leute habt einfach keine Zeit.«

Im Türrahmen hielt Lobna inne. »Ich werde meinem Kind einen Namen geben, der nichts Geringeres als Liebe bedeutet. Durch dich habe ich gelernt, dass man das Leben und die Liebe nicht voneinander trennen kann. Nur wer liebt, der lebt. Und wer lebt, muss zwangsläufig lieben. Und so soll mein Kind auch mit dem ersten Atemzug in dieses Leben voller Liebe begrüßt werden.«

THE END

Danksagung

Diese Geschichte ist meiner Verlegerin (und inzwischen auch Freundin-trotz-Entfernung) Nadine zu verdanken, die mir vor einigen Monaten mit einem Cover die Idee zu dieser Geschichte entlockt hat. Ohne ihre Frage: „Fällt dir dazu eine Story ein?", wäre es nie zu Lobna, Dariusz und dem Wolpertinger gekommen. Ein riesengroßes Dankeschön gilt auch der wundervollen Maya, der ich die zauberhaften Illustrationen zu verdanken habe. Ich habe mir Zeichnungen gewünscht, die an den Scherenschnitt von „Krabat" erinnern. Mit Tinte, Tusche und Liebe zum Detail hat sie meinen Wunsch perfekt aufs Papier gebracht. Dann danke ich noch meiner Familie, die auch nach der einhundertsten polnischen Namensänderung nicht die Nerven verloren hat und sich nicht zu schade dafür war, sich meine philosophischen Ergüsse über das Krächzen von Raben anzuhören. Meine Katzen haben mich ebenfalls unterstützt, indem sie in regelmäßigen Abständen für echtes Anschauungsmaterial gesorgt haben. Vielleicht sollte ich ihnen jedoch nochmal den Unterschied zwischen Spatz und Rabe erklären und hoffen, dass ich sie nicht dazu ambitioniert habe, mir zukünftig auch Drachen, Feen und was mir sonst noch in den Plot kommt, zu jagen. Vielen Dank und bis zum nächsten Roman!

Verantwortlich für den Meteoriteneinschlag? Feodora kann die Worte des Fremden nicht glauben, der nach der Katastrophe auftaucht und behauptet, dass sie für das Chaos in zwei Welten verantwortlich sein soll. Angeblich stammt Feodora aus der Anderswelt und ist von dort geflohen, um einem mächtigen Dunkelelf zu entkommen. Ihre einzige Chance, die Welten zu retten, besteht darin, in die Anderswelt zurückzukehren und ihn zu töten.

Als das Leben mich aufgab, war ich 16 Jahre alt und trug keine Schuhe…

Keine Ahnung, wie ich gestorben bin oder wie ich heiße, aber ich nenne mich Mai – ja, richtig, wie der Monat. Im Jenseits wollten sie mich nicht haben. Zu viele unerledigte Dinge, haben sie gesagt. Darum stehe ich jetzt hier mit einer Handvoll Briefe an Menschen, an die ich mich nicht mehr erinnern kann. Doch möchte ich das überhaupt? Möchte ich meine Vergangenheit wiedererwecken? Wissen, wer ich war, wen ich liebte und wie ich starb? Eigentlich nicht und doch wird diese Reise mir im Tod mehr über das Leben lehren, als es das Leben selbst je gekonnt hat.

Mit ihrer sehr intensiven und einfühlsamen Betrachtung des Todes öffnet Autorin Ney Sceatcher ihren Lesern die Augen für die wesentlichen Dinge des Lebens.